春山

惠芝涌 ——

著

海峡出版发行集团 ｜ 海峡文艺出版社

图书在版编目(CIP)数据

春山 / 惠芝涌著. -- 福州：海峡文艺出版社，2020.1 （2023.7重印）
ISBN 978-7-5550-2157-5

Ⅰ.①春… Ⅱ.①惠… Ⅲ.①长篇小说–中国–当代

Ⅳ.①I247.5

中国版本图书馆 CIP 数据核字(2019)第 291382 号

春山

惠芝涌　著

责任编辑　林　颖
出版发行　海峡文艺出版社
经　　销　福建新华发行（集团）有限责任公司
社　　址　福州市东水路 76 号 14 层　　**邮编**　350001
发 行 部　0591—87536797
印　　刷　成都兴怡包装装潢有限公司　　**邮编**　610000
厂　　址　成都市金牛区西华街道付家碾村 6 级 152 号
开　　本　710 毫米×1000 毫米　1/16
字　　数　230 千字
印　　张　14.5
版　　次　2020 年 1 月第 1 版
印　　次　2023 年 7 月第 2 次印刷
书　　号　ISBN 978-7-5550-2157-5
定　　价　48.00 元

如发现印装质量问题，请寄承印厂调换

目 录

第一章 立春

1

春山的旋儿风穿过吊脚楼的时候，唐老坎禁不住浑身打颤，他不是因为冷，而是体内升腾的热把控不住了，就像猫儿躲不过唤春的季节。

不远处那棵病态十足的老柳树在风中东倒西歪，唐老坎的目光似一根稻草拴在树上，他担心风会折断老柳树的腰。风停了很久，他的目光还搁在老柳树那儿，好半天也收不回来，魂儿全让老柳树勾走了。

"我该出远门了。"唐老坎对老柳树说，又像自语。老伴黄花听见了，瞅了瞅阴沉的天空说："天冷了，出门要带厚衣服。"

唐老坎看见黄花头发上粘着一团破蜘蛛网，伸手拈掉，捋了捋她乱蓬蓬的头发说："这日头越走越暖和。"唐老坎的话搅起黄花心中甜中泛酸的味道，她瞅了瞅唐老坎说："不晓得我前世做了啥子冤孽事，这辈子冤欠你的。"黄花想起三十年多年前，唐老坎跟随师傅说春借宿她家，她见唐老坎身着单薄的破长衫，腰扎一根细麻绳，便怜悯地问他冷不冷，唐老坎却说："说春的日头只会越走越暖和。"唐老坎说的这句话就像迷魂汤迷住了她的心窍，她不顾父母的强烈反对，跟随唐老坎到春山过着清汤寡水的日子，没有想到青丝都快熬成白发了，她的心窍还没有打开。

"我去收拾你出门要带的衣服。"黄花说着进了歇房屋，打开吱吱作响的衣柜，搜索大半天，也没有找出一件令她特别暖心的衣服。

沉入苦水溪的风又旋上吊脚楼，老柳树又在风中挣扎着，唐老坎望着老柳树扯开嗓子唱：

> 小寒与大寒，
> 今年又来年。
> 谁知来年闰，
> 日月见分明。

这时，灌进唐老坎嘴里的一口冷风，如同冰冷的手撕扯着嗓子，他扶着檐柱撕心裂肺地咳嗽起来。黄花听见他的咳嗽，扔掉手中的衣服，冲出歇房屋吼："听听嘛，嗓子都破成啥样了，就不要出门了。"

唐老坎盯着喷到院坝的一口血痰，喘了一口气说："嘿嘿，我不出门说春挣点油盐钱，家里的日子还过得暖心么？"

"你说春把人都说老了，也没有说出金山银山来，这日子过得舀水不上锅，连耗子都不想进这个家门了。"黄花抱怨。

"嘿嘿，命里带了说春的把戏，扔了这活儿，我还能做啥呢？等我收了徒弟娃儿就不出远门了。"唐老坎挤出的笑更像哭了。

"你说的比唱得好听，等了这么多年，也没有人愿意跟着你学这一文不值的老古董，你只有带进棺材里去说了。"黄花嘀咕着进屋继续收拾唐老坎出门要带的衣物。

唐老坎背靠檐柱，眼望灰色的云层快要坠落下来，心想今年的第一场雪就要降落了。他转身来到楼下，看了看柴棚堆码的柴火，估计足够黄花在家烧了。在春山这面大山里，柴火就是大山馈赠山民的厚礼，山民家中的火塘从冬燃到春，谁家没有了柴火的味儿，这日子也就显得冷清了。

雪后初晴。唐老坎在阁楼祭拜了祖师爷神像，便头戴纱帽、身穿红袍、胸挂春牛、肩褡钱褡裢、手捧春牛棒、怀揣春帖，围着老柳树转了三圈之后就出门了。每年说春出门，唐老坎都会围着老柳树转圈之后才出门，这个规矩是他祖师爷传的，他问过师傅，师傅解释柳树是春天的信使，祖师爷为啥要那样做，师傅也说不清楚。

山风吹斜唐老坎头上的纱帽，掀开红袍衣襟，活像贬下凡尘的小天官被风神戏弄一样。他走过望乡梁，回头一望，黄花的人影还冻在老柳树下。他刚走下二十八道拐，黄花的电话就追上来，手机的杂音很响，像风把话撕碎了，他仅隐约听见几个变调的"喂"字外，其余啥也听不见了。他站在岔路口，对着手机"喂喂"地吼了一会儿，挂断又拨打，手机占线，好半天都拨打不通，他气得真想把手机在石头上摔碎。

"啥信号，恼求火哟。"唐老坎边骂边拨弄着手机。手机在他的骂声中竟然通了，他听清黄花说的"别忘了吃降压药"几个字，还有老柳树被风抓扯的吼声，他心头暖了一下，知道黄花还在老柳树下抱着手机吼。他家附近只有老柳树那儿有一点通信讯号，而且信号弱得好像气若游丝的病号。在春山这面山里打电话，声音全是吼出来的，似乎是说不通的。唐老坎怀疑自家周围的那一点儿手机信号全是老柳树从远山的风中帮他偷来的，不然，他的这部老人手机就是聋子的耳朵——成摆设了。

"我晓得了。"唐老坎说完，手机又没有声音了。他掀起红袍，将手机插进裤腰带的仿真皮手机套里。皮套已经磨得伤痕累累，变成黑白混杂的花皮套。黄花昨天帮他缝补手机皮套的破口时，不小心让针扎破手指，他感觉那一针像扎在自己的心上。

两只山鹰在空中盘旋着，鹰的叫声响彻峡谷。出门听见山鹰叫，这是难得的好兆头。唐老坎望着空中的山鹰，心头大喜。春山人相信山鹰是大山的精灵，在重叠的大山里，只有山鹰飞得最高，也是看得最远的。

从斜岩坡走过来的秦发祥拢着袖筒，腋窝夹着一只漆色斑驳的唢呐，他见唐老坎站在岔路口，魂儿全被空中的山鹰牵走了，便大声打招呼："喂，唐老坎，春山的风又把你赶出家门啦！出门就遇见山鹰叫的好兆头，你这一趟定会空手出门，抱财而归哟！"

突然冒出的声音吓了唐老坎一跳，他赶紧收回目光，见是六社的秦发祥，慌忙扶了扶歪斜的纱帽说："是秦吹吹哟！把老子吓了一跳。你是知道这活儿的，赶不了春头，婆娘娃儿过年就没得盼头了。"

"唉！这年头儿，说春的把戏连春山的风都不想听了，你还抱着那破玩意儿不放！这样吧，我们鼓乐队的龙大贤前不久死了，正好缺一个会唱祭文的，你的唱功好，跟我们一起干吧，既能挣点油盐钱，又能吃香喝辣的。"秦发祥说。

"嘿嘿，我见不得那些悲伤的事儿，况且我的嗓子不好使了，干不好唱祭文的活儿，还是说春的套路熟悉。"唐老坎推辞。

"说春不也费嗓么？你的脑壳真让说春的陈词滥调搞坏了。真是春山人说的，脑壳转不过弯的'唐老坎'。"秦发祥取笑。

"酸菜萝卜各有所爱。我也不想跟着你去挣死人的钱糊口。"唐老坎说。

"哟！我没有空闲时间陪你摆龙门阵了，还要赶路去九村送葬，去晚了赶不上拜亡灵，就挣不上利市钱。等你说春回来，我们再喝酒摆谈。"秦发祥说完匆忙告辞。

唐老坎抬头在空中搜索几圈，没有寻到山鹰的影子，只有摩天岭上的雪在阳光下泛着银色的光。摩天岭是春山的最高峰，海拔达二千七百五十四米，山的北面为陕西地界，南面系四川的地盘。摩天岭孤峰直插云天，站在山顶似乎就能摸着天，因此就叫摩天岭。摩天岭上原有一座建于唐朝的古寺，叫摩天寺。民国时期有一伙棒老二（土匪）从陕西汉中流窜到春山，盘踞在摩天寺祸害老百姓，几名猎人在一个黑夜摸上摩天岭，放火烧了摩天寺，棒老二没有了落脚的窝子，便逃回陕西，摩天寺从此也就荒废了。

过了斜岩坡，就是苦水溪下游的春门峡。春门峡是进出春山的必经之路，源自摩天岭的苦水溪从峡口穿过，出峡口不远就是一块顺山势倾斜的大坝子，俗称桃园坝。春门峡就像天然分界线，峡口内是春山的地界，峡口外为桃园坝村所辖。从桃园坝延伸过来的烂泥路似伤痕累累的烂草蛇挣扎到了苦水溪，在溪谷的鲤鱼潭边再也无力动弹了。离鲤鱼潭边不远处，有一排建于二十世纪八十年的泥墙瓦房，那是春山村"两委"及村小学校的房子，烂泥路通到学校的操场也就断头了。

"嘻嘻，春官佬儿。"一颗木偶似的脑袋从村小学校教室的拐角处伸出来，接着便是几声痴笑。

"社火娃儿，你又逃课啦。"唐老坎扭头便问。

"春官佬儿。"社火娃儿又叫。

村小学教师刘贵荣听见社火娃儿的叫声，从教室里跑出来喊："唐光宗同学，该上课了，赶快进教室。"

"刘老师，忙着呢！"唐老坎笑着打招呼。

"老唐，又出门说春啦！"刘贵荣问。

"嘿嘿，待在房里没事干，就盘算出趟远门儿。"唐老坎便和刘贵荣寒暄起来：

"社火娃儿调皮捣蛋惯了，刘老师操心费神了。"

"我教了一辈子的书，唐光宗这样难教的娃儿我还是头一回遇到。"

社火娃儿从墙角窜出来，抱住操场上支撑篮板的独木桩吼："春官佬儿，赶春头。"

"不讲礼貌！"刘贵荣上前连拽带训，把社火娃儿拖进教室里。

唐老坎盯着篮板桩上一个摇摇欲坠的铁圈和几块朽木，火气又窜出来了。对于村小学这个篮板，他两年前就向村主任何清亮郑重建议，村里拿钱修一下。何清亮淡淡地说，这事不归村里管，再说上面不给票子，村里很难办。学校的篮球搁烂了，也没有人碰一下，花钱修篮板纯粹浪费，村里还有许多大事儿等着要钱去办。对何清亮的说法，唐老坎是不满意的，又不敢当面得罪他。唐老坎每次看到这个篮板，心情就像篮板上生锈的铁圈一样糟糕。

一丝苦笑浮在唐老坎的脸上，他不由为社火娃儿担忧起来。社火娃儿是他堂兄的孙子，生下来就有点痴呆。社火娃儿的爹挖金矿挣了一笔钱，结果患了矽肺病，花光家里积蓄就死了，他的娘在他爹死后一年多也离奇失踪。村民猜测他娘让人贩子拐走了，也有传言跟着一个摆货摊的男人私奔了。他就和爷爷相依为命。社火娃儿的同学读初中都快毕业了，他小学都还未毕业。他爷爷叫他不读书了，理由是他这辈子能把书读出来，除非太阳从西边钻出来。社火娃儿哭着要读书，赖在学校不回家，没事就拿着粉笔在黑板上画画。以前，村小学是春山最热闹的地方，最多时学生达到一百多人，后来，由于村民陆续把孩子转到玉河乡及县城读书，春山小学就空落了，最后只有社火娃儿一个人。玉河乡九义校原计划撤并春山村小学，由于社火娃儿没有地方可转，学校因而保留住了。

峡口的溪流声越来越大了，唐老坎停住步子，神色庄重，挺胸收腹，伸手扶正纱帽，捋了捋皱巴巴的衣袍，活像戏台上准备出场的七品芝麻官儿。

春门峡像一把钥匙锁住进入春山的大门。高大的拱形石门横在峡口之间，石墙长满常青植物和落叶灌木。苦水溪从石门右侧的一条暗河消失，最后又从桃园坝的一个山洞流出来。石门上方正中的榜书"春门"二字被石墙上的荒草和灌木遮蔽住。"春门"二字写于何年，何人所写至今无从考证。至于这座石门的来历，也是众说纷纭，有的说是白莲教抗清时所修；另外一种说法是朝廷为表彰春山唐氏说春之功德，遂将这道山门改为"春门"，对于这种说法，春山的唐氏是认可的，而春山的何氏是不认同的。

唐老坎抬头望了望春门，阳光从门口斜照他的身上，石墙上的一滴雪水落在他的额头，他闻到雪水中隐藏着一股春天的味道。春天是说春官说出来的么？突然跳出来的这个问号搅得唐老坎脑袋犯迷糊了。他猜不透这个秘密，只知道每年小阳春前后，春官头子统一选定出门路线之后，村里的春官就三五成群穿过春门，沿事先划定的线路挨家挨户说唱春词、送春帖，以讨得钱粮来养家糊口。谁先抢到春头，谁就中了财神爷的彩头。

出了春门，有三条岔路沿桃园坝伸向远方，一条通往清花江下游，一条通往陕南，另一条通往九龙场。唐老坎站在岔路口，迟迟迈不开步子，就像遇到迷路鬼一样，找不着东西南北了。以前说春者众，为防止争财路，村里德高望重的春官头子出门前就为大家定好行走线路，大家按照线路走就不会出乱子，也就伤不了同行之间的和气。二十世纪八十年代，曾发生过说春者之间为争线路而打架的事。而现在村里已经没有人和唐老坎抢生意了，他却为选择应该走哪条线路而纠结起来。

春官的名声在春山这面山似乎远香近臭，墙内开花墙外香。桃园坝就在眼前，唐老坎的腿脚却不想朝那儿迈了。桃园坝的人瞧不起春山这面山上的人，说"有女不嫁春山汉"，还为春山的说春官取了一个不好的名声——春叫花子。桃园坝是春官的伤心之地，说春之人也就从来没有把春天往桃园坝里送。

唐老坎绕过桃园坝的人家，径直向鸡公梁走去。他熟悉这条线路，路上有多少条岔路，有哪些人家，谁家舍得打发，谁又吝惜如铁公鸡一毛不拔，他心里一清二楚。在鸡公梁的魏玉莲家，唐老坎抢到出门的彩头，只见他手托春牛，绕着魏玉莲家的房子边转边唱：

> 步步登高行进来，
>
> 房前三品翠花开，
>
> 凤占青山龙占海，
>
> 家有读书栋梁材。

唐老坎说完《进屋说》，又开唱了《开财门》，接着又唱《二十四节气》。魏玉莲热情地给唐老坎递烟、沏茶，唐老坎扯开嗓子唱《烟春》《茶春》，说唱完之后，魏玉莲打发了四块利市钱，图了一个四季发财的大吉大利。唐老坎掏出一张春帖贴在魏玉莲家的堂房大门上，像把一块大红印章盖在上面。春官之间有一个约定成俗的规矩，谁家门上贴了春帖，说明已有同行在这家抢了彩头，春官也就不会再进这家门说春了。

魏玉莲望着刻有二十四节气表，绘有头戴草帽，手拿鞭子的农夫及牛形图案的粉红色春帖，笑脸如同向阳的花儿。

远山的太阳搁在山梁上，一群放学的娃娃追着唐老坎兴奋地吼：

> 春官佬儿，
>
> 赶春头；
>
> 春天未到，
>
> 他先到。
>
> 哈！哈！哈！

唐老坎望着远去的学生，轻抚春牛，摇头嘀咕："春天才是你们这些疯狂娃娃吼出来的。"

2

老柳树上的喜鹊又在叫了，几只白鹭在柳树边的冬水田里悠闲地觅食，阳光将它们的影子倒映在亮汪汪的水田里。

黄花端着漆色斑驳的大搪瓷碗，坐在火塘边吃昨晚的炒剩饭，灰狗趴在地上懒得动弹，一只黑母鸡盯着黄花的碗。黑母鸡等了半天也没有见到黄花碗里有半粒米落下来，遂伸长脖子，煽动着翅膀大叫起来，地上旋起的灰尘飘落到黄花的碗里。黄花站起来，将碗里的米粒扒撒到地上，大声训斥："馋嘴的家伙，只晓得吃喝，不下蛋的东西，还没有灰狗懂事嘞！"黑母鸡自知理亏，独自躲进屋后的竹林去了。灰狗伸了一个懒腰，独享了地上少得可怜的米粒。

黄花进厨房刚放下碗筷，唐老坎的电话就打过来了，她慌忙跑到老柳树下接电话。唐老坎说："这次出门，赶上好春头了。"

唐老坎沙哑的声音揪住黄花的心，她叮嘱："身体是大事哟，你不要亏欠自己。"

"我好着呢！"唐老坎说。

"还有啥事没有？"黄花问。

"没有啥子事，随便问一句。"唐老坎挂断电话。

"猴急啥呢？"黄花抱怨。她本想在电话上把黑母鸡已经七天没有下蛋了，喂肥猪的红苕也不多了，村民何定强操办八十大寿要去赶礼的事儿说一说，谁知唐老坎在电话上说事就像发电报一样，害怕多说一个字。她想回电话，又担心这些事儿会扰乱唐老坎的心情，更重要的是增加通话费，接打电话还要把人的嗓子都喊哑，她捏着手机纠结了一会儿，便放弃回电话的想法。她的手机是唐老坎碰到手机经销店搞推销活动，免费领的。唐老坎给她时说："你辛苦一辈子，还没有玩过这些体面的'格'哟，咱们也显摆一回，享受一下嘛，不能让别人小瞧了。"对于唐老坎的这个举动，黄花嘴里没有说，心头却是热烘烘的。可是，这部手机用了一段时间之后，黄花觉得没有怎么使用，话费却缴了不少，最让她心头添堵的是有一次，她好不容易打通娘家表叔的电话，才说了几句话就因欠费停机了，害得她跑到玉河乡找到手机店帮忙充了话费，才把要说的事儿讲完。

黄花的手机响了一下又断了，她见是社长唐克明打来的，这时才猛然想起村上通知开会的事儿，不由嘀咕："瞧我这记性哟，真让狗吃掉了。"

黄花慌忙抄近路赶到村小学，四壁透风的教室里已经稀稀拉拉地坐了一些村民，她在教室后面找了一个空位坐下喘气。村支书唐宝奎、村主任何清亮，还有几名社长还在抱着电话大声催促村民赶紧来开会。

教室的黑板上是刘贵荣老师帮忙写的"春山村脱贫攻坚推进会"几个粉笔

会标，黑板前的主席台是用几张残缺不全的课桌拼搭而成，台上搁的那只话筒缠满了破旧的胶布，好像纱布包裹的伤兵。黄花等了很久，会议还没有开始，一些村民等得不耐烦了，大声嚷着会议再不开始，他们就离场回家，这大冷天的，把人冻病了，要找村里报销医药费。

黄花数了数，主席台上共坐有六个人，除村支书记唐宝奎、村主任何清亮外，其余的两男两女她一个都不认识，心想那些人的官儿比村干部的还要大。她瞧了好半天，又觉得那些细皮嫩肉的年轻人越看越不像当官的，好像学生娃儿一样。唐老坎曾对她讲过，真正的官员坐在那里，即使一言不发，都有一股震撼人心的官气在那儿弥漫着的。

村支书唐宝奎朝门口张望了几下，脸色黑得像烧黑的锅底，忍不住大声抱怨："恼求火哟，村上召集开会，真比婆娘生娃儿还要难。如果通知来领钱了，这些人跑得比兔子还要快。"

唐宝奎的话逗得村民大笑起来。他冒火的目光扫了几圈到场的村民，扭头对坐在身旁的梅花雪白说："梅队长，全村除去在外务工的，进城租房带小孩读书的，在家生病卧床不起的，今天能请来开会的差不多都来了。"

"开会吧！"梅花雪白心头一片冰凉。她数了数参会的村民，加上几个凑数的小娃儿，总人数不足三十八人，几乎全是老弱病残的。

唐宝奎捋了捋缠在话筒上褪色的红布条，手指重重地叩了几下话筒，便对着话筒"喂喂"地吼了几嗓子，话筒发出刺耳的"滋滋"声，把墙角破缝里冬眠的蜘蛛吓醒了。

话筒的杂音淹没了唐宝奎的吼声，他愤怒地捏住话筒骂："啥破玩意儿，光逑扯拐。"话筒似乎被唐宝奎的骂声吓醒了，赶紧原汁原味地把骂声扩散出来。村民开心地笑了。

梅花雪白没有笑，心想这只破话筒早就该扔掉了。

唐宝奎抓住话筒又开始讲话，话筒似乎故意与他作对一样，传出来的声音就像公鸡的脖子被卡住时的惨叫声。话筒的表现彻底把唐宝奎激怒，他像捏面团一样狠劲捏了几下话筒，手指狠狠戳在话筒按键上，话筒顿时哑巴了。他扔掉话筒，双手撑在桌子上，用力清了清嗓子，又开始啰唆而逻辑混乱地讲话了。

　　黄花伸长脖子听了半天，也没有听懂唐宝奎究竟说的啥意思。她觉得唐宝奎的讲话就像无味的白开水，没有他刚才的骂声受听。她搞不懂春山人是怎么啦，就像人们说的贱皮子，日娘骂老子的粗俗"山话"（脏话）大家竖起耳朵听得有盐有味，文绉绉地说辞反而听得人犯困、发呆。

　　唐宝奎讲话喜欢卖弄肚子里的那点墨水儿，原本一句话就可以讲明白的，他却要云山雾海地绕来绕去，常把人的脑子都绕得发晕了。他讲话不爱写提纲或打腹稿，喜欢口若悬河地由着性子随意讲。但他为了今天的讲话，从昨天晚上就开始打腹稿，越想越兴奋，半夜起床在笔记本上把讲话提纲写好之后，才睡了一个囫囵瞌睡。他觉得今天的讲话非同一般，就像一场无声的暗战，话虽然是对村民讲的，但更多的是说给驻村工作队成员听的，更是让何清亮听明白的。在春山这面山上，他的权威是不容挑战的，他今天一定要用讲话的气势镇住在场人的心，要让驻村工作队的人感受到他说话的分量是不能低估的。

　　唐宝奎在台上卖力地讲，村民却在台下大声说笑，会场似一锅煮沸的大杂烩。何清亮见唐宝奎讲了半天还进不了主题，台下的说话声太不像话了，他一把抓过话筒吼："你们是卖猪的，还是讲牛生意的，有啥子话讲不完的！村干部在台上讲的时候，你们的耳朵却在扇蚊子，就像闹山麻雀，过后啥事又不晓得了，一问三不知，还怪干部开会没有把政策给你们讲清楚。"

　　话筒乖乖地把何清亮的声音原原本本扩散到最大量，会场的人都被何清亮的吼声镇住了，而唐宝奎尴尬地停止了讲话，村民全把目光聚集到何清亮的嘴巴上，等待他把下文说下去。黄花望着那只让唐宝奎戳得遍体是伤的话筒，心想话筒是信服何清亮的。

　　何清亮威严的目光扫视了一遍会场，没有说下文，而是把话筒递给唐宝奎。唐宝奎没有理睬何清亮递回的话筒，清了清嗓子，又开始了讲话。黄花悄声问坐在身旁的李子木，才弄明白唐宝奎说的是春山逢上大运了，村里盼星星盼月亮，终于戴上了贫困村的帽子，而且最让人激动的是县财政局负责帮扶春山，给村里派来了几位"财神爷"，这是春山人睡着都会笑醒的大喜事儿。从今天开始，脱贫攻坚驻村工作队就正式进驻春山了，坐在主席台正中的女同志是财经院校毕业的高才生、县财政局办公室副主任、春山驻村工作队队长兼第一书记梅花雪白，左边的是玉河乡农业服务中心主任、驻村工作队副队长马东平，右边是财政局干部、驻村工作队队员苏琪尔和严浩。唐宝奎是驻村工作队副队长，何清亮为驻村工作队队员，驻村工作队总共六个人。

"队长叫梅花啥的？"黄花忍不住问李子木。

"梅花雪白。"李子木说。

"哈哈，世上还有这样一个稀奇古怪的名字。"黄花爆竹似的笑声在教室里响起，众人惊诧的目光全聚到她的笑脸上。

唐宝奎愤怒地停止讲话，瞪着黄花吼："你有啥子好笑的，是笑金，还是笑银？你笑就能把春山的贫困帽子扔到摩天岭下去了？如果把春山扶贫的好事搅黄了，我看你只有哭了。"

黄花想不到自己的笑声竟惹出这样丢脸的洋相，红着脸低头绞着衣角，鼻尖冒出了汗水。

唐宝奎的话惹得李子木怒火直烧，"嚯"地一下站起来，替黄花打抱不平："老百姓就笑不得了吗？不要拿高帽子来吓唬人！你当了这么多年的支部书记，春山还是穷得叮当响，也没有见你哭过，反而是你把脸都笑烂了。你为啥笑呢，那是你把油水捞够了！"

"老李，求你少说几句呀！不要再添乱了。"黄花慌忙拽了拽李子木。

李子木甩开黄花的手，怒气未消："我是一名党员，也是一名退伍军人，我今天就要当着驻村队的几位领导说几句，谁规定村上开会只准台面的人大讲而特讲，台下人的屁都不能放了？在台上讲那么多的屁话有啥用处！老百姓不信广告，只信疗效。"

"老李，不要闹了，有啥事会后你来找我说好不好，不要影响会场秩序。"何清亮此时说话的口气让黄花吃惊不已，何清亮遇上李子木也有下"粑蛋"的时候了。

李子木没有理会何清亮，继续说："梅队长，你们刚来，不晓得春山的具体情况，这里就像有娘生没娘养的人一样，如同一块被裁缝扔掉的边角废料，上面当官的屙尿都不想朝这儿屙。春山好不容易盼来一些阳光雨露，又被村里心比锅烟墨还黑的人搞得所剩无几了。我想替村民问一问，上级拨的春山水渠维修款，为啥变成村干部挖自家鱼塘的款了？村民人平自筹一千多块钱修社道路的集资款交了好几年，这路猴年马月才能启动？据说有人把钱拿去放'水钱'了，坐收高利贷的红利。低保和救济款为啥有不少村社干部的舅子老表在享受，而应当享受的却得不到半文钱？要我来讲春山上的事儿，我几天几夜也说不完。如果这些问题得不到解决，还是外甥打灯笼——照旧（舅），那么，春山的脱贫就是一句天大的笑话。"

李子木的话犹如点燃的导火索，引爆参会村民憋在心里的话：

"不要贫困户没有扶起来，反而把村社干部扶得肥上加膘。"

"村社干部的亲戚舅子老表为啥那么容易享受到阳光雨露？"

"村上的事儿为啥要藏着捂着？怕见摩天岭上的阳光？"

"春山无论怎样扶，都是烂泥扶不上墙。"

"这里的野猪和猴子比人还多，没有人待在村里，扶空气吗？"

……

看着失控的会场秩序，唐宝奎气得一巴掌拍在桌子上，站起来怒吼："胡闹！春山的发展机会就是被你们这些扯经客长期刁蛮坏的。村里修路，你们为了几棵草，几棵树挡前阻后，都想把包工头的骨头熬出油来，吓得包工头都不敢来了。如果村社干部有问题，拿着证据去告嘛，不要在这儿瞎嚷嚷。"

"你凶狠锤子，谁刁蛮啦！谁嚷嚷啦！春山这个烂摊子就是你们搞乱了的！老百姓说几句就犯王法了？"李子木也不甘示弱。

何清亮没有吭声，皮笑肉不笑地盯着李子木，他觉得李子木的这把火烧得太好了，而且是如此及时，替他很好地出了一口恶气，也让唐宝奎的威风和脸面在驻村工作队面前全丢尽了。他精算着唐宝奎也该从支书的位置上退下去喝凉茶了，春山这面天地是该轮到他来呼风唤雨了。何清亮心里虽然有千万个理由不满意李子木是一个让村干部头皮发麻的"刺头"，但在此时，他特别欣赏李子木的表现，如果李子木能为他所用，这无疑是一把握在手中很有分量的枪。

何清亮眼角的余光扫在梅花雪白的脸上，只见她的脸色由青变白，由白变红，笔在手中抖动着，半天在纸上写不了一个字。何清亮又看了看苏琪尔、严浩、马东平也是忐忑不安的样子，他用轻视的目光从会场扫视了一遍，隐藏心头的那股怨气又升腾起来。对于春山驻村工作队的人事安排他是有意见的。梅花雪白任队长，乡干部马东平及唐宝奎任副队长，自己仅是排在驻村队末位的普通队员。在春山这面山上，少了他说话的分量，想把事情办成那是相当可笑的。驻村工作队这几个年轻人适合在办公室写写画画，想在春山这面山中对他指手画脚，他觉得还是娇嫩了一点。同时，他又失望地想，既然组织对他这碗"米"不看好，他不在其位，也不谋其政，自己在脱贫攻坚的这件事上敲敲边鼓，划好顺水船，应付一下也就是不错的表现了。

让人尴尬不已，脸面尽失的插曲犹如一盆冰水突然淋在梅花雪白的头上，她来春山所有的自信和激情全被会议刮起的这场风暴撕碎了，她不知道该怎样来收拾这个难堪的场面，求助的目光落在何清亮的脸上，而何清亮隔岸观火的神色，又让她心头更加冰凉。

此时，梅花雪白认为把她熬夜准备好的稿子照本宣科式的读一遍，是不能化解这个尴尬的场面，反而会让唐宝奎、何清亮和村民小瞧她。她只有横下一条心，硬着头皮顶上去，也许才能扭转失控的局面。她深吸一口气，站起来，颤声说："春山的父老乡亲，请给我和驻村工作队一个面子，大家有什么意见，会后一起交流沟通。脱贫攻坚是党和国家对2020年全面实现小康社会的庄严承诺。真扶贫、扶真贫，不是一句玩笑话，而是全民向贫困宣战的一场攻坚拔寨的伟大战斗。战斗就是命令，即是号角，红江县委、县政府为集中力量打好这场啃硬骨头的脱贫攻坚战，成立了由帮扶部门、乡镇、村'两委'共同抽派干部组成的脱贫攻坚驻村工作队，主要负责脱贫攻坚工作。根据全县统一安排部署，县财政局负责帮扶春山村的脱贫工作。驻村工作队从今天开始就吃住都在春山，这里就是我们的家了……"

吵闹的会场随着梅花雪白的讲话渐渐平息，社火娃儿蹲在墙角静静地看着梅花雪白，好像在欣赏一朵好看的花儿。

溪谷的冷风从墙壁的破缝中灌进来，黄花的背心如同贴了一块冰，她不安地想着自己今天惹出的这个大祸该怎样化掉。

会议在潘嫂训斥孙娃子哭闹的吼声中结束了。

梅花雪白没有料到驻村工作队的第一场亮相仗就打得这样糟糕。唐宝奎怀疑今天的会议闹剧是何清亮搞的鬼把戏，李子木成了何清亮手中的一把枪，就连黄花也在背后打了他的冷枪。唐宝奎油黑的脸上凝结了一层冒着寒意的冰霜。

树林的残雪还未化掉，苦水溪的水"咕咚咕咚"地流着，梅花雪白站在水潭边，黯然神伤的目光落在溪流旋涡中的一片枯叶上。

"嘻嘻，你就是梅。"社火娃儿从一棵麻柳树后跳出来。

"嗨。"梅花雪白扭头看着社火娃儿。

"唐光宗同学，不要在水边玩耍，这里十分危险。"刘贵荣老师从麻柳树林追来。

"梅书记。"

"刘老师。"

梅花雪白和刘贵荣站在水潭边攀谈起来。刘贵荣指着水潭说，这个水潭叫鲤鱼潭，潭水从一块形似鱼嘴的大石头分流而过，形成鲤鱼似的小岛，这个地形就是春山有名的"鲤鱼奔潭"。水边那座古塔叫魁星塔，又称鱼叉塔，共有七层，高二丈七尺，似一支巨大的毛笔，又像一把大鱼叉对准苦水溪边的这个大水潭。这条溪谷是春山唐姓、何姓两大家族的边界线，左边以唐姓为主，右边何姓居多。有民谚说，春山的河（何）难过，糖（唐）难吃。唐、何两家的祖先来到这里后，就因争这条溪水而结下难解的恩怨，当地人就把这条幽静无辜的溪谷称之为"苦水溪"。在唐家势力超过何家的时候，唐家依风水先生建议，在鲤鱼潭边建起这座魁星塔。何家认为唐家修的塔子如同鱼叉，破坏了何家的风水龙脉，一纸诉状告到保宁府。而唐家申诉塔子是一支笔状，而非鱼叉，塔上的对联"山腾剑气冲天，水漾文光射斗"可证。结果何家输了官司，两大家族的积怨由此更深。这些事儿虽然都是很久以前的陈年老账了，但是两大家族之间的明争暗斗就像春山的风一样，说来就来，说去就去，让人捉摸不透，却又隐隐感到无处不在。

几片枯叶飘浮于水面，一群小鱼从水底的一段枯木下钻出来，魁星塔的倒影就像冒着寒气的鱼叉插在鲤鱼潭的鱼头石上。梅花雪白望着潭水想，水中的鱼儿是否感到那一把冰冷的鱼叉？

"卟嗵，卟嗵"，水面溅起的一串波纹打断梅花雪白和刘贵荣老师的谈话。

梅花雪白见是社火娃儿打水漂，便捡起一块小石片，一甩胳膊，小石片在水面上旋起一长串水花。

"梅，打水漂。"社火娃儿兴奋地叫。

水波微微扩散着，梅花雪白看见水把倒影全都揉捏变形了。

3

何光全家的五只鸡在唐建城的菜园子溜达一圈之后，回到窝里全死了。何光全提着死鸡找唐建城算账，说唐建城把他家的鸡毒死了。唐建城争辩说："你的鸡跑到我家菜园子偷吃专门给耗子准备的毒药，我还没有找你算账呢？你反而倒打一耙。"两人遂由争吵演变为打斗。何光全的大哥、二哥及侄儿何家辉眼见何光全吃了大亏，便赶去帮忙。唐建城的惨叫声也招来他的三个侄子助威。等梅花雪白接到电话和驻村队员赶过去时，双方仍打得不可开交。苏琪尔见了打斗的场面，脸色苍白，吓得说不出话来。梅花雪白带着哭腔劝说："大家不要打啦！这样会出人命的，有天大的事情都可以坐下来好好商量嘛！"她的话完全被现场的叫骂声和吼声淹没了。何清亮、唐宝奎冲着打斗的人群吼了几嗓子也没有镇住场面，马东平、严浩冲上去拉架，挨了几下飞拳。梅花雪白眼见局面无法控制，便报了警。

"你报警又能把谁吓住了？老子啥也不怕。在春山这面山上，何家屋里的人是不好惹的。"何家辉怒视着梅花雪白。

"你是唐建城的啥子人？欠揍！"何家辉提着大棒怒问。

"我是驻村工作队的队长梅花雪白。请不要打架了，这样对双方都不好。"梅花雪白说。

"呵呵，少管闲事！"何家辉冷笑几声。

"是闲事吗？你们这是犯法，伤了人或死了人是要坐牢的，懂不懂？"梅花雪白大声说。

"呵呵，老子蹲过监狱！"何家辉吼叫着，不顾梅花雪白和众人的阻挡，像疯了一样冲上去对准唐建城的腿狠狠扫了几棒，唐建城倒在地上惨叫不止。现场不少唐姓之人看见唐建城受伤倒地，拿着木棒和锄头吼叫着要打死何家辉。何家辉举着木棒，站在一块石头上狂吼："谁不怕死的就往前冲。老子大牢都坐过，天王老子来了我也照打不误。"唐姓之人知道何家辉是村里无人敢惹的家伙，他们嘴里虽然吼叫不停，但腿脚却不敢往前挪了。火速赶来的警察鸣枪警告过后，双方才中止了冲突。这起冲突造成唐建城重伤，三人轻伤。警察将何家辉及参与打架的人员带走处理，医院救护车将伤者送医治疗。为防止唐、何两家再次发生冲突，玉河乡政府、派出所留下两名安办人员和民警坐镇春山，协助村"两委"干部及驻村工作队入户平息冲突双方的情绪，化解纠纷，防止再次发生冲突。

唐克明眼见大伙午饭还无着落，便打电话叫黄花煮饭。黄花放下锄头就从坡里匆忙赶回家忙活。梅花雪白、苏琪尔、何清亮、唐克明等人开完院坝会已是下午两点半，黄花已煮好饭菜等着，众人赶过来便端起饭碗狼吞虎咽地填充饥肠。黄花见盘子里的菜瞬间少了一大半，不好意思地解释："我家里也没有啥好吃的，就这些粗茶淡饭，领导不要见笑哈！"

"大婶，您也快吃吧，这菜都超过四菜一汤的标准了。"梅花雪白说。

"唐克明打电话叫我煮饭时，我正在坡里做活路，急忙赶回家一看，水缸里有一只死耗子，我又忙三赶四的把水缸清洗之后，才慌里忙张的煮饭。本想煮点腊肉和猪蹄，一看时间来不及了，只好凑合一下。"黄花实话实说。

桌子上的咀嚼声戛然而止，苏琪尔从菜盘里抽回筷子，盯着碗里的饭菜没有了一点胃口。唐克明不动声色地夹着菜大口吃饭。梅花雪白的嘴巴停顿了一下，又若无其事地吃起来。苏琪尔盯了盯桌子上的菜，见众人都没有放下碗筷，硬着头皮把碗里的饭菜吃完。黄花又进厨房端出一盘菜上桌，众人已放下碗筷离席了，她不安地问："梅队长，吃好哦，我煮的饭菜不合胃口嘛？"

"大婶，饭菜很好吃的。"梅花雪白安慰。

等梅花雪白和苏琪尔她们到烤火屋烤火，黄花才端着碗上桌吃饭。唐克明没有去烤火，而是伸出左手小拇指上的长指甲在牙缝里扫荡，他掏出牙洞中的一块菜渣，小声对黄花说："你真是一个瓜婆娘哦，你刚才说的那句大实话，谁听了也会没有胃口的。"

黄花愣住了，脸色顿时发烫，冲唐克明不好意思地呵呵一笑，说："你瞧我这张口无遮拦的烂嘴哟！"

"你怎么老不长记性，实话实说也要讲究场合。"唐克明说。

"狗屁，假正经。这饭吃了不会毒死人的。"黄花咽下嘴里的饭菜说。

"这事怪你嘛！怎么不安排你婆娘煮饭？要把工作队喊到我屋头来。"黄花抱怨。

"呵呵，你倒打一钉耙哟！扯啥子歪经嘛！我揣摩着你煮的饭菜是能待客的，谁知道一桌饭菜全让你的一张烂嘴搞得没有了味道。"唐克明说。

"我不开腔行了嘛！"黄花嘟囔了一句，抓起碗筷钻进厨房。

苏琪尔掏出钱要付生活费，黄花说什么也不肯收。梅花雪白说："大婶，您不收钱，就是让我们违反驻村工作队的纪律，下一次我们就不敢到您家里吃饭了。"

黄花听了，不好再推辞。等梅花雪白她们一走，黄花跌坐门槛上，望着老柳树，狠抽了一下嘴巴自语："打烂我这嘴。"

唐建城伤好出院，一条腿残了。参与打架的其他村民分别处以拘留和罚款，何家辉也因伤害罪判刑三年零三个月。这起突发的流血冲突就像重拳打得驻村工作队晕头转向，灰头土脑，士气低落。村里有好事者说，驻村工作队这几个文弱书生是镇不住春山这些有着牛脾气的人，就像秀才遇上兵，有理都说不清。春山这面山的人就是火炮子性格，三言两语不对路就动手动脚，就连这儿的风也是急匆匆的，从来没有消停过。春山人也因这牛脾气出了不少人物，以前张献忠的军队入川路过摩天岭，春山人拼死抵抗，张献忠久攻不下，只好绕道走。抗日战争时期，不少春山人随川军出川，战死沙场，没有一个孬种。抗美援朝时，春山就有十二名志愿军战士留骨异国他乡。然而，春山的风也宠坏了不少"孬火药"，这里过去就是有名的棒老二（土匪）窝子，清朝和民国时期出过唐三春、何中强、孟吉林等匪首。新中国成立以后，也有一些人因打架斗殴杀了人而被枪毙的。土地包产到户之后，春山人围着自家一亩三分地过日子，村民之间为了土地、山林、屋基的事儿纠纷不断，甚至发生过为争宅基地打死人的事儿。这些年来，春山的青壮劳力外出务工之后，村民之间也因死狗死猫的事儿小打小闹过，但并没有掀起什么大风浪。谁曾想到，何光全和唐建城为了那几只鸡，又闹出这么大的动静。这事就像锋利的刀子捅破长在春山上的大"脓包",谁也预料不到这里还会闹腾出啥扎心的事儿。要想把春山这面山上的事儿搁平摆稳当,真够驻村工作队的人喝一壶的。

红江县委、县政府在全县通报了春山发生的村民打架事件,批评了春山村"两委"及驻村工作队在工作中存在法治宣传不到位、排查矛盾纠纷不细致、信息掌握不灵敏、现场处置不力、上报信息滞后等问题,严厉要求驻村工作队限期整改落实,切实把矛盾纠纷化解在萌芽状态,努力营造良好的脱贫攻坚氛围。

苏琪尔将通报文件扔在桌子上,冲着梅花雪白发牢骚:"这工作真的没法搞了,谁有本事谁就来这里搞!驻村工作队屁股还没有坐热,村里就发生这事,出了问题,板子就全打在我们的头上了,真是坐在屋里,头上都会掉下一坨祸来。倒霉透顶!"

梅花雪白苦笑几声,说:"出了问题,发牢骚是不起作用的哦!总得有人来背责任。其实我也想不通,我们谁也料不到会发生这样的事情。转念一想,我们冤吗,其实也不冤。事情出在春山这面山上,村'两委'及驻村工作队买这个单是买定了的。这段时间我们的精力全耗在面上的工作了,对于乡风文明、矛盾纠纷排查这块工作搞都没有搞,这个责任是躲不掉,就是用铲子都没有办法铲掉。"

苏琪尔不再说话,望着窗外发呆,心中腾起一丝苦涩。根据红江县委、县政府的安排,县财政局共挂联帮扶玉河乡三个村的脱贫攻坚工作,局里初定驻村工作队人选时,人教股副股长何梅悄悄告诉她被安排在九泉村,她顿觉"九泉"这个名字听起来让人心头不爽,就找到分管副局长赵鹏程,要求换一个村。赵鹏程笑问她要选那个村?她觉得春山的名字让人动心,就选中春山村。赵鹏程听后,笑说,这是你自己选的,说定了就不得反悔哟。她说除了春山村,我那儿也不去。她真想不到,春山的事儿就像马东平说的,没有几把刷子,春山的烂泥真是糊不上墙。

马东平把起草的《法治宣传进春山实施方案》送给梅花雪白审核,梅花雪白感觉这个方案有点像从网上下载的,再仔细深读,果然发现方案中有几处村名不是春山,而是望春山,她便从手机中一搜索,望春山是外省的一个村。她把稿子扔给马东平说："马东平，你在哄鬼吗？这个方案是网上下载的，村名都没有改过来，你这样敷衍了事，又想春山再次被挨通报吗？大家都抱着这样的工作态度，怎么能干事情？"

马东平吃惊地望着梅花雪白，半晌才嘿嘿一笑，淡淡地说："梅队长，这事没有什么大惊小怪的，也没有必要这样认真的嘛！天是塌不下来的。你不知道吗？现在写材料有谁还闷头苦熬哟，从网上下载下来，改头换面糊弄一下，有谁会认真去深读呢？什么工作总结啦，工作实施方案啦，心得体会啦，等等，基本是大同小异，就像一个爹娘生的，只是不同名字罢了。面对铺天盖地的各种上报材料和轨迹资料，如果每个材料都要抠破脑袋去搞，这样会把驻村工作队的人全部累死的。法治宣传进村，无非是村上成立领导小组，利用村民大会、院户会、坝坝会宣讲法治课，办一个法治宣传教育栏，张贴几幅标语什么的，这些套路放之四海而皆准，谁用都不会出错。如果再想把事儿搞得有声有色，再挖空心思想出几个所谓的高点子，再妙笔生花捣鼓几下，就有创新动作了，也就有新看头了。干这些事儿的套路大家都懂，也心照不宣，谁会较真呢？说白了，这样搞，就是表达一个态度，村上在整改这些事儿了。上面来检查，只要我们有工作计划方案、有工作记录轨迹、有工作总结汇报就好了。我迎接了无数回检查考核，也抽去考核过别人，这里面的套路是瞒不过我的火眼金睛的。"

马东平见梅花雪白不说话，又说："梅队长，你尽管放心，只要村里开了会，有安排，有落实，有图片及轨迹佐证资料，就错不了。"

梅花雪白盯着马东平，不悦地说："马东平，你不能自我陶醉在所谓的经验里，那些投机取巧的把戏都是耍小聪明的表现。你说的那些老套路在新常态下已经不灵验，稍有不慎就会挨板子的。老老实实做人、踏实做事才是根本。难道你忘记了共产党员最怕讲'认真'二字嘛！你起草的这个方案毫无新意，你能不能开动脑筋，再想点新招，不然我们的整改工作是过不了关的。"

"呵呵，我江郎才尽，旧瓶装不了新酒。"马东平的口气很冷。

梅花雪白顿时语塞，抓起方案回到自己的办公室。

苏琪尔见状，笑着对马东平说："你偷嘴又没有把嘴巴抹干净，挨批了吧！我怀疑你是三国时期的魏延，后脑壳长有反骨。队长说的话你都不听了啥，敢当面顶嘴，小心队长让你穿'小鞋'哟！"

马东平尴尬地笑了几声，说："苏美女，你这帽子扣大了，要把我砸晕的，我这个人还是讲规矩的。"

苏琪尔说："驻村工作队虽然是临时组合的，但也是经过组织任命的一个战斗单元，大家都这样搞，各唱各的调，各吹各的号，那不就乱套了吗？驻村工作队就会成为一盘散沙。如果是这样，春山的脱贫攻坚工作只有泡汤了。"

马东平笑了笑说："苏美女批评的很对，团结才能出战斗力，我这就去向梅队长摆谈几句，不然会引起误会的。"

随后，马东平进了梅花雪白办公室，见她还盯着方案出神，便说："梅队长见谅哈，我刚才情绪有点冲动。你宽宏大量，大人不记小人过。"

梅花雪白见马东平一本正经的样子，笑说："啥子大人、小人的，大家都是驻村工作队中的一员。我想了半天，也不知道有啥新点子，既能够完成整改工作任务，又能让村民实实在在受到法治教育。这项工作要务实搞出新花样还真不容易，稍微搞不好就变成务虚的形式主义了。"

马东平眨了一下眼睛说："梅队长，你知道最难搞的是啥子事情么？"

"啥？"梅花雪白不解地望着马东平。

"把虚的务成实的，把假的变成真的。"马东平笑着说。

"假的永远真不了。你去把苏琪尔和严浩叫来，我们一起开动脑筋想一想，如何才能把眼前的这件事情搞清楚。"梅花雪白说。

马东平叫来苏琪尔和严浩，几人扯了半天，也扯不出一个让人眼前一亮的好点子。屋内寂静无声，只有窗外的风在咆哮着。

马东平眨了几下眼睛，打破沉静："留在村里的多数人文化都不高，靠灌输式的进行法制宣传，效果是不突出的。如果把村民拉到监狱去接受法治教育还是不错的，但要实现是有难度的。"

苏琪尔"哇"地一声叫起来："马东平，你的脑子不笨嘛！里面还真装了不少鬼点子。"

梅花雪白也觉得马东平的这个想法可行。她望着苏琪尔，笑了笑说："这事要靠苏美女出面才能搞定。"

"这事怎么又搁在我头上来了。法制宣传这块工作是马东平在管嘛！"苏琪尔说。

"你刚才还批评我要团结共事，现在搁到你头上怎么就不灵了？"马东平笑说。

"马东平，记清楚啊，我又帮你忙了，下次请我吃玉河乡的肥肠酸辣粉哟！"苏琪尔说着抓起桌子上的手机。

"好，好，我请客，只要你不怕我举报你办事搞吃拿卡要，我保证肥肠酸辣粉把你胀得爬起走。"马东平笑说。

"你只记得苏美女的好处，请客就把我搞忘记了哈。"梅花雪白笑说。

"人的嘴巴为啥这样馋哟，只要说起吃的了，为啥全都不客气呢？"马东平的话惹笑了梅花雪白和苏琪尔。

苏琪尔拨通了钱洪刚的电话说："喂，洪刚，我这儿有一个要紧的事情，需要你马上帮忙哦！"

"琪尔，啥事这样猴急哟！"钱洪刚的声音传来。

"你也晓得，前段时间春山发生的事儿，我们想组织村民到秦巴监狱进行一次法治警示教育，请你帮忙搞定。"苏琪尔说。

"琪尔，这事有难度，监狱是不允许乱进的。"钱洪刚很为难。

"你别婆婆妈妈的，活人还能让尿憋死吗？你有好几个同学在政法系统，找他们说一说有啥难的嘛。"苏琪尔抱怨。

"好！我试试看。不要生气哟。"钱洪刚说。

"不是试试，一定要办成！"苏琪尔说。

"好吧！"钱洪刚挂断电话。

苏琪尔放下电话，兴奋地说："这事基本搞定。"

梅花雪白望着苏琪尔问："你和钱洪刚啥时吃喜糖？"

苏琪尔说："还早着呢！耍够了再说吧！"

"还是先上车后买票好耍哦！"马东平笑说。

"马东平，你刚上了婚车，又想退票赶下班车了吗？后悔了吧！小心我去金丽丽那里打你的小报告。"苏琪尔说完大笑，梅花雪白也被逗笑了。

不久，钱洪刚回复，秦巴监狱要搞一次服刑人员现身说法教育活动，计划邀请社会群众现场参与，他已为春山村争取了三十个现场观摩的名额。

活动那天，梅花雪白带领村"两委"班子、驻村工作队及各社的村民代表赶到秦巴监狱。一些服刑人员不知法、不守法所带来的惨痛教训，声泪俱下的忏悔，强烈震撼着人心。活动结束，村里又以社为单位开展了法治宣传教育。在马东平上报的春山开展法治教育的信息被上级肯定之后，整改工作又被冒出来的一大摊子事儿淹没了。

4

苏琪尔从三社入户走访回来，对梅花雪白说，有村民反映何清亮的干亲家赵光秀、堂兄何清远不符合贫困户标准。社里与他沾亲的何清国、何清寿、余岳山有房有车却还吃着低保。村民对这些问题当面不敢说，背后意见很大。马明山两口子长期背着药罐子，家里房子破烂不堪，像漏评户。严浩在调查一社贫困户精准识别过程中，也听到村民反应村社干部上报贫困户名单时，私自加进了几户关系户上报通过。苏琪尔和严浩反映的问题让梅花雪白吃惊不小，她隐约感到春山的贫困户精准识别、低保户评定存在很大的猫腻。她如坐针毡，拿不定主意，暗中找苏琪尔和严浩商量如何解决这个特别棘手的难题。苏琪尔说："贫困户精准识别和低保户评定的事情，村民反映强烈，认为村里一碗水没有端平，该评上的评不上，不该纳人的却纳入了，而现在，这些人全把矛盾和怨气集中到驻村工作队头上了。村里贫困户和低保户的评定都是驻村工作队还没有组建之前，就由村社按程序识别评定的，识别是否准确，板子打到谁，你我都没有责任的，全是原来村社干部优亲厚友搞出来的，谁搞的谁去担责任。严浩认为这事非同小可，如果假装面茶锅里煮饺子——糊里糊涂装睡着，不去揭开这个盖子，也许隐瞒得了一时，但躲不过一世，终究纸是包不住火的。假设驻村工作队去捅掉这个篓子，得罪了村社干部，我们这几个人就会成为光杆司令，在春山这面山里只有搬起石头砸天了，以后的工作就很难顺利搞下去的。"

"苏琪尔、严浩，你们不要当和事佬，打太极，说了这大半天的，也没有说出解决办法的条条框框。这事究竟该怎样办呀?"梅花雪白说。

"呵呵,梅队长,这事只有凉办,我也是鸡屎搅乱头发,彻底没有招了。"严浩苦笑。

"梅队长,谁拉的屎,谁自己擦屁股。你组织召开一个专题会,把这个问题在会上一锅端出来,让何清亮他们自己想办法去抹平问题。"苏琪尔边从包里掏出一只唇膏边说。

"苏琪尔,你这个深藏不露的家伙,早知你的脑子这样好使,这个队长你来当最合适。"梅花雪白笑说。

"梅队长,你别损我。我这点小聪明,比不上你这位才女诗人的大智慧。"苏琪尔笑了起来。

星期一上午,梅花雪白主持召开驻村工作队每周工作碰头会,她将村民反映贫困户精准识别不准的问题提出来,并要求分组入户重新核实,上报整改。她的这个决定犹如捅了马蜂窝,村社干部的强烈反弹程度是她没有预料到的。

何清亮冷笑几声,阴阳怪气地说:"难道我们这些村社干部都是饭桶,不会干事了。我在春山这面山里摸爬滚打几十年,什么样的战火没有见过,什么样的检查没有迎接过?就说扶贫这事儿,春山以前也搞过,野猪沟那片退耕还林的地就是很久以前村里搞的扶贫项目。这么多年,村里的啥事儿都是搁平了的,搞得伸伸展展的。村民家的情况我闭着眼睛都能说出来,不会睁眼说瞎话。贫困户识别有村民的申请,村里有记录、有公示,上面都是审批了的,审批名单上都是盖了红彤彤的大印,这难道还有假?有的人到春山屁股还没有坐热,就'猪鼻子里插葱——装大象',在别人面前指手画脚的。年轻人不能开黄腔,不懂就好好学,瞎指挥是要出问题的,也会栽跟头的,更会吃不少壳子哟!春山有句俗语,叫刀钝要用石头磨,人钝要在世上磨。年轻人们,好好在春山这块石头上磨一磨。"

唐宝奎将笔扔在桌子上,笔沿着桌边滑落,他慌忙抓住坠落的笔说:"驻村工作队的人不能偏听偏信,不能只听那些非贫困户瞎说,他们没有享受到政策,就啥事也不满意,胡乱反映情况,要让他们都满意,只有都评成贫困户或低保户,大家心里就平衡了,也都没有怨言了。你们去问一问那些建卡贫困户,谁不说自己家里穷得舀水不上锅了,吃了上顿缺下顿的。这些事情上面都没有追究过问，驻村工作队非要自己捉虱子咬，真是闲得没事干了吗？"

马东平在一张白纸上不停画圆圈，当划到第九个圈时，他停下笔，嘿嘿笑了几声说："精准识别中的评定问题，的确不好界定，特别是老百姓的收入不好计算，尤其是在贫困标准线边缘上下浮动的，计算误差肯定是有的，这也属正常现象。问题是推动事物发展的动力，任何事物都是在向前发展演变的，发展过程出现问题是正常的，没有必要大惊小怪。我想这个问题不止春山存在，别的村或许还更严重。我建议，为了春山的名声和便于驻村工作队以后的工作，我们也不要假装正经了，有谁愿意主动去揭自己的伤疤呢？这事暂不上报为上策，等上面发现了，最多批评我们水平有限，没有把问题发现出来。现在，天气越来越冷了，要紧的是抓好贫困户越冬的大事儿，如果贫困户在这个冬天没有吃穿，过不起年了，这个问题就更大了。"

苏琪尔见会场的气氛出现一边倒的趋势，就连面合心不合的唐宝奎也站到了何清亮一边，她惊讶不已。她才真正领教了春山的事情不是她想象中的那样单纯，也颠覆了她对农村工作的认知。书本上说的那些知识与现实中表现出来的东西竟然有这样大的差距，现实始终跑在了教科书的前头。对这样一个明摆着的问题，他们都会找出一大堆绕着问题走的充分理由。这样的现实与她们这群"90后"新青年的想法是完全不同的，她认为处理事情越简单化越好，转弯抹角地把简单问题复杂化是浪费时间，也是对人性的折磨。春山的事儿就像坚硬的磨齿，慢慢地把她的棱角磨圆，碾碎。她不想让这里的山风磨掉锐气，变成雷同的复印纸，她需要活出自我的精彩。

苏琪尔大声说："我是一个'愣头青'，大家也知道我是一个女汉子，说话喜欢翻直肠子，有事当面锣对锣地敲打，如果说话得罪了大家，请不要怄气哈。对于贫困户精准识别的问题，我认为不要搞'猫盖屎'的把戏，有问题就得及时改，不能小病拖成大病，结果丢了面子事小，扶贫扶不到点上才是最大问题。上级一再强调识别要精准，扶贫对象都没有搞清楚，该纳入的纳不进来，不该纳入的堂而皇之地享受扶贫政策，这样会把脱贫政策的经念歪。大家如果还抱着以前的眼光来看待这一轮脱贫攻坚，那是大错特错的。思路决定出路，老观念不适合现在的发展需要就得转变，只有改变我们的思维方式，春山的扶贫才会有新起色，否则，春山面貌依旧。当然喽，我是驻村工作队的队员，有权利在会上阐明自己的观点，采不采纳，那是你们村'两委'班子和驻村工作队领导拍板定夺的事情。"

梅花雪白望着苏琪尔点了点头，苏琪尔率直的个性让她佩服，暗中对自己有点优柔寡断的性格进行一番审视。她想起来春山的前一天晚上，爷爷梅开贤把她叫到书房，郑重地找她谈话。爷爷说春山那片山水他是熟悉的，那儿是一块坚硬的磨刀石，磨得好就能磨出一把好钢刀，磨得不好就可能毁掉一块好钢。驻村工作队长不是啥官儿，在村民眼里却是大官儿，权力不小。要想服众，就得身子坐正，心思用在正道上，搞歪门邪道的把戏是见不得阳光的。"一把手"就是最后拍板的人，好像主持拍卖会的人，最后落槌敲定的那一下既要准确又不能拖泥带水。"一把手"遇事举棋不定，就会让下级摸不着头脑，找不准方向。"一把手"关键还要有弥勒佛大肚能容天下的气度，要沉得住气，吃得了苦，受得了罪，经得住群众无辜的骂，斤斤计较是不利于团结，也是搞不好事情的。她第二天出发时，爷爷又在门口叮嘱："不要让春山的人说我梅开贤的后人一代不如一代，如果是那样，你就把梅家人的脸面丢大了。"

会场争论的气氛依旧尖锐、激烈，梅花雪白静静地听大家发言，不时在笔记本上记着，她觉得各种观点和思路在会场上碰撞交锋是一件好事，思路会越辩越清，道理会越扯越透明。她在大学每周末都去参加诗歌沙龙活动，活动成员无论是教授或学生，有时为着某一种新观点，互相争论得拍桌子打板凳，吹胡子瞪眼睛的，但是大家最终会争出一个互相认可的观点，结果都会在不断交流碰撞中有所获。如果一个会议开得暮气沉沉，台上侃侃而谈，台下呵欠连天，那样的会议效果就会大打折扣。

梅花雪白看了看时间，觉得大家争论得差不多了，该轮到自己对这事拍板定调了，她清了清嗓子说："驻村工作队是来发现问题和解决问题的，不是来春山来走马观花的。对于村里贫困户和低保户中出现的错评户和漏评户问题，应当全部入户进行核实比对，形成书面报告报上级审定，该取消的必须取消，该纳入的就得纳入，不能落下一户一人，也不准把扶贫政策变成人人都可以享受的'唐僧肉'。如果精准识别出了问题，我们就会答偏题，跑错道，这个错误是绝对不能去犯的。如果上报这事挨了板子，我作为队长来承担这个责任。"

梅花雪白话音刚落，何清亮鼻孔哼了几声，站起来说："你们想报就上报吧！我家里还有一屁股的事要等着我回去处理，回去晚了婆娘又要臭骂一顿。我每个月领的那点可怜的补助还没有婆娘挣的一个零头多，婆娘劝我进城去当保安也比干这既出力又挨骂的事儿强。我多次向乡上提出不想当这个村主任，春山的事情谁愿意搞，谁就来搞好了。"

何清亮说完，抓起笔记本出了门。

唐宝奎见势说："梅书记，我没有意见，你们随便报就是了，我还得进城一趟，我儿子要带我和老太婆去华西医院检查身体，好不容易约了专家号的。我这把老骨头就像破风车，一碰就响，身体是革命的本钱哟。各位，对不起，我就先走一步哈。"

紧接着，几名社长跟随唐宝奎出了门。苏琪尔见此，大声说："怎么回事哟？梅队长还没有宣布散会，大家就开溜了，太没有会场纪律了。我建议下次要好好整顿春山的会风问题了。"

马东平旋转着手中的笔，笑了笑说："苏琪尔，他们为啥开溜？你是懂的。"

"我懂个屁。只有你这个滑头精才会懂的。"苏琪尔大声说。

马东平"呵呵"地笑了几声说："苏美女，你慢慢就会懂的。"

"马东平，你要是当了驻村工作队长，我会辞职不干的，谁受得了你不温不火的娘娘腔。你是不是韩剧看多了，变成伪娘了。"苏琪尔说。

"我就不相信，离开了红萝卜就办不成宴席了，春山这面山离了谁，太阳还是照样从摩天岭上升起来的。"苏琪尔抓起笔记本说。

"呵呵，苏美女生气的模样儿有点讨人喜欢哟！"马东平笑说。

"油腔滑调的，讨厌透顶。"苏琪尔说着转身出了门。

梅花雪白缓缓收起笔记本，忧郁的苦笑染透了她尴尬的脸。何清亮他们的态度也更坚定了梅花雪白在这件事上与其较劲到底的念头。她想，如果她在此事上妥协下去，结果只会把自己逼入死胡同。无原则地为了一团和气而去忍让，是会让事情越来越糟糕的，自己施展手脚的空间就会被这些无形的绳索捆住。在春山这面山上，自己没有沾亲带故的亲戚，也没有吃人嘴软，拿人手软的软肋捏在别人手里，只要自己挺直腰杆，说话就会硬气，也就不会虚火任何刁难。

梅花雪白以驻村工作队的名义拟好春山村有关贫困户存在错评及漏评问题的自查报告，亲自分送玉河乡党委、政府，县脱贫攻坚领导小组办公室。此事很快引起红江县委、县政府的高度重视，认为这不是一个简单的个案，有可能是带普遍性的大问题。红江县委、县政府在专题研究这个问题时，有人建议应对春山村"两委"及驻村工作队给予严厉追究责任，以达到处理一个，教育一大片的目的；也有的认为春山村驻村工作队敢于自我揭短亮丑的行为应当肯定，工作失误应当批评，如果一棍子打死这种难能可贵的自揭伤疤的行为，是不利于工作推进的。最后，红江县委、县政府责令玉河乡党委、政府负责监督春山村彻底整改贫困户精准识别和低保户评定优亲厚友的问题，如果整改不力必将从严问责追责。为此，红江县也迅速开展了贫困户精准识别"回头看"暨低保评定专项整治行动，彻底对所有贫困户精准识别情况重新进行对标核实，错评的一律取消，漏评的全部纳入。对违规纳入的低保户全部取消，追回发放的相关资金。

天刚刚亮，唐老坎的电话就把黄花从被窝里揪出来，她裹着棉袄跑到老柳树下接电话。唐老坎告诉黄花，他昨晚梦见老柳树被风吹断了，他抱着倒在地上的老柳树哭醒了。黄花说唐老坎睡觉勾子（屁股）没有盖到，才会做那些没头没脑的怪梦。昨晚春山又下了一场雪，老柳树还好好的，只是狂风吹折了一根树枝。黄花说家里该杀年猪肉了。唐老坎说他要等到年关才能回家，杀年猪的事情就请刀儿匠人龙大坤帮忙，不要忘了吃"庖汤宴"的事儿，家里再穷也不能丢了活人的脸面。

在春山这儿，农户杀年猪的那天，都要请邻里乡亲品尝猪血旺，吃肉喝酒，以庆丰年的习俗，俗称吃"庖汤宴"。

黄花跑了好几趟才找到刀儿匠人龙大坤说妥杀年猪的事，她又央请李子木和几位村民帮忙。摆"庖汤宴"究竟要请那些人来，黄花心里很纠结，直到她把唐克明叫到家里来，心里才有了依靠。在唐克明面前，黄花家里的一切都是透明的，敞开的。春山人都知道黄花和唐克明之间就像春官手中的牛儿，都是麻缠的一样，究竟是谁先麻缠的谁，没有人能够说得清白。村民说归说，心里还是很伤情的，黄花和唐老坎结婚多年怀不上娃儿，诊断是唐老坎出了毛病。多年以后，黄花抱养了一个娃，十五岁上学过二十八道拐不幸坠崖而亡。从此，黄花也就断了要娃的念头。

　　黄花叫唐克明负责帮她请吃"庖汤宴"的客人，特别交代要把驻村工作队的客人一定帮忙请到。唐克明列出请客的名单让黄花过目，黄花说，吃客全由你帮我做主请到，饭菜由我来具体张罗。唐克明把黄花想请驻村工作队吃"庖汤宴"的事告诉梅花雪白，梅花雪白想了想，欣然答应前往。

　　当黄花家的那只灰狗逃进竹林之时，刀儿匠人龙大坤也就站到了黄花家的院坝里。

　　"龙师傅早哇！"唐克明递烟打招呼。

　　"唐老鸭，你昨晚又没有回家嘛！"龙大坤笑得意味深长。

　　"嘿嘿！"唐克明笑了笑。

　　龙大坤看了看已摆放妥当的杀猪的宽板凳、烫猪用的黄木桶、放猪肉的案板等用具，又进厨房看了看烫猪水说："这水还要加一把猛火提劲儿。整快点哟！还有两户人家等着的。"

　　"忙啥哟！抽口烟放松一下。"唐克明拽着龙大坤到火塘烤火摆龙门阵。

　　"哎，你不晓得，这段时间把我忙得卵子都没有了个数，有时晚上都在帮人杀年猪。"

　　"你只晓得挣票子，带一个徒弟帮忙嘛！"

　　"这玩意儿现在没有人愿意干了，这门手艺以后要在春山绝迹了。"

　　"是啊！没有刀儿匠，春山的人只能把猪养着看了！"

　　"唐老坎又出门说春啦！"

　　"他早出门了。"

　　"这唐老坎一走，你就有想头喽！"

　　"嘿嘿！你三句话不离裤裆里的事儿，你手上尽干伤生的事，嘴上要留口德哦。"

　　"我只会嘴上过干瘾，而你却是闷头做事的闷倒驴！"

　　……

黄花把烫猪水烧好的时候，梅花雪白、苏琪尔、严浩、马东平随唐宝奎、何清亮一起赶过来了。

龙大坤和唐克明打开猪圈门，抓住两只猪耳朵，李子木揪着猪尾巴，合力将肉球似的肥猪从圈里往院坝拖，黑猪的惨叫声似带血的大刀吓得灰狗朝山坡的一片树林狂奔。

"哇，是一头大黑猪哟！"梅花雪白用手机录着视频，兴奋地惊叫。在她的印象中，猪儿都是长白毛的，这是她第一次看到长黑毛的猪儿。

黑猪拼命挣扎，屎尿也拉出来了，李子木的手上沾满猪屎，臭气熏得他差点窒息，手一滑，黑猪瞅准机会朝前一拱，唐克明和龙大坤一个趔趄滑倒，黑猪掉头就从院坝冲进屋前的冬水田里。

众人傻呆呆地盯着在水田中瑟瑟发抖的大黑猪，不知所措。

龙大坤挽着衣袖吼："还傻看啥呢，赶紧下田抓猪呀！"

李子木和唐克明挽着裤腿，战战兢兢下田撵猪，何清亮和唐宝奎拿着长木棒和竹竿站在田边帮忙把猪往外赶。黑猪在田里跑来跑去，像一条大鱼在水中折腾着。黑猪变成了泥猪，李子木和唐克明也变成泥人了。众人足足花了一个多小时，才筋疲力尽地将猪拖到宽板凳上，龙大坤抓起杀猪刀对准猪的喉管捅去，一股热汪汪的血喷溅到地上的大木盆里，黑猪的叫声渐渐停息。

龙大坤拔出杀猪刀，对着阳光仔细瞧了很久，黄花不安地捏着一把草纸问："龙师傅，杀猪刀上的血口怎样？"

龙大坤接过黄花递过来的草纸，擦着刀上的血说："刀上的血口封得圆满，你家财运好，明年又有一头大肥猪。"

黄花抓起带血的草纸跑进猪圈，点燃香蜡、钱纸敬圈神。春山的农户杀年猪都要敬圈神的，家里建猪圈也要请能吃能喝的匠人来建修，人们相信由胃口好的人修建出来的猪圈，喂的猪儿一定肯吃又肯长。

龙大坤吩咐帮忙人员将烧开的滚水倒进大木桶里，提了几桶冷水勾兑好烫猪水后，众人便把死猪抬进木桶里。龙大坤抓着铁钩用力拖拽着，木桶旋即升起热腾腾的雾气。众人操起铁刮子或粗糙的青石块趁热刮猪毛。当木桶里升腾的雾气散去的时候，脱毛的猪儿就变成了大白猪。众人七手八脚地将肥猪吊在一根木柱上，龙大坤手起刀落，猪的五脏六腑以及筋骨皮肉很快就被分割开来。黄花取了猪肝、猪血及一块五花肉做"庖汤宴"，梅花雪白和苏琪尔忙着帮厨洗菜。

庖汤宴弄好之后，众人入席分享，梅花雪白和苏琪尔将庖汤宴的菜品录入手机视频，发在手机微信圈后才动筷子吃肉。

苏琪尔吃了一块肥肉说："黑毛猪儿的肉嘎嘎真是香哟！"

"这些都是本地土猪肉。全是用粮食喂的，没有用饲料催肥，真正的环保猪儿。"龙大坤说。

"这样好的猪儿养在春山无人识，真是太可惜了。"梅花雪白说。

唐宝奎和李子木喝闷酒，互不搭理，像冤家似的。他俩的神色让酒桌上的气氛压抑而尴尬。黄花见此，端起酒杯说："各位领导，乡亲近邻，我这个人没有见过大世面，是一个土包子，说话做事尽出洋相，上次开会惹得大家闹不快，心里一直不安，请不要记恨我这个粗人哟！也不要怄我的气，我在这里借酒赔不是哈！"

"黄花，你说这话就有点生分喽！牙齿和舌头都有互相咬架的时候，大家闹几句也没有啥的。我们不是三岁大的小娃儿，过去了的事就像一阵风吹过。"唐宝奎喝完杯中酒说。

李子木咽下嘴里的酒说："春山的苞谷酒是好酒。"

唐克明喷着酒气说黄花："你是哪壶不开提哪壶，酒场合不说题外话，大家尽兴吃饭喝酒。你提那些陈年老账干啥呢？"

黄花把酒壶塞给唐克明说："你只晓得喝闷酒，也不造点气氛活跃酒场合。来，你帮我当好这个'酒司令'，我再去炒点下酒菜。"

龙大坤看着唐克明手中的酒壶，笑得更加古怪了。

梅花雪白盯着微信上不断冒出来的点赞，忍不住开心地叫起来："我拍的庖汤宴视频在朋友圈里火了，馋得那些好吃嘴儿的口水都快流干了。"

李子木斜眼看了看梅花雪白，嘴角露出一丝淡淡的笑，心想这个单纯可爱的姑娘是从事幼儿园老师的好料，却不是能够在春山这面山里混的人，春山这个烂摊子一定会让她笑不起来的。

黄花捕捉到李子木怪怪的眼神，又看了看唐宝奎的脸色，淤积心中的那一片阴影又快速升腾起来了。

5

阳光落在积雪上，春山一片白。

社火娃儿用树枝在雪地上画了一个胖头细腿的小女孩，又从小女孩的手掌上画了一根弯弯曲曲的长线，并在延伸的线头处画了一条长着翅膀的大鱼。画完之后，他将彩色粉笔弄成细碎的小块，沿着画的线条细心摆放，像在精心刺绣。粉笔被雪融化了，红的、粉红的、绿的、黄的颜色似墨水滴落宣纸上，慢慢浸润着，雪地上的画生动起来。

社火娃儿站起来，抬起衣袖抹了抹鼻涕，歪着脑袋端详着自己的杰作，忍不住大叫："哇，这是一条会飞的鱼，快乐的鱼！"

社火娃儿的叫声吵醒梅花雪白，她起床拉开窗帘，阳光塞满狭小的屋子。

今天是周末，驻村工作队成员回家换洗衣服，梅花雪白留村值班。她本想好好睡一个难得的懒觉，没有想到社火娃儿会起得这样早。她望着手舞足蹈的社火娃儿，心里还在为刚才梦中那株怒放的野杜鹃被大雪掩埋而忧伤，她觉得好看的花儿不该被漫天风雪摧折。

社火娃儿的喊叫声似一双有力的大手拽着梅花雪白，她觉得很有必要，也有责任摸清社火娃儿为啥这样兴奋。社火娃儿是她"一对一"结对帮扶的贫困对象。前不久，刘贵荣老师到县医院检查出肝癌晚期，他特地交代梅花雪白，一定要帮助看好社火娃儿。在春山这面山上，只有刘贵荣老师叫社火娃儿的书名，其余都是叫的乳名。社火娃儿是春山唱社火的时候出生的，他爹就取名"社火娃儿"。梅花雪白觉得社火娃儿的乳名比书名叫着顺口，她叫了几回又觉不妥，就改口叫弟娃儿，她认为这样叫比较亲切。她这样叫，社火娃儿不好意思叫她"梅"了，改口叫她"梅姐"。

雪地上长着翅膀的怪鱼似飞鸟在洁白的天空飞翔，小女孩被一根绿色的细线拽住，脚上的一双红鞋分外鲜艳。梅花雪白站在社火娃儿身后惊问："弟娃儿，这幅画是你画的吗？"

"鱼是会飞的。"社火娃儿说得极为肯定。

"画得真好!"梅花雪白夸赞。

"梅姐,请你回答,鱼会飞吗?"社火娃儿一脸严肃。

"长翅膀的鱼是会飞的。"梅花雪白答。

"嘻嘻,你答得很对。"社火娃儿笑说。

"弟娃儿,只要你想画画,姐姐下次进城给你多带些笔墨纸砚哈。"梅花雪白说。

"嘻嘻,梅姐。我要方便面。"社火娃儿伸出舌头舔了舔嘴巴。

"好。我的肚子也饿得呱呱地叫喽!我们回屋煮方便面。"梅花雪白说。

梅花雪白打燃煤气炉,煮了两碗方便面,社火娃儿连汤带水吃完,梅花雪白还在捞起面条往嘴里优雅的喂。

"吃饭要细嚼慢咽,吃快了对身体不好。"梅花雪白望着社火儿的空碗说。

社火娃儿贪吃的目光像一双筷子伸进梅花雪白的面碗里,梅花雪白将碗里的面条捞到社火娃儿的空碗说:"弟娃儿,我吃饱了,你帮我吃点哈!"

"嘻嘻,好吃。"社火娃儿说。

"慢点吃,别噎着。"梅花雪白提醒。

社火娃儿吃完,拽起油黑发光的衣袖擦了擦嘴巴,望着梅花雪白打了一个饱嗝。

"要讲究卫生。擦嘴用餐巾纸,怎么能用衣袖擦呢?"梅花雪白抽出一片纸巾示范。

社火娃儿仰着脸,将一片白纸巾盖在脸上,嘻嘻地笑了,纸巾随着呼吸在脸上起伏,极像一片荡漾的雪浪。

"听话哟!"梅花雪白说。

社火娃儿抓起纸巾抹了几下嘴巴,又慢慢展开纸巾,几道淡黄的油腻像张牙舞爪的虫子在雪地上挣扎。

"嘻嘻。"社火娃儿面露羞涩。

"你的头发也脏了,等会儿姐姐烧点热水帮你洗一洗。你要收拾好个人卫生,不然,浑身臭烘烘的,没有人愿意与你玩了。"梅花雪白说。

社火娃儿不好意思地笑了，像一只怪鸟在叫。

吃过早饭，梅花雪白烧了几壶热水，帮社火娃儿洗了头，用吹风机吹干后，社火娃儿就独自钻进教室画画。驻村工作队驻进村小学后，社火娃儿就没有回过家了，困了就在刘贵荣老师为他准备的一张小床上睡觉。驻村工作队开饭了，他就伸着脑袋在门口张望，大家便叫他吃饭。他爷爷觉得社火娃儿把一张嘴巴挂在驻村工作队了，就叫社火娃儿回家吃住。社火娃儿被他弄回去之后，转眼又溜回学校，他拿社火娃儿没有一点儿办法了。他实在过意不去，从家里背了一背洋芋送给驻村工作队，谁知驻村工作队支付了他两百元钱的洋芋款，他更加过意不去了。苏琪尔对他说："驻村工作队员省一口饭菜，也会把社火娃儿胀得爬起走。"此后，驻村工作队煮饭时就把社火娃儿的饭计划上。有社火娃儿在一起吃饭，驻村工作队每顿的饭菜就没有剩下的了。

梅花雪白坐在电脑前整理春山村基本信息，她计划把全村贫困户与非贫困户的家庭信息建立成电子台账，以便全盘掌握全村农户家中的动态情况。

"梅队长！"门外响起的吼叫惊得梅花雪白扭转脑袋。

"啥事？"梅花雪白问。

"驻村工作队乱搞嘛！为啥我家就不是贫困户？这事你必须搞清红皂白，不然，老娘就要把春山闹一个底儿朝天。"一社农妇马美琼像一头怒狮堵在门口。

"大婶，快进屋烤火，有啥事慢慢说，莫急哈。"梅花雪白说。

"火烧屁股的事情，为啥不急？你解释清楚，村上公示的贫困户为啥没有我家的名字？"马美琼一屁股坐在梅花雪白的小木床上，顺手端起梅花雪白倒的开水说。

"您是何贤修家的吧！"梅花雪白问。

"嗯，何贤修是我男人。"马美琼说。

"哦。"梅花雪白抓起桌子上的资料，找到苏琪尔调查的有关何贤修家的资料说："大婶，我们调查比对了，您儿子在县城春江路购有一百五十平方米的房子，还有一辆挖机挣钱，媳妇又在超市上班，仅这几项收入，您家的人均纯收入远远超过国家贫困线的标准。您家是不符合条件的，不能纳入建卡贫困户。三社的赵光秀、何清远，五社的唐宗贵、何文奇、何清香因不符合件，错评上了贫困户，在这次全县精准识别'回头看'时就全部取消了。邱富贵、马占仁、岳荣华、郑云山等漏评掉了的，这次按程序补报上了。对这些贫困户的识别村上都是开了会的，村民签字画押认可了的，如果驻村工作队乱搞您可以向上级反映，有问题我们立即纠正。"

马美琼一把推开梅花雪白递过来的资料，说："我不听你那些哄鬼的话。我儿子的房子和车子都是凭本事挣的，他的是他的，与我没有半毛钱的关系。我两口子多病，手里的钱全送到医院里去了。"

"您和儿子的户口在一起，又没有分家。医疗保险缴了的，住院的费用按国家政策报销了的。您看嘛，这些都是有据可查的资料。您家的调查资料何贤修在上面签字并盖了手印的。"梅花雪白说。

"我不看，你那些都是搞的假过场。"马美琼说。

"我多年前就叫把户口分了，他们把我的话当成耳边风了，现在政策来了就憨狗望羊了。"马美琼抱怨儿子没有把家里的户口分开。

"大婶，扶贫政策不是'唐僧肉'，谁都可以吃几口。即使您分了户口也是不符合条件的。现在扶贫不是以前大水漫灌式的扶贫，主要是从政策上对贫困线下的乡亲实施精准帮扶，目的是让他们同步跟上全国人民奔小康的步伐。您家不愁吃穿，还愁啥呢？"梅花雪白解释。

"我不管你那些正儿八经的大道理！你瞧一瞧，村里评的贫困户好多都是好吃懒做的家伙。我们起早贪黑忙活路的时候，那些人还在被窝里睡大觉，他们受穷是自找的。国家政策是鼓励勤劳致富，还是在养懒汉？贫困户都能享受扶持政策，凭啥我们就不行？我戴不上贫困户的帽子，谁也别想戴安逸。你在春山访一访，我马美琼不是吃素食的货色。"马美琼晃荡着脑袋，耳垂下硕大的金色耳环摇晃着。

"大婶，国家政策不是扶持懒人的。村里评上的贫困户大部分是因病因残或家里遭受天灾人祸造成的，也有一小部分确实由于内生动力不足而贫困，这些贫困户目前生活确实比较困难，需要扶持一把才能赶上趟。您是村里有名的能干人，把日子盘算得有滋有味，是村民学习的榜样！"梅花雪白说。

"我就看不惯村里那些好吃懒做的家伙，过日子还得靠自己这双手。"马美琼伸出如同松树枝一样的手，随手还拧了拧手指上的戒指。

"大婶，凭劳动致富最光荣，也是最硬气的。如果村民都抱着等国家来救济，那就会永远受穷的。"梅花雪白说。

"那是哟，我敢拍着胸膛在春山这面山上说硬话，我家是从来不吃软饭的，自己挣的才是最硬气。"马美琼的手掌在胸膛上"咚咚"地拍打着，梅花雪白担心她会把胸膛的肋骨拍断了。

"哟，大婶，您的耳环好漂亮，是儿媳妇给您买的吧！"梅花雪白看着马美琼耳垂下晃动的耳环说。

"这是我儿子买的，女儿买的我还没有戴嘞。"马美琼的声调拔高许多。

"大婶，您福气好哇！儿女又孝敬。春山的妇女能够戴耳环的，照起灯笼火把也找不出几个人哟！"梅花雪白说。

"你不要吹捧我，给我灌迷魂汤。我家从来就没有享受到啥政策的阳光雨露。"马美琼警惕的目光在梅花雪白的脸上扫了一圈半。

"大婶，您自己看嘛，您家该享受到的退耕还林、粮食直补、农村医疗保险、义务教育等强农惠民政策都是一分不少的享受了的，怎么能说没有享受到国家的政策呢？您想想过去，种庄稼还要交税费，现在国家对你种庄稼倒拿钱给你。您儿子在县城购房及买小车都享受到相关税费优惠政策的，人说话要摸着良心说哟！这是调查资料，您自己看嘛！"梅花雪白指着采集的相关佐证资料说。

马美琼看了看梅花雪白手中的资料，停顿片刻，不好意思的嘀咕："我没有念过书，扁担大的'一'字都认不得。那个兑现政策的卡折通本本是老头子在保管，他取了啥钱也不给我说，即使他说了我也记不得了。"

马美琼见硬的不行，又换上笑脸说："梅队长，财政局是'财神爷'，有的是钱，多我一个贫困户也没有啥嘛，你叫局长多给春山拨点款，不就摆平了吗？"

"大婶，财政局的钱也是国家的钱哦，打酱油和买醋的钱，各是各的经路，不能搅在一起的。财政局就是为国为民理财的，如果随意支钱，那不乱套了嘛！"梅花雪白说。

马美琼自知理亏说不过去，又拿捏不准梅花雪白的心思。如果此时换上唐宝奎或何清亮，她就会毫不客气地把他们的根根底底抖搂出来，让他哑口无言。而面对梅花雪白，她感觉像抓风一样，啥也捞不上了。她喝了一口茶水，便又心生一事，说："好啦！我今天就不扯当贫困户的事了。听说村上最近在水务局领了一批饮水管子，我家的饮水管子坏了，这事村上要给我解决好，不然我就去上访。"

"大婶，我们都不知道村上领饮水管子的事儿，您是从哪里听到这个消息的？如果您家的饮水管真的坏了，自己修不了，村上可以安排人帮您修一修。"梅花雪白说。

"你不要问这事是谁说的。如果亏欠了我的，我要让谁吃不了兜着走。"马美琼没有讨到想要的好处，临走前又撂下狠话。

梅花雪白望着马美琼的背影，摇头苦笑。马美琼"铁耙搂"的诨名真不是春山人凭空喊出来的，村民说春山的风都虚火她，怕被她抓回了家。有一年春节前，县农业局到村里慰问困难户，农业局几名领导亲自发放棉被、米面油等慰问品，电视台的记者忙着抢拍镜头，村社干部也抢着趁机露脸。马美琼悄悄摸过去从农业局领导手中冒领了一份慰问品，困难户陈大光却没有领到。农业局领导尴尬不已，当场严厉批评办公室主任办事不认真。办公室主任慌忙从车上把准备慰问铜锣村困难户的物资先拿了一份补给陈大光，并道歉没有把工作做好。何清亮发现是马美琼冒领了慰问品，要求她退还，她说领导亲手给我发的东西，难道还想收回去吗？你见过吐出去的口水又舔回去的吗？何清亮说她把春山人的脸面全丢尽了。她皮笑肉不笑地说："这些慰问品都是好东西，我吃了肚子是不会疼的。"

梅花雪白接着在电脑上录入资料：春山村是红江县最偏远的高山村，也是深度贫困村，全村共辖六个社，共二百二十户七百二十一人，贫困户达一百一十二户四百二十人。全村贫困户无安全住房、无安全饮水的达百分之七十五。贫困人口中残疾人占百分之二十二，大龄光棍达五十八人。截至目前，全村因在外省金矿和煤窑务工而患矽肺病的达四十二人。村无卫生室、文化室，五个社不通公路，通讯靠吼，照明无保障，村集体收入无来源，村无主导产业……

电脑屏幕上跳动的文字和数字犹如飞旋的冰块堆积成一堵巨大的冰墙横在梅花雪白的眼前，冰墙冒出的冷气快要把她冻僵了。

梅花雪白的手指在键盘上狠狠戳了一下后，她仰面望着屋顶发呆，脑子里的事儿不断往出跳。她从党政内网上收到县委、县政府印发的县级部门挂联帮扶贫困村的通知，惊喜地看到玉河乡春山村是局里负责的帮扶村之一，春山就像一根绳子把她牢牢拴住了，爷爷在她面前经常提到的春山在脑子里活起来。在县财政局选派脱贫攻坚驻村工作队员的动员会上，局长冉东山说："脱贫攻坚的战场是党员干部淬火成钢的大熔炉，乡村振兴发展的宏伟蓝图少了你我的身影，人生就少了一份出彩的厚重颜色。"冉局长的话打动了她，她就向局党组提出到驻村工作队锻炼的申请。局里研究上报驻村工作队队长人选时，就把她定到春山村。她要驻村扶贫的事却在家里掀起不小的波澜，家人分成两大阵营。妈妈李君兰和奶奶不同意她到村，说她头脑发烧犯糊涂，不好好待在县城，跑到深山老林找活罪受；同时又指出她"办事鸡公屙屎——头一节硬"的个性，"懒得烧蛇吃"的懒惰样子，任性耍小姐的犟脾气是不适合到农村工作的，结局是没有干几天就会哭着鼻子灰溜溜地逃回来。而爸爸梅发军和爷爷梅开贤坚定站在她这一边，爷爷鼓励她说："我到春山当知青的那一年，还没有梅梅的年龄大，啥事也不懂，虚心向贫下中农好好学习了几年，结果啥子事都会干了。刀不磨要生锈，人不学要落后。梅梅就应该到春山那样的地方磨一磨，才能长大。梅梅到春山的事我就帮着做主了，谁也不许再争吵这事了。"梅开贤定了调子，李君兰虽然心里不舒服，但再也不敢反对了。

从脑子里跳出的事儿和电脑屏幕上的那些文字不断抓扯着，纠缠着，旋转着，梅花雪白觉得脑袋快要被压力撑爆了。她索性走出办公室，来到操场上。溪谷的风从操场刮过，积雪像起伏的沙丘从操场绵延到不远处的一棵黄葛树下。她和社火娃儿前几天堆的一个雪人裸露出用树枝撑起的骨架，挂在黄葛树枝上的一根红丝巾眼看就要被风卷走了。她走过去捧起地上的雪，小心修复伤痕累累的雪人，冷风吹乱了她的齐耳短发。

6

老柳树又在风中摇曳，像披头散发的老汉在跳祭山舞。

黄花望着天空灰沉沉的云，又瞅了瞅风中的老柳树，心想只有快要下雪的时候，老柳树才肯和风一起跳那样的舞。

吊脚楼的木梁铆榫发出"嘎吱嘎吱"的声响，黄花担心风会把吊脚楼摇垮了。她敲了敲屋檐下的木柱，木柱发出空洞的声响，她忧伤地想，吊脚楼真的老得让人不敢想象了。一阵冰透骨髓的寒意从黄花额前穿过，她顿觉全身寒透，忙从破衣柜找出一顶帽子戴上，脑门心儿便有了一丝微微的暖意。她靠在屋檐柱上想，风把人的骨头都掏空了。她害怕过冬天，一到这个季节人就像害大病一样，晚上盖几床被子还觉得骨头像冰一样。

远山像被一块灰色的棉被捂住了，风夹杂着雪花从吊脚楼的木柱间穿过。黄花抱着柴火进了烤火屋，灰狗在火塘边缩成一团。她刨开火塘的热灰，将火炭小心刨拢，放上柴禾，抓起干枯的树叶放在柴火下面，抱起伤痕累累的吹火筒"噗噗"地吹，柴禾燃烧起来，火焰驱走屋内的寒。一股毛发烧焦的臭味在屋子里弥漫开来，她发现是灰狗的毛发烤焦了，抓起火钳碰了一下灰狗说："灰毛烤成黄焦毛了。"

灰狗极不情愿地站起来，抖了抖身子，溜到院坝透风去了。不一会儿，灰狗凶巴巴地狂叫起来，黄花知道只有陌生人到家里来，灰狗才会这样不懂礼数地乱叫。

"灰菜，滚一边儿待着。"黄花吼了一声，灰狗不敢吭声了，只见两名陌生男子从老柳树旁边的田埂走过来。

"这是唐坤元家嘛？"戴眼镜的男子大声问站在屋檐下的黄花。

"是哦，有啥子事哟？快进屋里烤火。"黄花热情招呼。

"大嫂，快把您家的狗儿拴住哈！"提着黑色公文包的男子捡起一根细长木棍说。

"我家狗儿是不咬人的。"黄花笑说。

灰狗看见陌生男子手中那根充满敌意的长木棍，愤怒地狂吠起来。

"灰菜，滚到柴棚的狗窝里去，不要吓着客人。"黄花大声呵斥。

灰狗夹着尾巴钻进柴棚的狗窝里，不吭声了。

两名男子随黄花进了烤火屋。戴眼镜的男子亮出证件说："大嫂，我们是红江县纪委调查组的，我叫鲁剑峰，他叫王国栋。我们今天来核实一件事情，麻烦您配合一下哈。我们问什么您就老老实实回答，同时，您要对自己说的话负责任。"

黄花惊问："是唐老坎在外面犯法了吗？"

王国栋摊开询问记录纸，笑了笑说："大嫂，您不要紧张哦。问啥你就答啥。"

"您家里几人？"

"两个人，就唐老坎和我。"

"叫啥名字？"

"我叫黄花，男人叫唐老坎，哦，叫唐坤元。"

"究竟是唐老坎，还是唐坤元？"

"唐坤元。唐老坎是他的绰号。春山人说他办事慢半拍，就像脑袋不转弯的老坎。大家都这样叫，我也是这么叫的。他的这个绰号，春山的大人、小娃儿都知道，他是乐意别人这样叫的。至于是谁取的，我就搞不清楚，这事还得辛苦你们自己去问一问春山的其他人。"

"您只说事情，没有叫阐述，就可以不说。"

"嗯。"

"您家收入来源主要有啥子？"

"莫得啥子哟，我们两口子都是病架架，唐老坎年头年尾出门说春挣点讨口叫花的钱，我在屋里喂了一头母猪，这两年母猪又不争气，爱生病，下的猪儿活不了几只，把粮食和劳力一除，一账算下来莫得搞头，还倒贴本。今年喂了十只鸡，有四只叫老鹰叼走了，五只被山里的夜猫子（黄鼠狼）拖走了，现在只剩下一只不肯下蛋的母鸡。种了两亩苞谷，又让野猪和山里的猴子糟蹋了不少。"

"这样算来，您家生活还是比较困难哟！"

"同志，你们看看嘛，我家的房子风都可以吹倒了，也没得钱修补一下。老唐又是一根筋，舍不得放下说春的把戏。这日子过得快没有气气了。"

"您知道村上精准识别贫困户的事儿吗？"

"知道。村上开了村民大会，大家评的。前段时间搞的那个叫啥子'回头看'行动，原来评的赵光秀、何清远、唐宗贵、何文奇、何清香因不符合件被取消了。邱富贵、马占仁、岳荣华、郑云山，还有我家漏评掉了的又补报上去了。"

"您家是怎么评上的，又是多久评的？"

"我家是这次'回头看'时评定的，当时参会的人都没有啥意见。如果有什么问题，上面把我家的这个名额取了，我两口子也没有意见，我们不是扯经横蛮的人。"

"您认识驻村工作队的人吗？"

"认识，梅队长还是帮扶我的责任人。"

"请您谈谈驻村工作队在您家吃庖汤宴的情况。"

"啥？驻村工作队吃庖汤宴的事儿也要调查？"

"大嫂，请您配合，如实告诉。"

"是我叫唐克明帮忙请驻村工作队和村干部来家里吃庖汤宴的。我想把村上开会时我出洋相闹得大家不愉快的事儿了了，同时也感谢梅队长对我家和社火娃儿的照看。吃庖汤宴那天，驻村工作队走时交了二百块钱的伙食费，我说啥也不收，梅队长硬塞进我的衣服兜后就跑了。这事有李子木、唐克明、唐宝奎、何清亮、龙大坤可以作证。在春山这面山上，哪里有主人家请客，让客人自掏腰包的规矩嘛！直到现在，我想起这事儿，心里就堵得慌，总觉得又欠了驻村工作队的人情。"

"大概是哪天时间？"

"我记不清楚是上个月初几，只记得那天是个大晴天，摩天岭上的雪光很晃眼。"

"驻村工作队长梅花雪白在宴席上说过把您纳入贫困户的话没有？"

"没有哇！"

"您仔细想一想，梅花雪白说过这些话没有？"

"她真的没有说这话。"

"对这件事情，您还有没有需要补充的？"

"没有其他啥子可说的了。只是我搞不皂白，也闹不醒糊，驻村工作队吃庖汤宴还吃出了问题？领导同志，梅队长她们那些年轻姑娘是好干部，求你们宽宏大量，不要处分她们。我甘愿不当这个贫困户，也不能让驻村工作队的同志因为我而受到牵连，让梅队长去背这个'黑锅'。你们可以到村里访一访，驻村工作队的同志吃住在村，真把这里当家了。梅队长每次到我家里，问寒又问暖，看见活儿就帮着做，真比亲生的娃儿还要亲呀！"

"大嫂，您放心，我们不仅要从严管理党员干部，严肃党风政纪，也要实事求是的为脱贫一线的党员干部还一个公道和清白。"

"大嫂，您敢对您说的话的真实性负责任吗？"

"怎么不敢？我敢对着摩天岭上的青天发毒咒，我说了半句假话，天打五雷轰，过不了这个年。"

……

王国栋将询问笔录向黄花复述了一遍说："大嫂，麻烦您在询问笔录上签字画押。"

黄花忐忑不安地说："不签字吧，我小学都没有毕业，名字写得像鬼画桃符，让你们这些领导们见笑了。"

鲁剑峰见状，笑说："大嫂，对询问笔录进行签字画押是有要求的。"

黄花抓起笔，手抖得难以下笔，好半天才歪歪扭扭写完自己的名字，按上一个有点模糊的红指印。

王国栋他们走后，黄花靠着檐柱，浑身如同打摆子一样，她觉得春山上的寒气全部跑到自己的骨髓里面去了。她没有想到自己出的那个洋相，竟然会惹出了这么一长串的麻烦事情。

黄花跟跟跄跄地跑到老柳树下，拨通了唐克明的电话，哭说自己惹出了天祸，不知县纪委怎么知道驻村工作队到家里吃庖汤宴的事情。唐克明告诉黄花，他刚刚从马东平那里得到消息，村里有人举报她家能评上贫困户，全靠请驻村工作队吃庖汤宴吃出来的，还说驻村工作队在老百姓家里搞大吃大喝，吃饭不付生活费，等等。县纪委对这事来调查是例行公事。他安慰黄花，这事也没有什么大不了的，劝她不要把自己吓死了。

黄花挂断电话，抹了一把眼泪，又抹了一把鼻涕，扯开嗓子大骂："天老爷，我不晓得是哪个挨千刀的'烂心肺'，有种的就月亮坝里耍大刀——明砍嘛！何必阴生子似的，不敢明目张胆告老娘，就去干这些见不得人的勾当。如果老娘知道是谁在背后做坏事，我一定把锭子打平头，也要把他的祖宗十八代骂得从坟墓里跳出来……"

黄花的骂声把风都吓得不敢乱动了，老柳树也不好意思听她骂人了，柳树上的喜鹊也不吭声了，只有灰菜不时帮腔作势地"汪汪"几声。黄花真想在老柳树上架起高音喇叭叫骂，她想让春山的人都能听得见她的骂声，她要让暗中告她的那个人受不了，自己跳出来与她对骂，她一定要把那个像鬼一样的人活活骂死。

黄花感觉嘴里的叫骂声像从石缝里漏出来的，风把嗓子也冻凉了，她停止了叫骂。靠着老柳树悲伤地想，这一晃自己五十多岁的人了，骂声也老得有点没人听了，就连这儿的风也欺负她了。她刚到春山时，听见村妇嘴里说出来的"山话"（脏话）出口成章，无论是互相开玩笑，哭鼻子瞪眼睛对骂，指桑骂槐骂"花鸡公"，说笑和骂声都像随口唱的山歌一样。她不好意思说"山话"，就偷偷听别人说。有一次，她惹着了马美琼，被马美琼骂得哭天抹地的，结果还让村里的妇女拿下眼皮瞧她，说她是不会下蛋的母鸡，只晓得干号。从此以后，她便跟着说"山话"，最精彩的是她那次和马美琼争插秧水，两人站在田埂上从早骂到晚，最后她把马美琼骂哭才善罢甘休。此后，马美琼也不敢招惹她了，村里的其他妇女也不敢在她面前张狂了。

黄花的手掌从老柳树皮上滑过，她觉得老柳树皮和自己的手掌一样粗糙。灰色雾气伴着雪花飘落，一片雪花落在老柳树断枝的伤口上，黄花感到老柳树打了一个寒战，她松开手掌，猜想寒气从断枝的伤口浸透进树的骨髓里去了。她蹲下身子，从田里抓起稀泥糊住断枝的伤口，就像为柳树的伤口贴了一张狗皮膏药。

黄花突然想起什么，转身进屋找出一个蛇皮口袋，跑到地里拔了一些萝卜和几棵包包菜后，便一头扎进雪雾里。黄花来到春山小学，将蛇皮口袋放在墙角转弯处，径直朝梅花雪白住的房子走去。

梅花雪白正在电脑上撰写驻村工作月报总结，她听到了黄花走路带风的脚步声。

黄花站在门口说："梅队长，你把我家贫困户的指标取了吧！我家宁可喝风也不戴贫困户这个帽子。我丢不起这个人啦！"

"黄婶，怎么啦？快进屋坐着慢慢说吧。"梅花雪白惊讶不已。

"我家虽然穷，但人穷志不穷。不晓得是哪个人告我的黑状，说我这个贫困户是请驻村工作队吃庖汤换来的，我没想到你和驻村工作队也受了牵连，心里真的过意不去。"黄花说。

"黄婶，您家两人长期多病，家庭收入处于贫困线之下，是符合贫困户条件的，村社评议时一致通过的。您不要背思想包袱，上级会给驻村工作队和您还一个清白的。"梅花雪白劝说。

"我不能污了驻村工作队的名声，那些把脏水泼到驻村工作队和我家头上的人不得好死。"黄花接过梅花雪白递来的茶水说。

"您不要怕人背后说三道四。贫困只是暂时的，并不可怕，真正可怕的是人患上贫困的软骨病就难以根治了。"梅花雪白将地上的火盆向黄花身边挪了挪。

"唉！我两口子不是懒人，我这不争气的身子骨，一到冬天人就像冰人一样。唐老坎也是一个要死不活的病架架。"黄花盯着炭火说。

"您放心嘛！有医疗扶贫政策，乡亲的健康又会多一道保险锁。"梅花雪白说。

"现在国家政策好哟！"黄花喝口水说。

"有国家政策扶持，只要人努力，乡亲的日子就会一天比一天好起来。"梅花雪白说。

"嗯。"黄花转身从门外拿出蛇皮口袋说，"梅队长，我晓得驻村工作队有纪律，不要老百姓的东西。但我晓得社火娃儿把一张嘴巴挂在驻村工作队的饭桌上了，这是我给社火娃儿的，你别拦着我，替我帮社火娃儿收下，煮着大家一起吃。"

还未等梅花雪白缓过神来，黄花便像一阵风一样消失在茫茫雪雾里。

7

社火娃儿的肚子饿得"咕咕"叫的时候，村"两委"和驻村工作队还在为如何使用三十万元产业扶持资金争论得如同一锅煮沸的粥。

唐宝奎坚持把资金统一用来购买核桃苗，发放到各户，集中在闪塘湾那块地规模种植，这样就容易形成连片规模，上面检查才有看相，也才能过关。

何清亮对唐宝奎的建议持反对意见，他明白唐宝奎坚持发展核桃产业是打了小算盘的，唐宝奎的小舅子办了一个核桃苗圃基地。唐宝奎当村主任时，就鼓动村里大力发展核桃产业，结果苗子款支付了不少，核桃树死的死，砍的砍，没有几棵活下来。

何清亮建议把资金平均分发到户，由各户自行发展。对于何清亮的这个提议，唐宝奎也是不赞成的，理由是产业形不成规模。他断定把钱发到贫困户手中，一些人就可能拿着钱去打酒或打牌了。他说："春山一些人的烂德行是改不了的。很多年前，上级给村里拨了一笔产业发展资金，村民要求分到户自己搞单干，项目实施不了，钱一直躺在账户上睡大觉，结果春山还挨了上级的处分。"

苏琪尔说："梅队长前不久安排我对春山的产业发展进行过调研，我认为春山的农业产业发展还未摆脱传统的约束，还属于传统的自给自足的小农经济模式，产业的抗风险能力弱。春山过去也使用过扶贫资金发展杜仲、山药、茶叶、核桃、脆皮李、养牛等产业，结果全被市场这只无形的大手撕扯得面目全非，以致谷贱伤农的现实让春山人面对市场一筹莫展，形成今年发展果树，明年又砍了果树种药材的怪圈，始终追着市场的屁股在跑。究其原因，主要是对市场变化的信息把握滞后，就像山外的流行风刮过了，山里还未感到风的来临一样。因此，我建议，春山的产业发展首先要放宽眼界，拓宽思路，要紧紧抓住市场这只手，才能赢得市场，不被市场的大浪所淘汰，否则，春山的产业发展又只能重复昨天伤心的故事。"

马东平扶了扶眼镜框说："农民都是现实的，只有赚了钱才最有说服力，其他都是眼前的一片浮云。农业产业发展的大道理你我都可以说出几大箩筐，可是这些道理种在土里就是很难生根发芽，开花结果。这么多年了，这山还是这面山，这水还是这沟水。为啥呢？农业产业问题不光中国有，世界发达国家也同样面临着许多新问题。我劝大家还是现实一点好，春山的老百姓要求将产业发展资金落实到户，由老百姓自己选择发展，我认为这样很好。至于老百姓发展什么我们不要干涉过多，加强规划和指导即可。即使老百姓发展失败了，也不会怪罪是驻村工作队瞎指挥造成的。六年前，春山强行组织发展柑橘产业失败了，村民把账全部算到村'两委'班子头上，至今还有一屁股的遗留问题没有算清楚，还有不少农户要求村'两委'把他们的损失账扯伸展。把产业资金集中使用，如果失败了，不仅上面要追究责任，村民还要骂我们成事不足，败事有余，这个责任谁能背得起？在农业产业发展方面出新创彩的风险太大，我对此是持谨慎态度的。我说的这些话，村文书要在会议记录本上记清楚，如果将来追责，我是把该阐明的观点说清楚了的哈。"

严浩听马东平这样说，也认为风险太大，弄不好会把驻村工作队现有的成绩全部抹掉。就像驻村工作队刚到村时，急于在村民面前挣点形象分，想方设法购买了一批鸡苗让村民饲养，谁知一场鸡瘟就把正面分变成了负面分，以致有村民抱怨驻村工作队瞎搞，如果把买鸡苗的钱用来买鸡肉发给大家，村民还能饱餐一顿。他建议把资金落实到户使用比较稳妥，成败的风险由农户自己承担，驻村工作队不要冒险激进。

梅花雪白见大家把该表达的意见都说透了，便抛出自己的意见，她说："对于这笔产业发展资金的使用，上级明确可集中或到户使用。这钱可是春山村产业发展的底火钱，用砸了，我们真不好向组织和村民交代。我想，农业产业项目是老百姓脱贫致富奔小康的支柱，也是支撑乡村振兴发展的关键基础，不是用来看的形象工程。在农业产业发展上，不能一味否定传统产业没有出路，也不要盲目跟风，这山望着那山高，一哄而上搞那些水土不服，只为博取眼球的短命项目。集中发展核桃产业，春山人曾有过失败的教训，现在再去大规模发展这个是不合时宜的。资金分散到农户，看似精准，而在春山这面山上实施的效益是不高的。对于如何发展产业这个问题，我思考了很久，也专门调查过，春山人有养本地黑猪自食的习惯，而且养殖技术门槛低，易于在农户家中规模发展。我请教过本地畜牧专家，春山的黑猪为湖川山地猪的品种，拥有数千年养殖历史，具有耐粗饲、适应性强、雪花肉多，肉味香浓，口感细腻，且繁殖力强、饲养环保等优点，而在外地良种猪占据猪肉市场的情况下，春山黑猪对越来越讲究吃得健康和环保的食客来说，应该具有相当大的诱惑力。如果村里成立专业合作社，将产业资金以农户入股的方式，由专业合作社集中购买黑仔猪，投放农户家中饲养，专业合作社统一收购外销，合作社借助互联网及现代物流平台，打通城市超市或酒店等销售市场的前沿环节，春山土猪发展是有很好前景的。为保护村民养猪积极性，专业合作社制定保底价，收益实行按比例分成。另外，春山地广人稀，适宜发展南江黄羊，县里也对南江黄羊发展给予了许多扶持政策。我想，春山种养殖产业发展抓好'一黑一黄'这两个项目，也许更适合村情民意。当然，这仅是我个人的观点，以供大家讨论。"

此时大家陷入沉默，屋外的风却没有停歇。

苏琪尔率先打破沉默，她说："我同意梅队长的意见，这样既兼顾村民意愿，又能抱团取暖，能更好地发挥资金使用性。"

严浩也觉得这样操作风险相对低一些，便也同意按梅花雪白说的意见办。何清亮和唐宝奎心里不乐意，见与会者多数支持梅花雪白的建议，他们又拿不出具体反对意见，最后也只好表态支持。马东平仍保留自己的意见。

会议结束后，梅花雪白想起今天是她负责为驻村工作队主厨做饭，苏琪尔负责帮厨。她便放下笔记本，叫苏琪尔一起钻进厨房忙活。驻村工作队刚到村时，大家都不会做饭，也懒得做饭，靠吃泡面过了一段时间，弄得大家闻到方便面的味儿就想呕吐。苏琪尔抱怨春山这里连点外卖的机会都没有，如果在城里不想做饭，分分秒秒就可以搞定肚皮闹"革命"的问题。严浩说："自己动手，丰衣足食。"梅花雪白觉得长期这样下去不是一个办法，脱贫攻坚的任务没有完成，队员的身体会被拖垮的。她便组织研究驻村工作队伙食的问题。与会者一致推选严浩任伙食团团长，实行大家轮流做饭帮厨，费用平摊。唐宝奎、何清亮因家在村上，就没有掺和伙食团的事。严浩上任后，写了一幅"坚决向贫困开炮，切实从做饭开始，让青春在春山出彩"的标语贴在厨房的墙壁上，起草了驻村工作队伙食团管理制度，要求饭菜无论是否可口，一律光盘。他说："脱贫攻坚工作结束，我这个伙食团长要十分负责地把大家锻炼成一流的厨师，是丈夫的要向妻子交一个合格的丈夫，是妻子的要向丈夫交一个合格的妻子。"苏琪尔反问："我们这些快乐的单身狗儿怎么办？严浩说，也要让单身狗儿靠厨艺拴牢另一只单身狗儿的胃口。"

　　梅花雪白从手机上下载麻婆豆腐、芹菜炒肉丝、素炒土豆丝、鸡蛋番茄汤的做法，依葫芦画瓢照样做，苏琪尔帮厨跟着学。

　　饭菜摆弄好，几人围在小方桌上吃起来。苏琪尔吃了几口便说："菜的咸淡合适，梅队长的厨艺越来越精了哈。"

　　梅花雪白笑说："你不要捧我，人的肚子饿了，吃啥都觉得香哟！"

　　社火娃儿端着大碗，大口扒着饭菜。梅花雪白叫他慢点吃，电饭煲里的饭还有很多。

　　社火娃儿舔着舌头说："饭香。"

　　梅花雪白吃完饭，伸了一个懒腰说："哎哟，好累哦！不想洗碗了。"

　　苏琪尔打了一个饱嗝说："我有点儿饭闷的感觉，懒得动了。"

　　严浩放下碗问："今天的碗筷究竟该谁洗哟！"

　　梅花雪白和苏琪尔望着严浩"咯咯"地笑起来："先吃完的不管，后吃完的洗碗。当然只有你哟！这是你这个团长自己订的铁规矩嘛。"

　　严浩说："洗碗的活儿都是女人该干的嘛！"

　　苏琪尔说："好哇，严浩，我和梅队长要去问你女朋友，洗碗这活儿是不是该女人干的。"

　　严浩边收拾碗筷边笑说："嘿嘿，洗碗有啥难的嘛！"

　　社火娃儿也跟着"嘿嘿"地笑起来。

　　严浩扭头看着社火娃儿说："社火娃儿，你也要学会做饭、洗碗这些活儿，不然，你以后耍干妹儿（女朋友）了，不会做饭洗碗，她要揪掉你的耳朵哟！"

　　社火娃儿羞赧地笑了，点了点头。

　　社火娃儿害羞的样子惹得严浩开心地笑说："呵呵，社火娃儿懂得女朋友是啥意思了。从现在开始，我做饭、洗碗的时候，你就跟着师父学哈。"

　　苏琪尔笑嘻嘻地接过话："严浩，你这个狡猾的家伙，不要欺负社火娃儿，他是梅队长认的弟娃儿哦。你把他带坏了，梅队长要找你麻烦的。"

　　严浩望着梅花雪白说："怎么能说我欺负社火娃儿呢！我是看在梅队长的面子上，才主动收社火娃儿做关门弟子，想着把本人所有绝学都传授给他，让他以后能够自食其力。"

梅花雪白指了指严浩笑说："你真是聪明而狡猾的家伙。"

半夜里，梅花雪白被一阵手机铃声吵醒。电话是黄花打来的，她带着沙哑的哭腔说："梅队长，这咋办哟！我家的母猪要下猪崽了，唐老坎又没有回来，我又感冒得浑身没有一点力气。"

"黄婶，您别急啊，我马上就过来。"梅花雪白睡意全无，穿衣起床。她想请严浩、苏琪尔陪她去，但想着他俩明天一早要到县上参加培训，便打消了念头。她纠结半天，又不忍心把社火娃儿从热被窝里拽起来，只好独自硬着头皮抓起手电筒出了门。这是她第一次单独走夜路，以前她到乡下外婆家，晚上出门都要人陪着，而且必须走在前头或人群中间。

雾气弥漫山谷，手电筒的亮光飘浮在冰冷刺骨的雾气之中。穿透峡谷的风似孤魂野鬼在低声呜咽着，梅花雪白像受到惊吓的野兔在山路上快步走着。突然，峡谷"万人坑"路旁的树林里传出一声骇人的怪叫声，骇得梅花雪白发出一声"妈呀"的惊叫，她战战兢兢地用电筒朝四周晃动了几下，紧接着又有几声怪叫响起，她听清是树林的猫头鹰在叫，不是春山人传说的"万人坑"里恐怖的野魂的叫声。

"死鸟，吓唬谁呢?"梅花雪白大吼，空寂的峡谷将她的吼声扩散着。她打开手机，开足音量，歌星韩红唱的《天路》在峡谷响起，她踩着音乐的节奏快步穿过二十八拐下的万人坑，在羊肠小道上狂奔起来。寒风追着她跑，她感觉背后总有恐怖的影子跟着。她刚刚爬上猴儿岩，寒风就把灰狗亲热的叫声送来了，她心头一热，叫了一声"灰菜"，灰狗摇着尾巴迎上来，一丝感动就像热血瞬间流遍梅花雪白的全身。她每次到黄花家，灰狗似乎早就知道她要来一样，早早跑到离家两公里远的猴儿岩等着她。

梅花雪白随灰狗径直来到黄花家的猪圈，只见黄花裹着棉袄坐在猪圈门旁的破椅子上，头顶横梁上的灯泡上布满了尘土和蛛网，昏暗的灯光落在黄花的脸上，她脚前火盆里的火快要熄灭了。

"黄婶。"梅花雪白叫了一声。

黄花扶着圈门站起来，看着汗水打湿梅花雪白的头发，不安地说："梅队长，真不好意思深更半夜把你惊动了，我实在没有办法才给你打电话，我也不晓得咋整成重感冒了，人都站不稳当，村医整的药吃了又爱瞌睡，我害怕猪儿出了闪失，那就遭透顶了。"

梅花雪白见黑母猪在圈里"哼哧哼哧"地叫着，起卧不安，说道："黄婶，给母猪接生的活儿我从未见过，您指导，我来帮忙哈！"

"母猪下崽还要一会儿，你快去火塘边烤火，屋里暖和一些，如果闪汗了就要感冒的。我在这里守着，需要时叫你。"黄花说。

"就在这里烤火。"梅花雪白说着从柴棚里抱出干柴架在火盆上，温暖的火焰在猪圈旁升腾起来。

"黄婶，黑母猪一窝能产多少只猪崽？"梅花雪白问。

黄花说："产崽四五只，可是活下来的少，不知道是啥原因。每到母猪产崽的时候，我的心都是悬着的，吃不好，睡不香，担心猪儿出闪失。"

母猪在圈里转来转去，梅花雪白用手机搜索如何为母猪接生。

"有高锰酸钾吗？"梅花雪白问。

"啥？"黄花一头雾水。

"消毒水。"梅花雪白解释。

黄花摇摇头，她被问迷惑住了。

"有散白酒吗？用于剪刀消毒，还要准备干净毛巾、细线，小猪崽的窝还要添些稻草，最好有柔软的棉被铺在上面。"梅花雪白说。

"有散白酒，我去拿。"黄花说完，摸索着进屋拿出梅花雪白要的白酒、剪刀、稻草等物品。

对于能否成功为母猪接生，梅花雪白心里没底，她接连打电话才把乡畜牧站的张波唤醒，询问相关技术知识，并恳请张波必要时给予视频指导。

母猪全身哆嗦着，呼吸急促，后腿直伸，尾巴上卷，梅花雪白慌忙打开微信，与张波视频，信号断断续续的，她抱怨："这是啥信号，关键时刻又扯拐哟！"

"这信号好像长了腿似的。昨天我在老柳树那儿没有打通唐老坎的电话，后来在猪圈这儿却打通了。"黄花说。

"你不要慌，我看得见你那里的图像。我视频上指挥，你操作。手机传来张波微弱的声音。"梅花雪白叫黄花帮忙举着手机，她自己按张波的口令操作。

"准备接生。"

"左手接住猪崽，右手轻轻拉出脐带，掏出耳、口、鼻黏液，用毛巾擦开净。"

"将脐带的血向腹腔边挤压边捋，用消过毒的剪刀剪断脐带，拿消过毒的线结扎止血。"

"把小猪崽轻放稻草上，注意保证猪崽身上的温度。"

"好!"

张波的声音通过手机不时响起，梅花雪白按照步骤细心地操作。黄花惊奇地看着梅花雪白接下第一头黑猪崽，她是第一次见过这样接生猪崽。

第五只猪崽顺利出生，母猪胎衣排出，梅花雪白消毒结束，便将猪圈打扫干净，重新换上干燥的稻草。黄花往火堆里添了不少柴火，猪圈的温度升高了，猪崽在温暖的产窝里"哼哼"地叫着。

黄花靠在圈门上，看着产窝里的猪崽，感冒似乎好了许多，脸上溢满了笑。灰狗支棱着耳朵，静静地守护在猪圈旁。梅花雪白悄悄拍下这段温馨的视频，抬头看了看远山，天际已露出微明的天光，困意此时如同大山压在她的身上。

第二章　雨水

8

　　龙翠香瞅见岳琼英家的黄狗又溜到她家茅厕外的墙根下拉屎，悄悄抓起木棒对准黄狗扫去，黄狗惨叫着逃走了。

　　墙根下的半截新鲜狗屎像堆在龙翠香心里一样，她转身冲到院坝的石坎上，面向岳琼英的房子，双手叉腰，嘴里发出"呸"的一声，一口浑浊的痰如同子弹射在岳琼英家的房瓦上。她破口大骂："狗日的，短命鬼，又宠着她的狗先人来欺负老娘了。"

　　黄狗的惨叫声和龙翠香的骂声点燃岳琼英心中的怒火，她从厨房跑出来，指着龙翠香怒骂："龙婆娘，你指桑骂槐谁呢！我家黄狗又把你烂货的啥东西搞啦？"

　　"岳婆娘，你骚货，请把你家的狗先人管教好，我家的茅厕不是你家的臭粪坑。"龙翠香回击。

　　"呵呵，你家粪坑难道是用来装金子的吗？你家男人整天挎着粪筐子到处捡狗屎沤肥，我家狗儿这是在帮你家沤肥呢！你真是狗咬吕洞宾——不识好人心。"岳琼英冷笑起来。

　　岳琼英的话激怒了龙翠香，她冲到柴棚，抓起一把铁铲，铲起那块新鲜狗屎用力一挥，狗屎落在岳琼英的房瓦上，她杵着铁铲吼道："老娘穷得舔灰，也不稀罕你家的这坨臭狗屎。"

躲在岳琼英身后的黄狗似乎对龙翠香的这个举动愤怒不已，凶神恶煞地朝龙翠香狂吠。

黄狗的样子犹如火上浇油，龙翠香捡起地上的一块碎瓦片扔向黄狗，怒骂："你这个狗仗人势的畜生。"

瓦片像一只黑鸟飞落到岳琼英的身上，岳琼英吼叫着冲向龙翠香，两人由对骂升级为互相扭打。

黄狗瞅准机会狠狠咬了龙翠香一口，报了刚才挨打闷棒的仇。

龙翠香慌乱中死死咬住岳琼英的手腕，痛得岳琼英大喊："快来人呀！龙婆娘要咬死人啦！"

正在坡上挖地的孟春丽听见岳琼英的惨叫声，不安地对丈夫何元顺说："快去看看，打出了人命可就没法收拾哟！"

"那两个疯婆娘，如果三天不闹一场，不打一架还真是春山上的怪事了。让她们打够了再去也不迟。"何元顺弯腰拾起一块碎石扔向荒坡说。

"你这个冷水烫猪不来气的家伙，我对你说个啥事就像对牛弹琴一样。"孟春丽扔下锄头便朝龙翠香家跑去。

何元顺赶紧丢下锄头去追。对于龙翠香、岳琼英之间的事儿，何元顺真的不想操闲心。多年来，他和孟春丽去劝架无数回，孟春丽还在劝架中多次挨了误伤，最惨的是被打掉了一颗牙。他有一次在拉架中被龙翠香一脚踢中裤裆里的家伙，他杀猪似的惨叫声吓得龙翠香、岳琼英赶紧停了手。

何元顺和孟春丽赶到时，龙翠香和岳琼英已经停止打斗，坐在地上对骂着，活像两只打累了的老泥猴坐在地上。岳琼英的嘴巴受了伤，不时对着龙翠香吐着血红的口水。

岳琼英看见何元顺，似见到救星一样，忙说："这次是龙婆娘先动手打的老娘哟。"

"呸，不要脸的，恶人先告状，是你的狗先人先惹的我。"龙翠香说。

何元顺看见两人的模样既生气又好笑，怒骂："我真服了你这两个疯婆娘，没事儿去偷男人耍，也比在这儿打得哭爹喊娘的强嘛！"

岳琼英和龙翠香停止了骂，瞪着对方，好像两头公牛瞪着血红的大眼。

何元顺一看这阵势，心想这两个婆娘的火气还在往上冒，他不想让这事儿惹火上身。他认为这事该村上当官儿的来调解，便打电话报告村主任何清亮，何清亮推说自己现在吃粮不管事，仅是驻村工作队的一个队员，这事还得报告梅队长做主处理。

梅花雪白接到岳琼英和龙翠香又在打架的电话，头皮都发麻了。前不久，龙翠香家的鸡啄了岳琼英地里的几棵青菜，两人为此大闹一场，她和苏琪尔及村社干部去调解过，也领教过这对老冤家的厉害和难缠。从岳琼英嫁到唐军祥家，岳琼英就和龙翠香掺和不到一块儿，两人就像好斗的公鸡，吵闹就没有停止过。人们说"铁嘴"岳琼英和"难缠客"龙翠香相处在一起，"好戏"从来就没有断过，就是神仙也无法让她两坐在一条板凳上，她们前世有天大的冤孽未了，又延续到今生来了。

梅花雪白、苏琪尔、严浩、何清亮赶到现场，她们没有料到岳琼英和龙翠香这一次打得如此糟糕。

"梅队长，是龙婆娘先动手打人的，把我手咬伤了，如果不解决好，我要抱你们干部的脚杆。"岳琼英张着血红的嘴巴说。

"是岳婆娘的狗先人咬伤了我，如果我得了疯狗病，我要咬死她全家。这事梅队长处理要公正，不能看到她家有点臭钱就歪起裁决。"龙翠香吼。

"一张桌子四个角，说得脱的走得脱。"岳琼英吼。

何清亮见此，皮笑肉不笑地说："你两个疯婆娘，是找梅队长吵架，还是要解决问题？想调解问题就暂时闭嘴，听候梅队长来处理。"

梅花雪白听出何清亮说话的口气中含有隔岸观火看"笑神"的味道。她觉得今天必须给岳琼英她们一个下马威，拍掉其火焰，同时，她也要让何清亮看清楚，这些问题是难不倒她的。她深吸一口气，大声吼道："你们打闹够了没有？为着鸡毛蒜皮的事儿闹得鸡犬不宁，打得两败俱伤，整天为那些陈谷子烂芝麻的事儿争得你死我活的，无事闲得慌吗？这样有意义吗？驻村工作队不是整天来调解你们扯经闹架的事情，村上脱贫攻坚还有许多大事等着要办。"

"如果嫌吵闹的不过瘾，打得不够狠，现在可以继续打闹，今天到场的人都来当裁判，现场为你们评定输赢。"

"你们参加了村上召开的实施'乡村道德银行'动员会，村上按照'道德积分、文明加分、好评得分'的办法，对村民遵纪守法、移风易俗、清洁卫生、勤劳致富、敬老爱亲、邻里团结等方面进行'道德银行'积分，凡是做得不好都要扣分，做得好的要加分，结果在村上的公示栏中公开，让春山人都来看一看自己的脸面能够值多少分。你们就先来当全村的这个反面典型。"

"你们都有高血压病，这样吵闹对谁都没有好处。你们可能听说过六村吴长顺，儿女都在外面打工，本人又与乡亲近邻团结不起来，搞得没有人愿到她家去串门，结果人死在床上几天才被发现。您们的儿女都在外面务工，您们这样闹，儿女们能在外面安心挣钱吗？常言说，远亲不如近邻，大家关系和睦了，日子就会过得舒心，气也就顺畅了，心情好了病都会少一些嘛。"

梅花雪白连珠炮似的话，如同威力十足的炸弹轰得龙翠香、岳琼英无言相对。岳琼英抹了一把嘴上的血水，心想梅花雪白看似文质彬彬，发起威风来，她也招架不住了。

何清亮心头微微一颤，想不到梅花雪白有这般能力，他有点摸不透了。此时，他觉得自己不能在梅花雪白的面前失分，是该自己出场表现了，他便快步上前，挡在岳琼英和龙翠香之间，厉声训斥："提起你这两个醋坛子，我的气就涌到喉咙了。为了你们扯经的事，村社干部把路都跑大了。那个风流鬼都死了好多年了，你们之间还没有把那些陈年老账扯清吗？"

何清亮的话惹得何元顺忍不住笑了起来，他的笑声像火烧在龙翠香和岳琼英的脸上。何清亮说的风流鬼是村里死去的冯星光。村里人都知道她俩与冯星光滚过床，为吃醋打过架，何清亮当社长时还调解过那场没完没了的纠纷。

何元顺还在呵呵地傻笑，孟春丽在他身上狠劲揪了一把，他的笑脸变形了，没敢把痛声吼出来。

岳琼英和龙翠香的气焰减退了，岳琼英声调软软地说："梅队长，还是不扣分哟。"

龙翠香说："扣分多丢人嘞！"

"你们知道顾及脸面就好，这次处罚必须逗硬，不然村上发的文件就成为空文，决定的事情就是儿戏。你们想要保全面子，下次做好了，可以给您们加分，照样可以上村里的光荣榜。"梅花雪白说。

"赶快叫村医何子龙来处理伤口，随后听候调解处理。"何清亮说。

村医何子龙赶来处理完岳琼英和龙翠香的伤口，就赶到村小学搭侄子的车去了县城。梅花雪白在龙翠香家主持纠纷调解。通过众人一番苦口婆心的劝解，两人承诺以后处理好邻里关系。何清亮叫她们在调解协议书上签字画押，岳琼英不会写字，不好意思地摁了一个手印。龙翠香忐忑不安地问："龙医生打的狂犬疫苗是不是歪货？"

何清亮没好气地说："你疯不了。"

梅花雪白望着远山浮起的夜色，心里清楚龙翠香、岳琼英这次同意调解决定，也许仅是这对老冤家一时情绪化的表现，说不准一夜过去，早上起来又会为着捞不上筷子的事儿大吵大闹，要让她们坐在一条板凳上笑起来，真的好难。

在春山这面山上，村里的妇女会为了林中的几根柴火，田边地角的几锄泥土，几棵喂牛的野草，互相叫骂得浑天黑地，脏话满山，几天几夜不下火线，直骂得对方挂了免战牌为止。山民之间虽然叫骂了，但是谁家里遇上什么红白喜事，大灾大难的，彼此为了脸面上的事情，人情份子钱是要凑上的，有时还会去热心帮忙张罗，图一个"人见事"。红江县的民俗专家曾对春山独特的"乡骂"进行过深入研究，认为这是山民在封闭苦闷的生存环境中的一种情感宣泄，就像春山的男女喜欢扯开嗓子喊几句，他们喊出了太阳，叫出了月亮，形成了《薅草歌》《巴山背二歌》《巴山情歌》等独特的巴山民歌。山歌多以情歌为主，是能够摆得上台面的，而"乡骂"以讽刺、挖苦、污言秽语居多，登不了大雅之堂。"乡骂"一般由妇女之间指桑骂槐开始，逐渐升级为对骂，对骂无法收场了就发展为打闹。双方的男人先是坐山观虎斗，眼见自家的女人吃亏了，就上前劝架，一不小心双方男人就接了飞火，便像打牯牛干架一样动手动脚。如果事情发展成打骂，"乡骂"就引发了严重的后果，轻的伤筋动骨，重的还会惹出大事来。村干部时常为调解这些扯经骂架的事儿忙昏了头。"乡骂"就像春山上的流感一样，容易让人感染，也容易医治，但却十分难以根治。

梅花雪白隐隐感到嗓子干涩发痒，她突然顿悟出爷爷说的"春山人说话习惯靠喊，骂人靠吼，说话温文尔雅是让春山人瞧不起的"的话是有道理的。"我刚才劝架骂人了吗？"梅花雪白喝了一口茶水想。

二十八道拐上的那团亮光像一颗明亮的星星挂在天上，社火娃儿眼巴巴地望着亮光由小变大，由弱变强，他想大声喊叫，嘴巴却烫得发不声来，他想喝水，却又无力站起来。

"梅——梅——"社火娃儿对着越来越近的亮光喊。

梅花雪白听见社火娃儿微弱的喊叫，将手电筒晃了晃几下，只见社火娃儿像只病猫蹲在教室门口。

"你怎么啦？"梅花雪白盯着发抖的社火娃儿，惊叫起来。

"冷。"社火娃儿说。

"哟，脸好烫！"严浩摸了摸社火娃儿的额头说。

"咋办？村医何子龙到县城去了。"苏琪尔不安地说。

"送乡中心卫生院。"严浩说。

"我的车叫表弟借走了，桃园坝三社又在修路，车子又上不来？"梅花雪白焦虑不已。

"你们帮我照亮，我背着社火娃儿走。"严浩说着背起社火娃儿便走，梅花雪白和苏琪尔在前后打着手电筒，亮光像刀子划破黑沉沉的夜幕，粗重的喘息在夜风中游动着。

在桃园坝修路的接口处，梅花雪白电话叫来的面包车将她们接到乡卫生院。医生检查之后要求社火娃儿入院治疗。办妥社火娃儿入院手续已是晚上九点半，梅花雪白疲惫不堪地坐在病房外的旧木椅上吃苏琪尔泡的方便面。

这时，手机视频聊天的语音提示响起，梅花雪白摁下接听键，石伟富有穿透力的声音伴着国字脸从手机里弹出来。

"亲，在干啥呢？"石伟问。

梅花雪白举起手机将还未吃完的方便面和苏琪尔扫进了视频。

"搞啥子哟！这么晚才吃饭？吃的还是方便面。你好像在医院？"石伟惊问。

"社火娃儿感冒发高烧，刚刚入住乡卫生院。"梅花雪白如实回答。

"哦……"石伟沉默片刻，说，"你这是干的啥事哟，这些乱七八糟的事儿也要你去管，如果这样搞下去，贫困户没扶起来，可能把你扶进医院了。"

"喂，你赶快辞职算了吧，回到成都来帮我打理公司事务，何苦跟自己过意不去？"石伟劝说。

"我知道照顾好自己，放心吧！我还要喝面汤呢！"梅花雪白说。

"好，你吃吧！我今晚又是一个不眠之夜喽！宝贝，晚安！"石伟对着屏幕"啵"了一下，挂断视频。

梅花雪白轻轻放下手机，觉得石伟"啵"的那一下好像戳在她的嘴上，如果没有旁人，她也会对着手机屏幕"啵"一下。

"小心哟，石伟这样的'高富帅'，身边的靓女成堆哦！早点飞过去，把他死死拴住，我盼着早点吃你的喜糖。"苏琪尔说。

"经不住考验的爱情，不是物欲就是肉欲的俘虏。我喜欢自然、干净、简单的爱情。宁缺毋滥，非诚不扰。"梅花雪白喝光最后一口面汤说。

"太难找你这样的经典了。现在所谓的爱情是用钞票凝结的。村里的何大发因为拿不出十万彩礼钱而把婚事搅黄了，这活生生的案例在这面大山里随处可见，人们笑称养女是'投资发展银行'，养儿却是'建设银行'。"苏琪尔说。

"唉！陋习就像顽疾，春山的高价彩礼害惨了许多人。这事该讨药方治了。"梅花雪白说。

"药方难求！"苏琪尔说。

严浩从病房走出来说："梅队长、苏琪尔，你们回去休息吧！明天县督查组要来督查驻村帮扶工作，大家都耗在这里不是办法，社火娃儿今晚暂时由我来照顾。"

梅花雪白同意严浩留下，她和苏琪尔赶回驻地准备明天迎检的资料。

一束手电筒的亮光在大山的夜色中游走，像孤独的渔船漂泊在黑沉沉的大海里。

"社火娃儿盖的被子很薄，最容易冻感冒。"梅花雪白喘着粗气说。

"没有爹娘的娃儿好造孽哟！社火娃儿的娘也忍心抛下他？"苏琪尔说。

"贫困好像一把冰冷的刀子，极易戳破人性的软肋，让人选择逃离现实。"梅花雪白说。

"谁也逃不掉现实的!"苏琪尔说。

9

从苦水溪延伸到摩天岭的社道路修到马桂花家的荒坡地头就卡壳了,马桂花和丈夫何昆山两口子拿着锄头和扁担横在挖掘机前,扬言不把她家的土地问题解决好,就不准公路从她家的田地经过,如果非要过去,除非挖掘机从她们身上碾压过去。

马桂花的横蛮惹火了挖掘机驾驶员汪军,他说马桂花得了钱疯病,这块只长石头不长草的瘦地成了"金包卵"。

马桂花说:"我不稀罕补偿款,要同等面积的好田地。"

汪军从车上跳下来,大吼:"补偿合同你签了字的,吐出来的口水又想舔回去吗?喝酒只问提壶人,你烧香找错了庙门,我只管按合同施工,补偿的事是村上处理。如果你阻挡,我就报警你们非法阻脱贫攻坚项目工程,让你们吃不了兜着走。"

"老子不是吓大的!"何昆山硬着脖子吼。

无奈之下,汪军只好打电话请求驻村工作队出面协调处理。

梅花雪白接到电话就和村社干部从二社社道路的施工现场赶过来。村支书唐宝奎对马桂花说:"全村修村社道路的青苗、山林、土地补偿款都是一个标准,村上不欠你一分钱,阻工就是横蛮不讲理,现在全县正在开展整治无理阻挠脱贫攻坚项目工程实施的专项行动,你们不要往枪口上闯。"

"我活了这把年纪,还怕过谁!只要村上把土地给我调出来,就是开飞机我都可以刹一脚的。"何昆山说。

"你们两口子就是'屙尿变',谈妥的事情说变就变,现在村上没有多余的土地可以调整,上次签补偿合同时跟你们讲清楚了的,你们也签字画押了的。你们这样搞,是出难题,成心找麻烦嘛!"何清亮说。

"何主任,你站着说话腰不疼吗?把你家的好田调给我,我就不阻挡。"马桂花说。

何清亮气得手指马桂花："你们这种人世上真的很少见。"

站在人群中的老支书唐贵田看不下去了，站出来说："马桂花，胡闹啥啦！我家的土地任由你去挑选。修路架桥是天大的好事，你不要盯着自家的一亩三分地打起小算盘。大家都这样计算，春山的这条脱贫路就通不了啦。"

"真的？老唐书记，我要您家的活水田。"马桂花一脸惊喜。

马桂花的话引起村民龙德渊的不满，他说："马桂花，用你家这块草都不长的地去换老唐书记家里最好的一块田，你的心也太狠了嘛！春山这面山的土地都是老唐书记带领村民吃糠咽菜，起早贪黑从石头缝里抠出来的。"

"换！马上立字据。"唐贵田杵了几下手中的拐杖，大声说。

唐贵田从唐宝奎的笔记本上撕下一张纸，拟好土地交换字据，何昆山签字后，汪军的挖掘机又响起了轰鸣声。

"老唐书记，马桂花占了您家的便宜。"龙德渊说。

"吃得了亏，才打得拢堆嘛！马桂花爱土地就让她好好地爱吧！"唐贵田说。

唐贵田站在山梁上，指着用乱石片垒彻的层层梯田告诉梅花雪白，红四方面军战士在这里和军阀田颂尧的部队打过仗，死了不少的人。摩天岭石崖上还有红军錾子队刻的"赤化全川，平分土地"的石刻标语。这儿以前都是乱石荒坡，村民勒紧裤腰带从乱石缝里抠土改造了这面坡的土地。

"老唐书记，没有你们那一代人开荒造田，兴修水利，土地包产到户时，马桂花家连巴掌大的地都分不到的。吃茵子要记得住根哟！"唐克明接话说。

"唉，那些都是过去的事啦！这面大山就像一个邋遢的老汉，现在不受人待见喽！你看马尿坡的那些田地，现在荒成啥样儿了，田里的树木都有碗口粗了，等留守在这里的老家伙一死，进了城的村民又不愿回来，春山就没有人气了，这些田地就会长满荒草或杂树。"唐贵田的脸上浮出忧伤的神色。

"是呀，春山这面山的年轻人有谁还想待在穷山沟沟里过活呀！都想进城混掉农民这身泥皮，过上城里人体面的生活，指望他们回来伺候土地，真的没有望了。"唐宝奎插话说。

"人是决定春山未来的关键因素。没有人气的乡村是死寂的。"唐贵田叹口气说。

"老唐书记，现在国家提出乡村振兴战略，只有乡村振兴发展了，失去的人气才会回来的。"梅花雪白说。

唐贵田捋了捋灰白的胡须说："去年，有一个在春山当过知青的重庆人回到这里，说春山就像一个养在闺房的大美女，一旦揭开面纱，一定会相当吸引人的。"

"那是城里人耍腻烦了，才跑到乡里来找乐趣，让他们长期待在这里试一试？不跑才是怪事呢，就像当年那些知青，有几个把根留在这里？"唐克明说。

"那些知青当年在春山吃了不少苦头吧？"梅花雪白禁不住问。

唐贵田接话说："当年重庆和红江县城的一些知识青年响应党的号召，来到春山与群众同吃同住同劳动。那些知青都是十几岁的年轻娃儿，来的时候啥都不懂，跟着农民开荒种地，苦头是吃了不少。我记得有一个女知青在修三社引水渠时，滚下悬岩而死，很惨，也很可惜；还有两个女青年嫁给了春山的农民，后来，一个离婚回到重庆，另一个留在春山当农民，三年前才随儿女到城里安享晚年了。知识青年上山下乡虽然苦了那批城里的娃娃，但也磨炼了一批有用之才。"

梅花雪白静静地听唐贵田诉说，抬头望着远处高耸的摩天岭，想起爷爷经常讲他小时候是红江县城老井街出了名的"街二娃"，没事就和一帮混混打架斗殴。到春山当知青后，曾经闹过把麦苗当韭菜的笑话，也为手上的血泡哭过，抱怨过，更为挣到成年劳动力一样的工分而激动过。

梅花雪白想了想，忍不住把爷爷曾经在春山当过知青的事告诉唐贵田，唐贵田惊喜地说："哦，你是梅开贤的孙女哈，我想起来了，梅开贤是一个瘦高个子，特别鬼精的家伙，在春山闹过不少笑话，也吃过不少苦头。"

"你爷爷也是七十几岁的人了，身体还好吗？"唐贵田问。

"身体还可以，只是听力不是很好。"梅花雪白说。

"我爷爷常提起您带领村民修红石水库的事儿，特别是您拴着麻绳带队在悬崖上开凿炮眼，像葫芦在风中晃来荡去的，爷爷在下面看得心惊胆战。他很佩服您。"梅花雪白说。

"嘿嘿，那时条件艰苦，人的精神劲儿却特别高，好像不晓得苦和累一样。好汉不提当年勇喽，那些都是过去的事儿了。"唐贵田说。

梅花雪白搀扶着唐贵田边走边摆龙门阵。

唐贵田"嘿嘿"地笑了几声，颇为神秘地说："知道不，你爷爷在这儿还追求过一个重庆女知青，可惜那个女知青死了，就是我刚才跟你摆的修引水渠坠崖而死的那个。她叫什么来着？哦，我想起来了，她叫柳叶青，对头！就叫柳叶青。"

唐贵田透露的这个秘密，梅花雪白还是头一次听说，她望着远山沉默无语。

唐贵田停步望着摩天岭，良久才说了一句："可惜柳叶青了，多好的姑娘。"

"老唐书记，春山正在脱贫攻坚的路上，我一直想找机会向您老汇报工作，想请教您。春山的脱贫路子究竟该如何走？"梅花雪白望着唐贵田说。

唐贵田捋着胡须笑说："我是九十多岁的人了，是活天数的人了，思想和行动都跟不上时代的趟喽！你们年轻人思路活跃，又有文化，赶上一个好时代。只要坚定目标大胆往前闯，就不会出错的。"

"我深感农村工作经验缺乏，总觉得有力使不出劲儿，就像鸡啄南瓜，始终找不着下嘴的地方。"梅花雪白说。

"扶贫这个事儿就是难搞，要有信心，也不能急于求成，一口想吃一个胖子是不行的。我在春山这面山上当了几十年的村干部，经历了农业学大寨、土地包产到户、国家'八七扶贫攻坚'、世行贷款项目扶贫等大事儿，国家给了春山不少扶贫项目和资金，也搞了不少的事儿，取得了一定成效，但也有不少值得深刻总结的教训。我在《新闻联播》中看到，这一轮脱贫攻坚强调的是精准脱贫，就要从根本上挖断穷根，把贫困的帽子脱了，这样很好，只要找准病因，对症下药，方能药到病除。对于春山的这轮扶贫，我也琢磨很久，理了一个道道，觉得还不成熟，想等成熟了再向村支部汇报。既然梅队长今天把话说到这个份上，我就把愚见提出来。我在想，春山这面山积贫太深了，要想把穷帽子扔下摩天岭，首先要把人的志气扶起来，真正解决一些贫困户'靠着墙根晒太阳，等着小康送上门'的'贫困病'，这个很关键哟，人的'贫困病'不是给钱给物就能解决的。除了国家政策激励，核心要靠自身努力干才对头哟！'贫困病'不除掉，春山脱贫就很难的；其次要留得住人，要想办法留住人在春山这面山里创业发展。只要有人在，春山才会有发展希望，没有人，要想把乡村振兴起来是很难的。最后要把增收的路子扶起，真正解决了老百姓增收的难题，春山的难事也就不再难了。总之一句话，任何事情说起容易，做起来真的很难，绝招就是'宁可苦干，也不苦熬，更不能苦等'。我是老支书，不在其位，不谋其政，不能倚老卖老，影响你们年轻人干事创业。我的这些想法，不知道对不对路，仅是一己之见，以供梅队长参考。"唐贵田说。

"老唐书记，目前我们正在拟定春山村发展总体规划，我们一定要把您宝贵的经验融入规划之中，等初稿出来，再请您提提建议哈！"梅花雪白说。

"只要村里不嫌弃我这个邋遢的老头子讨人嫌，有什么事情需要我，我会随叫随到，毕竟我是有着七十多年党龄的老党员，这点党性和规矩是要讲的。"唐贵田说完告辞。

夕阳的光焰把天空、大地、群山点燃了，炫丽的霞光落在唐贵田的身上，梅花雪白目送着唐贵田硬朗的背影在霞光中缓缓移动着，她觉得老支书就像高耸的摩天岭矗立在春山一样。

梅花雪白、苏琪尔、严浩追着晚霞往驻地赶，社火娃儿双手托腮，坐在墙根望着远山的霞光发呆。刘贵荣老师前不久病逝，鉴于社火娃儿的特殊情况，驻村工作队便决定负责照顾社火娃儿的生活和学习。

严浩放下碗筷，见社火娃儿扒干净了碗里的米粒，他说："唐光宗同学，现在开始上劳动课了，主要是重温洗碗的课。"

"严浩，你又耍滑头嘛。"苏琪尔指了指严浩。

严浩笑了笑说："社火娃儿最需要的是动手的生存能力，而不是去死记硬背教科书。因人施教才是对路的。"

"上课喽！"社火娃儿兴奋地吼起来，抓起桌子上的碗筷钻进了厨房。

"春山小学的师资力量强哟！三个本科生教一个小学生。"苏琪尔笑说。

"严浩的这个鬼点子好，我们要为社火娃儿将来的独立生活能力着想。不能一味地把教科书往他脑子灌输。"梅花雪白说。

"有点悬哟，社火娃儿的生活自理能力很差的，很多事儿教了他无数遍，转眼之间又不会了。"苏琪尔小声说。

"我们不能对他失去信心，慢慢引导，滴水穿石，总有见证奇迹的那一天。"

梅花雪白望着窗外的夜色说。

"愿望是美好的，现实却是残酷的。"苏琪尔没有把这句话说出来，低头在微信上与钱洪刚闲聊起来。

梅花雪白像被感染似的，随手抓起桌子上的手机，只见微信运动步数的排行榜上，她今天的步数又名列榜首，达到三万五千步。她瞧了瞧朋友圈的点赞，呵欠不断，感觉人困得快要死了。

10

秦发祥听到黑母鸡表功似的叫声，火烧屁股一样从被窝里爬起来，冲进柴棚，从鸡窝抓起那只热乎乎的蛋，油黑的脸上露出兴奋的亮色。

黑母鸡夸张地煽动了几下翅膀，又高调地叫了几声。秦发祥没有理会黑母鸡的卖弄，抓着鸡蛋快步钻进卧室，从药酒罐倒了半杯浑浊的酒，然后将鸡蛋磕破，把生鸡蛋倒进酒杯，拿筷子搅拌一会儿，端起杯子像喝水一样将药酒喝光，一种说不出的惬意顿时在骨子里似潮水奔涌。喝生鸡蛋的嗜好是他小时候从鸡窝偷出鸡蛋之后开始的。多年前，他听信游医介绍用生鸡蛋服药酒有增强性功能的偏方之后，家里的鸡蛋就让他这样吃完了。

秦发祥突然想起刚才有点冷落黑母鸡，遂从破木桶里抓了几把稻谷撒到院坝的空地，"咯咯"地唤了几声，黑母鸡没有理会秦发祥此时的讨好，躲在院坝边的荒草里瞧着有点失望的秦发祥。这时，屋檐上的麻雀看见地上的谷粒，飞落下来抢食，黑母鸡一下子火急了，扑上去赶走了麻雀。

"贱皮子。"秦发祥望着黑母鸡嘀咕。

两只饥肠辘辘的山鹰在空中盘旋着，黑母鸡惊叫起来，秦发祥的心不由收紧，拢着手朝天空"嗬哟嗬哟"地狂吼。山鹰见此，绝望地飞走。秦发祥抓起躲藏胯下发抖的黑母鸡，抚摸了几下鸡毛，轻声安慰："黑子，怕啥呢？有老秦为你撑着，你还害怕山鹰吃了你的肉嘎嘎嘛？"

黑母鸡叫了一声，身子不再发抖，秦发祥一松手，黑母鸡又放心地啄食地上的谷粒。

秦发祥斜靠门上，木讷地望着层层叠叠的远山，想不起今天该干点啥事情。这段时间春山没有死人，也没有结婚或者庆大寿的，他便没有了生意。他想了半天，终于想起玉河乡胖幺妹店里的卤猪蹄，便有了到乡场转悠的念头。他掏出钥匙，打开床头的旧木柜，拿起钱包一看，心一下子凉透了，包里的钱不够买卤猪蹄的一个脚趾头了。

秦发祥把钱包扔在柜子上，一头瘫软在床上，敞开的木柜仿佛在张开缺牙的大嘴嘲笑他。他无心去关木柜的门，觉得他为木柜安装的那一道锁纯属多余，在这荒无人烟的摩天岭山顶上，家里能闯进一个贼娃子更是稀罕无比的事情。他为木柜上锁是三年前做出的一个特别郑重的决定。有一次，他喝醉酒醒来，找了半天也没有找到钱包，便怀疑有贼娃子进了屋，甚至猜疑耗子是作案对象，直到他在茅厕里看到漂浮的钱包，才想起冤枉家里的耗子了。为此，他认为应该把钱包放进木柜并装上一把大锁心里才会踏实，便在木柜装上一把大锁，连同身份证、卡（折）通锁进柜子里，柜子也因此成为家里重点守护的对象。

秦发祥的目光落到酒罐上，他翻身起床舀了一杯酒，从床底拖出一个空荡荡的蛇皮口袋翻开，终于找到一颗花生剥开，嚼着花生米喝光了杯中酒。燥热的酒劲好似酵母在他体内急速膨胀，眼前的景物也变得鲜活生动起来，墙壁挂历上穿着比基尼的女模特更加风骚了，煽情的目光快要把他融化了。

好事的风捅开破墙洞的一团烂油纸，放心地钻了进来，墙上的挂历晃荡起来，女模特的影子在秦发祥的眼里晃来晃去，渐渐变成王彩霞的模样了。王彩霞是媒人郑秀芳介绍给秦发祥的女人，刚见面时，王彩霞几个媚眼就把秦发祥迷得不知东西南北了。见面第二天，王彩霞就以老母亲病了无钱医治为由，向他借三千块钱。秦发祥只好四处借钱，在他把钱交给王彩霞时，王彩霞娇媚地说："秦哥，等着我哈，等我母亲的病情有所好转，我就来春山找你过日子。"一个月之后，秦发祥没有打通王彩霞的电话；半年过去，他没有等到王彩霞的影子；两年过去了，他借的三千块尚不知道从那儿找钱去还账。

"骚货，骗子。"秦发祥像疯子冲上去撕碎了那团晃荡的影子，挂历的碎片散落一地，随风而舞。

秦发祥瞅着地上飞旋的纸片，"呵呵"地笑了。他上前一把抓住挂在墙上的唢呐，紧捂胸口，他听到体内的血液如涛声奔涌。唢呐就是他知心的女人，生命的重要部分。他用这支唢呐抚慰过亡灵，迎接过美丽的新娘，那些流淌的音符就是他心跳的脉搏，有爱的祝福，也有对死亡的哀伤。无聊的时候，他就抱着唢呐吹曲儿解闷，摩天岭上的阳光、山风、雨露、草木，还有野鸟、黑母鸡都被他吹的曲儿迷醉过。村民只要听见摩天岭上的唢呐声响起，便说秦吹吹的"猫尿"又喝多了。

孤独而忧伤的唢呐声像雨雾一样漫过山崖，坠入深谷，游荡树林间。黑母鸡蹲在树丛，像被唢呐声迷住了，一只麻雀从它头顶飞过，它也毫无知觉。

唢呐的声音弥漫在摩天岭的风中，梅花雪白望着高高的摩天岭问身后的六社社长朱仕斌："这深山老林还有如此好听的唢呐声？"

朱仕斌喘息说："梅队长，那是六社的秦发祥在吹。他喝醉了，发酒疯时就爱抱着唢呐吹，人称'秦吹吹'。"

苏琪尔将了将汗水打湿的头发说："他家住得挺远哟，我们已经走了一个多小时，还没有走到他家。"

"看得见，走得哭哦！摩天岭是春山村最偏远的地方，翻过秦发祥住的房子，山的那边就是陕西地界。摩天岭上以前住了秦发吉、秦发祥、秦发如、秦发意、秦发昌等几户人，现在山顶只剩秦发祥一户住在上面，其余都迁走了。"朱仕斌说。

"前面那段路就叫'鬼见愁'，红四方面军撤离川陕苏区后，留下一支巴山游击队，曾经多次在这儿打过仗。"朱仕斌指着前面的一段路说。

深不见底的悬崖绝壁之间，一条窄窄的小道挂在上面，梅花雪白望着眼前的路，不由倒吸一口冷气，磨磨蹭蹭的不敢迈开步子。

"梅队长，抠着石壁上开凿的小石窝走。"朱仕斌回头叮嘱。

梅花雪白抠着崖壁石窝缝，脸色苍白，不敢往下看，她感觉行走在这样的路上犹如走在死亡的钢丝绳上。

"妈哟，真的吓死我啦！"苏琪尔回头看了看走过的"鬼见愁"，声音发颤，虚汗直冒。

唢呐声时而低旋，时而高亢，继而如诉如泣，高耸的崖壁就像一面巨型音箱，把唢呐的声调扩散着。

梅花雪白爬上摩天岭，汗水已浸透衣背。她循着唢呐声望去，不远处的土坯瓦房坐落在一片枯黄的芭茅草丛中，瓦房上还有一层薄薄的雪，偏房的屋顶已烂了几个窟窿，几根木棒支撑着一面摇摇欲坠的泥墙。

"妈呀，这房子是人住的吗？"苏琪尔小声对梅花雪白说。

"秦吹吹，赶快收起你的破唢呐。"朱仕斌站在院坝里大声喊。

唢呐声戛然而止，一颗野人似的脑袋随着应答声从门缝挤出来："朱老冒，你又跑来搞啥子名堂经？是给我送米来，还是送油来？"

"你整天就想着有人给你送钱送物来，太不像话了嘛！这是驻村工作队的梅队长、苏同志，今天专程到你家里来调查走访。"朱仕斌介绍说。

"我有啥好看的，看我是要带着钱来看的哟！"秦发祥扶着门框，喷着酒气说。

"你长得多体面哟，又不是网红明星！"朱仕斌黑着脸说。

"你娃儿懒得烧蛇吃，今天又把猫尿灌多了嘛！有闲工夫喝烂酒，吹破唢呐，不如抽点时间把你这狗窝清扫一下，你自己瞧瞧，脏乱得啥样子了，鸡屎、鸟粪遍地，想找块干净的地方插只脚都没有地儿了。"朱仕斌蹭刮着脚底踩上的一坨鸡屎说。

"朱老冒，你看不惯别来，我当了社长也住得起洋房，屁股也会朝着天瞧人了。"秦发祥不悦地说。

朱仕斌没有理会秦发祥，看了看堂屋的泥墙问："秦吹吹，上次挂在墙上的建卡贫困户明白卡怎么不在了？"

"我扔了。"

"你！"朱仕斌气得说不下去了。

"那个牌子就像在我脸上刻了字一样，我看着心里就鬼火冒。在春山这面山上，谁不知道我是贫困户，挂那个牌子给谁看呢？是这儿的风，还是这里的雨？有制牌的钱，还不如把钱发给我打酒喝。"秦发祥吼起来。

"老秦，你总不能让我们在你家院坝里站着说话哦。"梅花梅白笑说。

梅花雪白的话让秦发祥不好意思地迈着醉步端出一条长木板凳，僵着舌头招呼梅花雪白落坐。

朱仕斌盯着板凳上的灰尘说："你的板凳都长霉灰了，怎么能坐人哟！赶快擦一下。"

秦发祥尴尬地从墙上取下脏兮兮的破毛巾抹了抹板凳上的灰尘，又端来一茶缸开水。梅花雪白看了看茶缸上厚厚的污垢，干渴的嗓子顿时没有了喝水的欲望。

"老秦，你的唢呐吹得好哟！"梅花雪白笑着打破尴尬。

"嘿嘿，我这雕虫小技，是上不了台面的。"秦发祥笑着说。

"曲由心生。你吹的曲调满是忧伤。换一个曲子也许就是另一番心境。"梅花雪白说。

"随便吹着解闷。"秦发祥说。

"秦吹吹，莫说空话。梅队长今天来，主要是调查了解你家里的情况，你把户口本和'一卡通'本本拿出来，我们看一下。等会儿我们还要走访其他的农户。"朱仕斌公事公办的样子。

"你查户口吗？村里有我的资料，拿出来看一下就清楚了，你也清楚我的情况，如此劳心费神跑来看这些东西，真是浪费国家每月给你发的补助了。"秦发祥瞪着朱仕斌吼。

梅花雪白见两人的表情就像斗架的公牛，心头不由收紧，慌忙说道："老秦，村里通知你开会，你说忙就一直没有参加过会议。我们今天到你这里来走访，一是入户宣传脱贫攻坚政策；二是想准确了解一下你的具体情况；三是想听听你对村里精准脱贫工作有什么好的建议意见，麻烦配合一下嘛！"

"美女队长的话听着就是让人舒心，真是大官儿好见，小鬼难缠，上面来的大官儿就比春山村的这些狗屁官儿会说人话。"秦发祥说着瞟了一眼朱仕斌，进屋拿来户口本和"一卡通"。梅花雪白对照户口本及"一卡通"与秦发祥攀谈起来：

"家里还有其他人吗？"

"爹妈死了多年，就我一个独人。一人吃饱，全家不饿。"

"找一个伴儿嘛！"

"哎，梅队长，不瞒你说，谁不想老婆孩子热被窝。在春山这面山上，如今要讨一个婆娘，没有十万块钱的彩礼钱，门儿都没有。再说，有谁会跑到兔子都不愿拉屎的摩天岭上来？"秦发祥说得一脸凄怆。

"你要有信心，信心比黄金重要。也许有一天缘分到了，天上真会掉一个林妹妹在你眼前嘛！"

"呵呵！梅队长莫洗刷我的脑壳。"

"老秦，说说你家庭收入情况？比如养了多少只鸡，多少牛羊等等。"

"呵呵，我家里养了一只下蛋的老母鸡，所下的鸡蛋全都装到我的肚子了。种了点土地，收了一点谷子和洋芋。其他就是哪里死人了或办喜事儿去吹唢呐挣点利市钱。"

"哦，对了，还有一卡通本本上记的粮食直补收入一百九十七元，退耕还林三百二十元。"

"还有没有其他收入？"

"呵呵，还有家里不值钱的风。"

"老秦，你对村上的工作有啥意见？"

"梅队长，你是喜欢听真话，还是假话？"

"老秦，当然是听真话嘛！"

"梅队长，我喜欢吹直牛角，不爱拐弯抹角说屁话。你不了解村里的情况，这里山高路远，村里有本事的都远走高飞了，这么多年了，这面山面貌依旧。"

"老秦，说点具体的嘛！"

"梅队长，比如村社干部乱逑搞，上面来的好政策就揣在他们的包包里，捂在心窝里，只晓得把好处往自己包里抓……"

朱仕斌黑着脸色插话："秦吹吹，你不要吊起嘴巴乱说。说话要有根据，讲良心，你该享受的政策干部没有吃你一分钱。你刚才就没有把你享受低保政策的事情说出来，不耿直嘛！"

"朱老冒，你不提这事还好，一提我的火气就冒出来了。以前我申请吃低保，为啥村里说我不够格？我跑到县上上访，低保很快就批了呢。原来是你朱老冒和村上几个干部整老子的冤枉，说我是春山出了名的'刁民'。你敢拍胸膛发誓，我说的是假话吗，你有胆量当着村民的面说你屁股没有屎吗？春山退耕还林时，有的村社干部家里的面积几十亩，甚至几百亩，村集体林三千亩退耕还林款打到哪里去了？"秦发祥手指朱仕斌怒吼。

梅花雪白眼见场面不好收拾，忙岔开话题："好啦！朱社长、老秦，你们不要把话题扯远了。"

"老秦，你有什么困难需要村里解决的，直接提出来哈！我们驻村工作队来帮你解决！"苏琪尔忙着打圆场。

"我要一个婆娘！"秦发祥吼道。

苏琪尔尴尬地望着秦发祥，气得脸色发白。

"酒疯子，你要不要天上的星星，厚颜无耻的家伙！"朱仕斌气得大吼。

"只要你能把星星摘下来，老子就敢要。"秦发祥一脸无赖。

梅花雪白见秦发祥的样子，觉得这样交谈下去是不会收到效果，还会引起秦发祥和朱仕斌之间更深的矛盾，她便收起笔记本，端起小木凳上的茶缸猛喝了几口茶水，从包里掏出一张驻村工作队联系电话卡片送给秦发祥说："好啦，老秦，我以后再来你家里走访。这是驻村工作联系卡，上面有我和驻村队员的联系电话，有啥事可打上面的电话号码。"

"老秦，我瞧你的脸色，肝脏解酒功能不好哟，少喝养生，多喝伤身。"梅花雪白走时叮嘱道。

梅花雪白走后，秦发祥盯着小木凳子上的茶缸，脸像被人狠狠抽了一巴掌。

朱仕斌走过秦发祥屋前的长田埂，快步追上梅花雪白说："梅队长，秦吹吹游手好闲惯了，是扯死人经的，村社干部说起他就头疼，你不要见怪！"

"秦吹吹真是一个有意思的怪人。"梅花雪白说。

"哎，农村工作真难搞，村社干部不好当，搞不好要挨群众的骂，还要挨上头批，就像老鼠钻风箱——两头受气。"朱仕斌说。

"朱社长，人要受得了气，才打的拢堆嘛！"苏琪尔劝说。

"梅队长，你刚才和秦发祥摆谈时，我钻到他屋里看了看，如果风吹到他屋内里，是没有一点儿东西可以挡一挡的。"苏琪尔说。

"你们不晓得，与秦发祥一起吹唢呐的，别人一年到头还能捏点过年钱，而他是揣不住钱的，有钱就去乡上的馆子吃肉喝酒，有时还到茶馆搞点小赌，没钱就厚着脸皮到处借。他在我这里还借了一千块钱，至今一分钱也没有还。"朱仕斌说。

梅花雪白望着远处的红江河，心头好似塞满沙子。她想，这里的贫困程度之深完全超乎想象，村社干部与村民之间的隔阂就像眼前这深不见底的峡谷，无形压力如同茫茫大山横在她眼前。

春山村的脱贫攻坚规划方案讨论稿摆在参会者的面前，会议室的气氛像两股冷暖气流碰撞着，大家为村集体资产的事儿又争得面红耳赤。村支书唐宝奎、村主任何清亮说，村集体那片几百亩的荒山，是开采旱沙石的好料场，多年以前就有老板盯上那里。现在市场上的沙石紧俏，村集体资产发展要充分利用这些资源优势，以大力开发摩天岭下的野人坡沙石矿为主体，这样既可以解决村集体资产增收难的问题，又可以带动村民就近务工增收。目前已有两个老板多次要求来开发这里，并承诺优先招收春山的村民到矿上务工。这个项目短平快，效益立竿见影。

梅花雪白、苏琪尔认为引进采沙石厂，眼前效益是让人心动的，但对春山的生态环境破坏很大，不利于可持续发展。她俩坚持，要抓住中央实施振兴川陕革命老区、秦巴山区连片扶贫的历史机遇，特别是川东北联接陕南的出川高速公路过境红江县，在玉河乡规划有一个出入口的良机，利用春山秀美的自然风光，良好的森林植被，干净清新的空气，深厚的民俗文化及养殖南江黄羊、优质黑土猪、巴山土鸡等资源禀赋，大力借助现代信息科技和便捷的物流平台，以"互联网+乡村旅游+康养休闲+生态种养殖"的模式为龙头，以绿水青山和人文精神吸引资金和人才来春山发展，真正解决春山人气不足、发展后劲不足、村民增收难的问题，从而使春山的天更蓝，水更清，实现可持续跃升。

马东平说："杀猪杀牛各有各的杀法，只要能够完成脱贫攻坚任务的规划方案就是好的，要盯住当前的现实，任何空想主义是解决不了春山的实际问题。"

对于这些脱贫攻坚规划方案的意见有很大的分歧，老支书唐贵田一言不发地坐在那儿，梅花雪白说："大家先放下争执，听一听老唐书记的意见再议。"

唐贵田喝了一口茶水说："我每天准时收看《新闻联播》是雷打不动的事情。新闻上天天讲，要金山银山，更要绿水青山。春山是红江上游，环保督查得严，开采旱沙石的事情要三思而后行哟！至于互联网+乡村旅游、康养产业什么的，这些东西在春山都是稀罕物，从没有人见过，究竟怎么整，我这个老家伙心里没有谱，也不好在这儿随便开腔。总之一句话，规划不能墙上画饼，好看不管用！这么多年，春山的发展也操碎了不少人的心，一会儿说这个市场前景可观，一会儿说发展那个是市场的俏货，砍了核桃栽银花，毁了银花栽果树，追着市场的屁股跑，搞来搞去，就像猴子搬苞谷一样，啥都没有捞到手，结果劳务输出这块产业无心插柳柳成荫了。你们看看，这么多年来，春山到现在一眼望去啥产业都没有，这些教训当深思哦！"

会议没有定下规划方案初稿，梅花雪白建议将方案再次公开征求意见后，再次修改完善。

唐贵田等唐宝奎、何清亮走后，悄悄对梅花雪白说："梅队长，会上有些事情我不好当面讲，唐宝奎他们极力鼓动在春山野人坡开采沙石，暗中却打着私人小算盘，那块山场除了集体部分，还有唐宝奎、何清亮等十余户村民的山场。据说唐宝奎和何清亮暗中已经与一个沙石场的老板谈妥了，他们要注资入股，合伙搞经营。"

唐贵田的话让梅花雪白如芒刺背，这场看似冠冕堂皇的争论背后，竟隐藏着如此让人心惊肉跳的故事。春山这潭看似平静的水面之下，也许还有许多未知的更大的旋涡。她身处旋涡之中，已身不由己，稍有不慎随时都会卷入其中。

11

梅花雪白刚进小区大门，B幢六楼阳台上的三颗脑袋就齐刷刷地对准了她，她朝阳台挥了挥手，一颗脑袋快速缩回去，还有两颗脑袋瞅着她缓缓移动，她明白老妈这时已进了厨房，婆婆和老爸还在阳台上眼巴巴地张望，爷爷还坐在沙发上看抗日枪战片。

梅花雪白走出电梯，打开的家门像温暖的怀抱扑向她，婆婆和老爸的笑脸已在门口等着，她穿的那双粉红色拖鞋已整齐摆放门口，还有饭菜的香味飘进了楼道。

"婆婆!"

"老爸!"

梅花雪白轻声喊叫着进了屋。

"爷爷!"梅花雪白叫了一声。梅开贤似乎没有听见。

"老家伙，聋子嘛! 梅梅叫你啦。"熊俊兰见梅开贤没有理会梅花雪白的问话，便大声提示。

"梅梅回来啦!"梅开贤瞅着电视回应了一句。

"幺女回来啦，快坐下吃饭!"李君兰从厨房出来，将菜盘放在餐桌上说。

"老妈，您又做了一桌子好吃的。"梅花雪白兴奋地说了一句，进厨房帮忙端菜舀饭。

"老妈，我又让您失望了，刚才同学打电话请我吃饭，不能缺席啊! 下次我专门陪您吃哈!"梅花雪白说。

李君兰的脸色瞬间暗下来，抱怨: "你刚回来又似一阵风跑了，同学比你爹妈都还重要了，下次回家自己做饭吃。"

"老妈，别生气啊! 生气容易使人变老的。"梅花雪白说着拈起饭桌上的一块酥肉，边嚼边说: "老妈做的味道就是不一样。"

"多拈点菜，先填填肚子啊! 你好像比上星期回来还要黑瘦多了。"熊俊兰说。

梅花雪白又拈起一块腊香肠吃完，说: "老妈，您今年做的腊香肠比往年要好吃一些了。"

李君兰说: "你吃现成饭的，当然啥都好吃!"

"好吃，你就多吃点嘛!"熊俊兰说。

"婆婆，我要给自己大扫除，一个星期都没有洗澡喽! 身上臭得不敢见人了。"梅花雪白说着便进了卧室。

梅花雪白洗漱完毕，换好衣服就出了门，叫了滴滴车赶到开元饭店。她推开龙门轩雅间的门，刚好听见蒙娜大声说她和石伟之间的事。

"又在背后说我的坏话，小心舌根子流脓生疮哟！"梅花雪白笑说。

"说曹操，曹操到。"面门而坐的鲁敏说。

"今天啥好事，搞得这样兴师动众的？"梅花雪白坐下问。

"为你这个脱贫队长打牙祭解馋哟！"蒙娜笑答。

"我老妈弄了一桌好菜我还没来得及吃呢！你们不要以这样的由头来灌我的酒，整我的冤枉哈。我晓得你们的鬼板眼儿就像和尚敲木鱼——多、多、多。"梅花雪白笑说。

"家里的饭菜留着慢慢吃，同学请客的机会难得，你很少回城，今晚大家敞开肚皮吃喝，然后再去歌厅醒酒哈。"鲁敏笑说。

梅花雪白盯着杯中的葡萄酒，心想这场酒是躲不掉的，桌子上全是高中同学，清一色的闺蜜，谁能喝，谁不能喝，彼此心知肚明。同学餐桌上相聚，时常会找一个理由，痛痛快快地喝一场，因而每一次喝酒，直喝得有同学醉倒而止。

梅花雪白担心自己今晚会喝醉了，小心应对着同学为劝酒而设下的圈套和陷阱。

酒精把饭桌上的气氛发酵了，也把彼此的心里话赶出来了。张宜佳不时炫耀男朋友送的订婚戒指而引发众人对婚恋的话题。鲁敏说张宜佳的这张旧船票好不容易被男人预订了，是值得庆贺的。

"为张宜佳干杯！"饭桌上旋即响起酒杯碰撞声。

"佳佳，你又是家里逼婚的吧！不然，你不会这样猴急火燎的。"郑丽似笑非笑。

"唉，你不晓得哟！我爸妈整天在耳朵边唠叨嫁人的事儿，我快逼疯了。"张宜佳说完，闷声喝光杯中酒。

"谁叫你喝闷酒的，不行，罚酒一杯。"蒙娜为张宜佳杯子里倒上酒说。

"好，我认罚！"张宜佳仰脖喝完杯中酒。

郑丽说："我比张宜佳好不了多少。我受不了老妈的唠叨，把男网友的一张照片说成是男朋友，结果老妈天天催我把男朋友带回家。你们说烦不烦，搞得我像嫁不出去的老女。"

蒙娜说："都别在我面前诉苦啦！我比你们都还要惨。我老妈竟带着我的照片、简介及择偶标准，跑到城市公园里摆地摊儿招女婿。气得我和老妈吵闹一场，到现在都不想理她哟！"

秦娟端起酒杯与梅花雪白碰了碰，问："阿梅，你在成都好好的，为啥跑回来哟，石伟怎么能舍得你嘛？"

梅花雪白笑了笑，她真不知道如何回答秦娟的问话。她和石伟吵架后，她在人事网站看到红江县财政局招录公务员，便报名考试，结果一路闯关成功。石伟苦苦挽留，也没有说服她改变主意。

还未等梅花雪白回答秦娟的问话，蔡月儿突然"呜呜"地哭了，众人惊骇的目光落在她身上。蔡月儿边哭边诉说她又失恋了，她对男朋友巴心巴肝的，谁知他是一个花心萝卜，暗中耍了一个，她没有斗过那个小贱人。

梅花雪白看着蔡月儿伤心欲绝的样子，隐忧也随着酒精在体内膨胀起来，她觉得和石伟之间的感情到现在没有升温的迹象，反而热情随着两地的距离和时间在慢慢减退，她甚至对爱情有了困倦的感觉。

我失恋会哭吗？梅花雪白盯着缓缓旋转的餐桌，没有了一点胃口，她突然觉得同学之间这样的聚会没有一点意思了。

蒙娜劝蔡月儿不要哭，结果把自己也劝哭了。

郑丽说："大家散了吧！我也醉了，我要哭了。"

梅花雪白趁机响应："回家吧！我也喝得晕头晕脑的。"

"大家散吧，我老公催我N遍了。"张宜佳抓起手包说。

"哟！刚订婚就想嫁人啦！你叫我们这些老女情何以堪？"郑丽笑说。

"加油哦！别挑来挑去，结果从妙龄少女挑成了剩女。现在剩男剩女就是这样东挑西选出来的。"张宜佳打着酒嗝说。

"我不着急把自己不负责地嫁了。我单身我快乐！"蒙娜说。

"我们去唱歌吧！"鲁敏邀约梅花雪白。

"算啦！我很累了，好想清静一下。"梅花雪白说。

"阿梅，快闪人喽！不然这几个酒疯子会把你拖进歌厅灌一肚子酒。"张宜佳拽着梅花雪白走出门。

"这是你们帮我省钱的哈，不要背后说我是吝啬鬼。"鲁敏见众人没有唱歌的兴趣，便迈着醉步下了楼。

梅花雪白回到家里，倒在床上就不想动弹了，一觉睡到天亮才醒来。她顺手抓起床头的手机，浏览了一遍信息，见没有什么值得关注的，便将手机放回床头。她伸了一个长长的懒腰，热被窝让她否决了起床的念头。她望着从窗帘缝隙透进来的亮光，心想，在这个难得的周末，好好补一补在村里欠下的瞌睡账了。

李君兰将一杯牛奶、一个煮鸡蛋、小碗手工面片放在餐桌上。她推开梅花雪白卧室的房门，见梅花雪白还躺在床上玩手机，忍不住抱怨："太阳晒屁股啦，还赖在床上不起来。瞧你懒散的样子，一点也不像一个脱贫驻村队长，却像一个饭来张口，衣来伸手的大公主。我真担心你这个懒样儿会把贫困户也带懒散的。"

"老妈，您烦不烦嘛！这是在家里，不是在春山，我不能美美地睡个好觉吗？我是一个大活人，不是一个机器侠。"梅花雪白打着呵欠说。

"无论是在哪里，你都不是牙牙学语的小娃儿了，现在到了谈婚论嫁的年龄，以后公婆是不会喜欢你这样懒散媳妇的。"李君兰嘀咕。

"老妈，女儿在爸妈眼里永远都是长不大的嘛！我不嫁人了，一辈子都陪在您身边。"梅花雪白伸着懒腰说。

"我不跟你废话了。早餐放在餐桌上。"李君兰说完关上门，独自逛街去了。

梅花雪白突然记起什么，自语："哦，对了，差点把这事搞忘记了。"她翻身抓起床头柜上的手机，建了一个"春山村脱贫奔康"微信群，并告知本群将涵盖春山所有村民，主要通过微信平台宣传扶贫政策、收集村情民意、交流信息等。还未等她起床，苏琪尔已在微信群里拉进了不少村民。

梅花雪白起床吃完早餐，赶到附近的红星商城买了两套男冬装和一床棉被及画画的笔墨纸砚。她刚走出商城不远，就碰见李君兰提着两大口袋东西从桂坊街钻出来。李君兰看见梅花雪白，惊诧地问："你买这么多东西干啥？"

梅花雪白说为社火娃儿买的。她见李君兰手里提着两口袋衣服，笑问："老妈，您这是为帮扶的贫困户买的吗？"

李君兰说："我明天出差刚好要路过单位负责帮扶的贫困村，就想着买了保暖衣、羽绒服去看一看我结对帮扶的孟中树，上次我看见他两口子穿的衣服有点单薄。"

"这一口袋衣服是帮你爸爸给结对帮扶的贫困户罗永贵买的。你爸好几次都说要给罗永贵买衣服，这么久了也没有给人家买几件送去。"李君兰又说。

"老妈，老爸的工资卡您在掌管，您不拨款，我老爸哪里有私房钱去买嘛！"梅花雪白笑说。

"你爸爸那个人呀，我不管紧点，他手里有点钱就可以飞上天了！"李君兰说。

"老妈，我建议您还是给老爸留点自由支配工资的空间嘛！"梅花雪白劝说。

"你爸爸在家里还不自由？家里柴米油盐、吃饭穿衣、人情往来的事儿他没有操过心，就连他抽烟喝酒都是我送到他手里，他只管张嘴吃喝就行了。我为着这个家操碎了心，把钱都捏出了汗，也舍不得多花一分。今天买这些东西用的几百块钱，都是我从牙缝里节省的。你没有当过家，不知道油盐贵贱。等你成家结婚当家以后，你就知道这滋味不好受了。"李君兰说。

"我结婚以后，一不收老公的工资卡，二不事无巨细啥都管，三不对老公刨根问底常念紧箍咒。"梅花雪白说。

"呵呵，按你说的那样去做，一个好端端的家会让你管垮掉的。管理，管理，你不去管，谁理你？我真担心你自己都是一副懒散的德行，怎么会管好一个村的脱贫攻坚工作，春山那面山会被你管得一塌糊涂的。"李君兰说。

"老妈，这那儿是那儿嘛！结婚过日子怎么也与脱贫的事儿扯上关系了，真与您扯不清楚。"梅花雪白说。

"一屋不扫，何以扫天下？常言说，慈不掌兵，义不养家。管理这门学问深得很，小到治家，大到治国，道理都是一个样的。多学着点儿，不能由着自己的性子哦！"李君兰说。

"老妈，我扯不赢您，你的每句话都是一个大道理。"梅花雪白不想与李君兰扯下去了。

"我估算了一下，今天我买的这些东西，如果让你去买，至少也要多花四百多块钱的冤枉钱。我就晓得你只信大商场的牌子货，看不上小商店的大路货，也懒得砍价杀价。我跑了好几条街道，货比了五家才下手买这些东西。你瞧瞧，我买的衣服质量并不比你买的差嘛。"李君兰晃了晃口袋说。

"老妈，商家或小商贩遇上您，脸都会绿的，您会把人家的价格砍得血淋淋的。"梅花雪白说。

"过日子就是这样精心盘算出来的。没有钱而去穷操，风都喝不上一口。小老百姓过日子，不会与那些精明而狡猾的商贩周旋，会被算计得头破血流。你买东西大手大脚的毛病如果不改一改，以后吃了亏，那些商贩边开心数着钱，边笑你是一个超级大傻瓜。"李君兰说。

梅花雪白不再接话说，低头往前走。李君兰也不说话了，心想，如果刚才再把保暖衣的价格砍几刀，与店老板多磨蹭一会儿，或许还会节省十块钱。她总结当时没有继续砍价的原因是觉得砍得见骨了，再砍也见不了血，心头一软就成交了。服装店老板能把衣服卖给自己，说明卖价还未触底，不然别人是不会倒贴钱的。李君兰有点后悔过早地收起了砍价的刀。

"你买的这些东西又掏高价钱了吧!"李君兰问。

"老妈，您猜猜，我买的衣服和被子值多少钱?"梅花雪白反问。

"离一千块钱也不远了。"李君兰说。

"错，总共才五百八十块钱。"梅花雪白说。

"这么便宜?"李君兰置疑。

"商场搞活动，全是牌子货打折的。"梅花雪白说。

李君兰顿时无语，梅花雪白却笑了。

在电梯里，李君兰看了看梅花雪白买的被子有点单薄，便说："家里还有一床绒毛毯没有用过，你走的时候给社火娃儿带去吧!"

"老妈懂我的!"梅花雪白转身在李君兰的脸上亲了一口。

"死女娃子，羞不羞哦，电梯有摄像头，你真是长不大的娃儿!"李君兰笑说。

12

红萝卜儿，

抿抿甜，

看到看到要过年，

细娃儿想吃肉，

妈老汉儿又没得钱。

石磴子和几个小伙伴站在望乡台上唱春山流传的这首古老童谣时，唐老坎手持春牛正在顺坡往上爬，头上的纱帽和身上的红袍满是污渍，就像打扮怪异的流浪汉。

"春官佬儿回来了，快要过年喽！"石磴子兴奋地吼起来，伙伴们跟着吼，吼声在大山里回响。

唐老坎捋了捋肩褡裢，摇头笑道："这些鬼精客。"

春山的这首童谣，唐老坎小时候也经常唱。他记得爹出门说春都是追着年尾才回家的，爹总会从肩褡裢里掏出核桃、花生、糖果、甚至稻谷或小麦在家人面前显摆一番，他觉得爹的肩褡裢就像孙猴子手中的宝瓶，想变啥就变啥，他就想着，如果自己有一天也会从肩褡裢里面变出好吃的东西，那将是特别自豪的事情。

石墩子他们从大石头上溜下来，似一群吵闹的麻雀站在田埂上叽叽喳喳的，目光却在唐老坎的肩褡裢上溜达。

"细娃儿们，放假啦！"唐老坎笑问。

"唐爷！"

"放啦！"

"唐爷的肩褡裢胀鼓鼓的，这一趟发财喽！"石墩子笑嘻嘻地问。

"你这个鬼精客。唐爷准备了好吃的，见者有一份，莫要争哟！"唐老坎取下肩褡裢，掏出一把糖果笑说。

"哼，糖吃多了要烂牙的。"石墩子失望地扫了一眼唐老坎手中的糖果，没有伸手去接。

"吃钱票子不？"唐老坎放下糖果，又掏出一把一元的钞票大笑起来。

"哇，唐爷发财了！"石墩子惊叫起来。

唐老坎给石墩子他们每人发了两元钱，孩子们惊喜的表情让唐老坎舒心地笑了。

"唐爷，您刚才掏出的糖果有点高级哟！我好像从来没有见过。"石礅子盯着肩褡裢追问。

"你不怕糖吃多了烂牙？"唐老坎笑说着掏出一把糖果。

"嘻嘻，哈哈。"石墩子他们拿着唐老坎给的糖果开心地笑了起来。

"你们现在可以放唐爷爷走了吧？"唐老坎笑问。

"唐爷爷您慢走哈！"石墩子他们说。

"这些鬼精客，比老子小时候还要鬼精。"唐老坎扶了扶纱帽，独自笑了。

老柳树的影子变清晰了，唐老坎心头顿时热了。吊脚楼上的炊烟紧贴屋脊顺风流动着，就像一条白中泛青的丝带在屋脊飘散。灰狗从风中闻到一股熟悉的味道，兴奋地叫着跑下屋坎，黄花也追着灰狗的叫声出了门。灰狗在唐老坎的面前不停摇尾欢叫，黄花和唐老坎的眼窝同时涌出了热潮。

唐老坎的屁股刚粘到板凳上，黄花就递上热茶水，他抓起杯子猛灌几口，便忙着从肩褡裢里掏出给黄花买的一套保暖内衣，又扯开自己的上衣钮子，从内衣兜里掏出捆扎好的几叠钱交给黄花说："出这趟远门就这么大的收获了，除了开支外，净挣了一千八百五十元，比去年出门多挣了一百八十块钱。"黄花捏着钱，抹了一把眼泪，将钱放进木箱的一个布袋里。

唐老坎回屋的第二天，苦水溪边的雪又厚了一层。梅花雪白采写的《好儿媳魏桂兰二十年孝心感天动地》的稿件被《秦巴都市晚报》整版报道出来，而且引起很大的轰动。市电视台副总编辑陈勇打来电话说，魏桂兰的事迹很感人，电视台近期将派记者来春山采访，准备做一期"乡村道德银行"专题节目。

梅花雪白盯着桌子上的《秦巴都市晚报》，魏桂兰如同松树皮一样的手又浮现在眼前。魏桂兰的公公二十年前摔伤瘫痪，公婆也于十年前病瘫在床，丈夫常年在外务工，她数十年如一日的细心伺候两位老人，苦撑着这个家。她家的房子虽然是破旧的土坯房，但拾掇得干净有序，病瘫老人的被褥及衣服也是整洁无异味。梅花雪白觉得春山人说的"久病床前无孝子"这句俗话被魏桂兰用孝心改写了，便萌发写一篇稿子报道这个典型。

"梅队长，村里要好好利用魏桂兰这个先进典型，让个别村民红脸出汗，借此把'乡村道德银行'这项工作推一推，让村民真心实意为自己的道德银行账单存入更多的幸福指数。"苏琪尔说。

苏琪尔的想法与梅花雪白不谋而合，她遂将市电视台准备来采访魏桂兰的消息和村里准备召开道德银行账单兑现表彰会的想法告诉苏琪尔。

"这样很好。我建议先开一个现场会再开表彰会，现场会的地点就选在魏桂兰家。"苏琪尔说。

梅花雪白赞同苏琪尔的建议，便召集驻村工作队就相关工作进行了梳理和具体分工落实。

正当市电视台要来采访魏桂兰的事儿在春山传得沸沸扬扬的时候，另一件有关春山的丑闻却在互联网迅速发酵。秦发祥、何蒙生、李树森、秦万朝四户贫困户在玉河乡的一家茶馆聚众打牌被民警抓了现行，相关视频资料流传到互联网上，迅速引起网友广泛关注，春山就像坐过山车一样，瞬间被推到舆论炒作的风口浪尖上。

这起突发的丑闻如同一场倒春寒降到春山。何清亮埋头浏览着手机中不断弹出的网友对秦发祥他们打牌的网评，他越看火气越大，重重地将手机摔在桌子上说："羞死春山的祖先人，好事不出名，坏事传千里，春山全让秦发祥这些家伙抹黑了。"

何清亮的这个举动惊得埋头翻看手机信息的梅花雪白和苏琪尔抬起头，苏琪尔看了看何清亮，又扭头盯着梅花雪白，忧虑地问："梅队长，村里的道德银行账单兑现表彰会还开不开哟？我建议这个会推迟一下，等过了这个风头再开。"

"在这个非常的节骨眼上，我们更应该大张旗鼓地开好这个会，还要对得分高的村民重奖。秦发祥他们打牌丢了春山的脸面，驻村工作队又挨了上级批评，我也在领导面前背了书，如果我们充分利用正面典型的激励引导和反面典型的教育警示作用，也许更能促进乡风文明建设。等下周把第四季度乡村道德银行建设考评工作搞结束，立马就把这个会开了。"梅花雪白说。

"村社的事情不好搞，一些村民'有事就找你，干好不谢你，干慢就骂你'，像秦发祥那样的家伙，我们惹不起，也躲不起，更怕不起，这些家伙一不小心就会惹出大堆麻烦事来，简直要把村社干部活活气死。在村道德银行账单兑现会上，就是要公开晒一晒秦发祥这些人的脸面，让他们脸面无处搁。"何清亮接过话说。

"何主任，前段时间我们也过于乐观了，认为推行乡村道德银行建设，利用道德积分兑现同等价格物资的激励引导作用，就能短时间内让村民的陋习可以改掉。但从秦发祥他们打牌的这件事来看，一些村民的积习难改，急于求成是不现实的，这不是吹糠就能见到米的事情。只有我们在乡村道德银行建设这项工作上下足了绣花功夫，日久终会有所改变的。"梅花雪白说。

何清亮长叹一口气，不再说话，心里却在想：撼山易，要把春山人身上的臭毛病改掉很难。梅花雪白坚持搞乡村道德银行建设这个事情，他虽然口头上表态支持，但从心里是极度不赞成的。钱从哪儿来？上面安排到村的公共经费就眼屎那么大一点儿，杂七杂八的费用一除开，一下子就见底了，哪里有余钱剩米来搞这些事儿。你梅花雪白的本事能上天，手里没有钱，心也是发慌的。

春山村贫困户打牌的事在互联网上持续发酵，梅花雪白以村民委员会和驻村工作队的名义对此事跟帖回复网友，指出春山村在脱贫攻坚路上还存在"短板"，需要在扶贫先扶志方面下足"绣花"功夫。网友见了回帖之后，又被网上另外一条老婆伙同情人杀死自己丈夫的网帖吸走了眼球，春山村的事儿就像一块石头沉入了水底。

秦巴市电视台记者得知春山村要开展第四季度乡村道德银行建设考评的消息，抓住机会赶来采访。村民看到秦发祥竟然挂着胸牌，成为考评组成员时，差点惊掉下巴了，背后说秦吹吹打牌丢了春山人的脸，而且他家不如狗窝，让他这样的人来当评判官，驻村工作队是不是吃错了药。对秦发祥当考评官的事儿，唐宝奎、何清亮是有意见的，认为秦发祥的代表性不强，有损考评组的名声，是难以服众的。而梅花雪白在这事上却坚持己见，认为要让秦发祥这样的人有所改变，只有剑走偏锋，从其灵魂深入的软肋处入刀。唐宝奎、何清亮心想梅花雪白要犟着出这样的洋相，他们就乐意看笑神。

考评组采取不打招呼的形式对村民家的环境卫生、邻里团结、孝老敬亲等方面进行考评。考评组来到魏桂兰家时，她正在搓洗公公、公婆的屎尿片儿。她放下手中的活儿，热情而慌乱地说："梅队长，我只晓得忙活路，家里也没有收拾，脏得大家不好落脚喽！"

秦发祥在魏桂兰家里扫视了几遍，认真而严肃地看了看评分标准之后，心情莫名地慌乱不堪，深吸几口气还无法安抚狂跳的心，笔在手中像一只浑身发抖的小鸟，笔迹如同蚯蚓在沙里滚动一样。他忐忑不安地将评分及签字表递给梅花雪白，自我解嘲地说："梅队长，我这字写得像鬼画桃符似的。"

梅花雪白盯着秦发祥的签字，笑说："你这字很有童趣。"

"嘿嘿！让梅队长见笑喽！"秦发祥受宠若惊地笑起来，斜眼看了看评分表，心想自己的评分是公正的，是经得起检验的。他早上接到梅花雪白的电话赶到村委会后，才知道梅花雪白请他参加这次全村道德银行建设考核评分，还给误工补助八十元，他当时脑子有点犯晕了，没有想到梅花雪白叫他干这样神圣的事情，他觉得这事儿只有村社干部才能干的，甚至猜测梅花雪白可能是想培养他当村社干部，心中不免顿生被提拔为官，光宗耀祖的感觉。待脑子清醒了，他又否定自己这个可笑的想法，这等好事是不会砸中自己的，打牌被抓的事儿就可以把他一切美好的想象洗得雪白。

秦发祥发现记者的摄像机对准他，慌忙摆了摆手，结结巴巴地说："记者同志，不要拍我哈，删除了哈，我这张脸是上不了电视的。"

"秦吹吹，怕啥呢？你的光辉形象前不久就在网上火了一把，现在又在电视上火一把嘛！这样你就真成了春山这面山上的大名人了。"考评组成员严方成见状取笑。

"真的不要拍我哈！魏嫂儿才是你们该拍的对象。"秦发祥说着逃出屋外。

秦发祥的样子惹得记者和屋子里的人笑起来。

记者采访完魏桂兰，又随考评组来到秦发祥家里。苏琪尔在屋内外转了一圈说："老秦家的环境卫生比上次检查要收拾得整洁一点了。"

"嘿嘿。"秦发祥不好意思地笑了。

严方成像一只猎狗嗅到了秦发祥藏在床底的脏枕头，他将枕头抽出来扔在床上说："秦吹吹，你这卫生搞得马屎皮面光，里外不一样哟！"

汗渍染黑的脏枕头就像一记重拳砸在秦发祥的脑门上，他尴尬地挠了挠稀疏的头发，头屑便像雪花飘落。

"嘿嘿！"秦发祥的笑就像在哭。

"找一个女人嘛！这些事儿也就不用你操心喽！"严方成笑说。

"嘿嘿！想哦，做梦都想，又上哪儿去找哟？"秦发祥跟着笑起来。

"秦发祥，你墙上到处贴着美女画儿，没事就盯着美女憨狗望羊逑，做白日梦哈！"严方成指着墙上的画开玩笑。

秦发祥尴尬地笑起来。他本想在环境卫生这块挣点高分，借以弥补打牌被抓的负面影响，没有料到藏在床下的脏枕头出了纰漏，他不好意思地为自己的环境卫生、乡风文明方面打了最差的零分。严方成说归说，最终给秦发祥打了一个比较合理的评分，其他检查组成员在环境卫生这块的评分也在"进步之星"的分数范围之内。

电视台记者趁机揪住秦发祥采访，他极力推脱，说自己是村里的狗儿出不了门，说一些不上台面的话还能勉强凑合，正式场合说话牙齿就打架了。梅花雪白劝他接受采访。秦发祥眼见推不掉，只好赶鸭子上架，进屋刮掉胡子，对镜梳理了乱发之后，才出门接受采访。

记者举着话筒问："春山村实施乡村道德银行建设为你带来哪些新变化?"

秦发祥看着摄像机镜头，浑身抖动起来，牙齿磕磕碰碰的，嘴里只挤出几个"好"字。

记者追问："究竟好在哪里?"

秦发祥说："好得很，简直好得不得了啦!"

秦发祥的回答让记者哭笑不得，只好叫停拍摄。记者便对他该如何回答这个问题进行一番指点之后，又让他独自复述一遍，便重新开始拍摄。秦发祥面对镜头又紧张得说不出话来，感觉眼前的镜头就像他在茶馆打牌被抓时警察手中取证的摄像机镜头。记者只好暂停，先后录了四遍之后才勉强通过采访。

严方成取笑秦发祥吹干壳子从来不用打草稿，面对镜头就变成结巴了。

秦发祥回击说："我去叫记者来采访你，你试一试就知道烤电火是啥滋味了!"

"免了吧！我面对那个铁家伙脚杆发软，说话饶舌，还不如你呢。"严方成说完，又拍了几下秦发祥的肩膀说："你又成了春山的大名人喽!"

"莫洗我的脑壳哟，再洗我都认不出自己是一个啥子东西，叫啥娃子喽。"

秦发祥说着笑了起来，他突然又想起到什么，止住了笑，终于意识到梅花雪白让他来参加这次检查评分，就像精心布了一个局，让他不经之间就钻进去了，结果出了局才知道这是一个让人无比感动的善局。

第四季度乡村道德银行建设考评结束后的第三天，梅花雪白主持召开春山村返乡人员恳谈会暨年度道德银行账单兑现表彰会。何清亮宣读了"道德银行"评比结果，魏桂兰被评为"孝老之星""卫生金星"，秦发祥得了乡风文明的最差评，环境卫生却得了"进步之星"，黄花获得"脱贫进步之星"，唐老坎没有想到他竟然获得"文艺活动之星"。获得星级的村民按分值领取了洗衣液、菜油、大米、毛巾等日常用品。乡村道德银行年度综合一等奖被魏桂兰夺走，其余九名村民分获二、三等奖，分别获是二千、一千、五百元的现金奖励。

梅花雪白说："颁给村民的奖品是帮扶单位、村'两委'和驻村工作队从有限的工作经费中抠出来的，这只是一个开始，下一步'乡村道德银行'将扩大经费来源，建立'乡村道德银行'基金，采取帮扶单位补一点，动员社会各界捐助一点，村工作经费中挤一点的办法扩大基金规模，以提高奖励标准，要让获奖者心热，落奖者眼热。无论怎样，我们都要兑现村民在'乡村道德银行'存进去的积分账单，目的就是把好的乡风文明树起来，把脱贫攻坚的内生动力鼓起来。"

梅花雪白的话音未落，参加返乡恳谈会的村民李青荣当场捐助一万元，接着又有外出务工返乡人员提出向"乡村道德银行"基金捐款。电视台的记者在会场窜来窜去，抢拍着精彩的镜头。记者的举动就像一股强大的气流把捐款推向高潮，恳谈会随即演变成基金募捐会，很快"乡村道德银行"基金就获得五万六千元的捐助款。

梅花雪白抓住机会向返乡人员介绍春山发展规划。唐老坎听到村上将以春山的"说春"为主线，深入挖掘民俗文化，找回春山人丢失的魂儿时，他"嚯"地从椅子上站起来说："我捐三百元。"

会场的目光一下子全聚到唐老坎身上。

"哟！唐老坎，你出门发大财啦！"秦发祥笑问。

"没钱当了我的窑裤儿也要捐，春山老祖宗留的东西不能毁了。"唐老坎说。

唐老坎的话随即引起会场复杂而又怪异的笑声。

"对头，丢了乡村的根脉，乡村也就没有气血。唐大叔的这种精神就是我们的动力。"梅花雪白对唐老坎的行为给予积极肯定。

黄花盯着唐老坎，心里直嘀咕："这么大的事儿，也不事先商量一下，老家伙的魂儿全被说春的事儿勾去了。"

年关越来越近了，数不清的总结报表，考核评比，施工队要款的，民工要工资的等各种事儿就像齐堵水发了一样，驻村工作队忙昏了头。苏琪尔边往电脑录资料边抱怨："我敢断定，大家这样忙死忙活的，春山村的年度目标考核结果会让大家大失所望的。"

玉河乡年度综合目标考核结果公布出来了，春山驻村工作队的考评名次果真像苏琪尔抱怨的那样，没有获得年度名次。乡党委书记杨光成专门找梅花雪白谈话，他对春山驻村工作队的成绩给予肯定的同时，也指出村"两委"班子不团结、贫困户打牌是未能获得名次的主要原因。同时也安慰说，考核只是一种促进工作的手段，群众满意度的口碑才是分量最重的奖杯。

对于年度目标考核的结果，梅花雪白在考核之前就多次沮丧地预料到了，当这个结果真正到来时，她的心情就像化雪后的山路，湿滑无比。

春山又开始下雪了，驻村工作队协调乡民政办为贫困户、五保户送去了棉被、衣服、酒、肉、大米等物资之后，年关就剩下最后十天了。梅花雪白、何清亮、苏琪尔又代表村"两委"去了一趟秦巴监狱，何家辉做梦都没有料到梅花雪白会来看望他。

13

社火娃儿从噩梦中醒来，哭说爷爷不见了。

社火娃儿的哭声吵醒睡在隔壁房间的梅花雪白。她正准备起床问个究竟，唐老坎打来电话说社火娃儿的爷爷快要死了，想见社火娃儿最后一面。梅花雪白睡意全无，慌忙起床叫醒隔壁的严浩，她说了社火娃儿爷爷病危的事，严浩听后大惊，慌忙拽起社火娃儿说："快起床哈，我们陪你一起去看爷爷。"

社火娃儿哭说："爷爷去了很远的地方，他不要我了。"

梅花雪白、严浩带着社火娃儿赶过去，社火娃儿的爷爷已被近邻弄到堂屋的一把躺椅上。他爷爷听见社火娃儿的哭声，微睁双眼，盯着社火娃儿，嘴巴动了几下，眼角流出浑浊的泪水，不一会儿便停止了呼吸。

梅花雪白组织村社干部和近邻帮忙料理完丧事后，年关仅剩下最后一天了。唐老坎叫社火娃儿和他们一起过年。梅花雪白看见社火娃儿悲伤的神色，遂决定把他带到城里去过年。

除夕的早上，梅花雪白把驻村工作队值班情况向唐宝奎、何清亮交接好后，就开车带着社火娃儿回家过年。回到家，梅花雪白对李君兰说："老妈，弟娃儿到家里来过年，不能冷落他了。"

"宝贝幺女说的事，老爸一定遵照执行。"梅发军抢过话头。

李君兰扫了梅发军一眼，说："梅儿的任性就是让你这样宠坏的。"

"老妈，话不要说得这样难听好不好嘛！为啥您说出来的话总是让人的心窝子一片冰凉。这大过年的，说点开心的好不好。"梅花雪白说。

"老爸，弟娃儿的个人卫生就交给您负责哈！"梅花雪白说。

"行。"梅发军眨眨眼，梅花雪白会意地笑了。

"老妈，今晚的年夜饭由我来做哈。"梅花雪白说的话让李君兰吃惊不小。

李君兰说："你如果能做出一桌子的年夜饭，那真是太阳从西边出来，我的手心还能煎鱼吃呢。"

"老妈，您不要门缝里瞧人，我两打赌，如果我做不出来，甘愿输给您一千元钱。"梅花雪白赌气说。

"不行，这顿年夜饭不能让你搞砸了。"李君兰生气地拒绝。

梅发军见李君兰和梅花雪白争执不下，忙说："老李，你要学会放手，让宝贝幺女在磨砺中不断长大。给她一个机会嘛！"

"你父女俩从来就是一条心，合伙来气我！这事我不管了。老大、老幺他们今天晚上要来家里吃团年饭，你不要闪了大家的胃口，燥皮丢脸的，让大家过一个没有胃口的新年哟！"李君兰坐在沙发上说。

"我给宝贝幺女雄起，我来帮厨哈。老李，平常都是你煮饭，忙里忙外，今天大过年的，你就安心看电视，等着享受一番不同的美味。"梅发军抓起围裙说。

"嘢！老爸、老妈我爱您！"梅花雪白兴奋地叫起来。

"看你父女俩怎样瞎折腾，我不管了。"李君兰说。

梅花雪白和梅发军开始在厨房里忙着年夜饭的事儿，李君兰坐在沙发上不时往厨房里瞧，她真担心梅雪白会把这顿难得的年夜饭搞砸了。她怀疑梅花雪白一时心血来潮，好心做出难吃的饭菜，弄坏大家团年的心情。过了一会儿，她又忍不住拴起围裙钻进了厨房，不时对梅花雪白指指点点。

社火娃儿坐在书房静静地翻阅书柜中的画册，画页上的山水、人物、花鸟虫鱼在他的眼里成了流动的美景。熊俊兰从门缝中瞧了瞧社火娃儿，转身对梅开贤说："社火娃儿还爱学习，看书入迷了！"

城市的灯光在夜幕里越来越亮了，梅花雪白的大爸梅发强、幺爸梅发佳带着家人赶到时，梅花雪白已张罗好了年夜饭。众人落座之后，梅花雪白举起手机拍着视频说："大家别忙着动筷子，我来晒一下厨艺哟。这是我第一次做这么一大桌子的饭菜。"

梅花雪白的大妈、幺妈以及堂兄妹们也掏出手机，兴奋地拍过不停。梅发军见此，热情地招呼："来！来！大家不要只顾着晒美味，还要动筷子尝尝味道。"

"巴适！"

"安逸！"

"这个菜色、味道还真不错！"

梅花雪白的堂兄妹尝了几口，便七嘴八舌地叫好。

"士别三日当刮目相看，想不到梅儿一夜之间就会做出这么可口的饭菜。为梅儿的进步干杯。"梅发强说。

"干杯！"众人喝光杯中酒。

梅花雪白见李君兰只顾吃菜，没有说话，便说："老妈，您也提个意见嘛！不能只吃不开腔哟！"

"众人都说好！我还能说不好吗？"李君兰的话把大家逗乐了。

"梅儿，到村上还习惯吧！"梅发佳问。

"幺爸，我习惯了。"梅花雪白答。

"幺爸，春山小学的操场还没有硬化，您这个秦巴水泥集团的董事长，要帮侄女解决具体困难哟！"梅花雪白给梅发佳敬酒时说。

梅花雪白的堂妹梅素琼抢过话头："雪姐，这大过年的，你还操心村上的那些事儿干啥哟！开心吃喝嘛！"

梅发佳放下酒杯说："琼儿，你雪姐现在进得了厨房，也上得了厅堂，你如果有你雪姐这个样子，我就省心多了。"

"幺爸，我说的事您还没有表态呢！"梅花雪白追问。

"好，梅儿说的事，幺爸照单全收，过完春节就办。"梅发佳喝完杯中酒说。

"幺爸，还有村上的公共厕所也要帮忙改造一下哈，好事做到底嘛。"梅花雪白趁热打铁。

"你这个鬼精客，一粘就来了，还有啥没有？就一锅端出来。"梅发佳哈哈大笑。

"幺爸，当然有喽，下次需要时就找您。您是秦巴市有名的民营企业家，在脱贫攻坚的路上还能让您梭边边，当局外人？"梅花雪白笑说。

梅发佳笑道："梅儿说的话我完全赞同。你在脱贫一线尽管往前冲，幺爸在后面当好你的坚强后盾，有困难就来找我。"

梅发军见此，也不想错过这个难得的机会，便为梅发佳倒了一杯酒说："老幺，我帮扶的贫困户院坝还没有硬化，这事你安排一下，把这件事帮我了了。"

李君兰听了，心头一热，随口说："老幺，我也来赶一趟顺风船。我这段时间正为帮扶贫困户入户的那段烂泥路犯愁。你是知道的，你二哥和我都是上班族，这点可怜兮兮的工资把吃喝拉撒的一除开，手头就没有余钱剩米了，这事还得靠你这个大老板支持一下哦！"

梅发佳大笑起来："怎么啦？这顿团年饭一下子就变成扶贫晚宴了。"

"老幺，你不要打哈哈的笑，我说的事你还没有表态呢！"李君兰紧追不放。

这时，梅开贤插话："老幺，你二哥、二嫂、梅梅说的事情，你小子不能踩假水，溜边边，你必须给我抓紧办，他们有啥困难，你就得挺起胸膛撑起。你是我梅家的一张大脸面，不能让别人说你小子挣了钱就忘本了，我梅家是丢不起这张脸面的。"

"爸，这事您就不要操心啦，我当成自己的事情办就行了。"梅发佳说。

"你不仅要办，还要办好。"梅开贤喝口酒说。

过了一会儿，梅花雪白小声对梅发强说："大爸，我知道您在教育这条线上有人脉关系，我想把弟娃儿送进县特殊学校读书，他的绘画天赋不能埋没了，这事就麻烦您帮一个忙哟！"

梅发强望了望社火娃儿说："这事大爸帮你搞定。"

梅花雪白说的话被社火娃儿听见了，他"哇"的一声哭起来，边哭边说："我哪儿也不去，就在春山里。"

梅花雪白慌忙劝说："弟娃儿，男子汉哭鼻子就不好看了。特殊学校里面有许多画纸和画笔，还有一位知名的画家，你在学校想怎么画就怎么画。"

"真的？"社火娃儿瞪着泪眼问。

"骗你是小狗。"梅花雪白说。

社火娃儿不哭了，李君兰将一块猪蹄夹到社火娃儿的碗里，社火娃儿便专心啃起来。

吃罢年夜饭，梅发军说："每年照一张全家福的事儿不能搞忘记了。"梅花雪白便拿出相机，安排大家围坐在梅开贤、熊俊兰周围，社火娃儿蹲在前排空位。待大家坐定，她瞧了瞧，觉得两侧没有物品衬托，显得很单调，便从梅开贤的卧室抱出两盆兰花摆放左右。这两盆兰花是梅开贤退休后到春山挖的蕙兰，一盆开白花，一盆开粉红的花。

梅花雪白在支架上调好相机自动快门，跑到社火娃儿身边蹲下，等快门连闪了几下之后，她上前查看拍摄效果，见照片把每个人的幸福笑脸都准确抓拍住了，便脱口而出："OK！"

春节联欢晚会开始了，梅开贤、熊俊兰盯着电视机，脸上溢满了笑。屋内其余的人且忙着在手机上抢发红包或向亲朋好友发送新春祝福短信。梅花雪白抢到几个红包，也即兴发了一个大红包之后，又在微信群、QQ 群发了祝福短信。

城市上空不时升腾起炫目的烟花，社火娃儿趴在窗子上兴奋不已。梅花雪白见了，便拽着他来到城市广场放烟花。梅花雪白和社火娃儿点燃手中的烟花，炫目的烟火映出了社火娃儿幸福的笑脸。

新年的钟声从城市公园的盛世塔上响起，无数烟花礼炮伴着钟声在城市上空升腾着，辞旧迎新的夜色犹如灿烂的星河。

"哇！新年到啦！"梅花雪白对着漫天烟花自语。

"新年，好耍！"社火娃子快乐地吼叫。

大年初一的早上，天空飘着零星的雪花。梅花雪白躺在被窝里像一只猫伸了一个长长的懒腰，随手抓起床头柜上的手机，瞧了瞧微信、"QQ"上的新年短信快要把手机挤爆了。她在大学同学群中终于找到石伟群发的"新年快乐"几个字，她觉得那几个字似虚伪的应付，没有一点儿温度。她浏览完所有信息，没有找到石伟单独发给她的新年短信，她又查看自己发出去的短信，也没有单独发给石伟的。

"呵呵！"梅花雪白淡淡地笑了几声，将手机扔在床上，呆呆地望着窗外的雪花。石伟就像一片飞舞的雪花在她的眼里清晰起来。她读大学一年级那年，她和同学马雅丽过校园马路时，石伟驾车擦伤了她，从此便相识了。石伟和她是同年级校友，她学的会计电算化专业，石伟就读营销管理专业。那次邂逅之后，石伟就隔三岔五找理由接近她，向她表达爱意。她拒绝过，甚至发誓大学期间不谈男朋友，但最终没能抵住石伟的爱情攻势，坠入了校园爱情的旋涡中。大学毕业石伟到他爸爸的分公司负责营销管理，石伟请她到公司工作，她不想活在石伟为她规划的圈子里，独自在成都一家房地产公司谋到一份会计职业。

她第一次到石伟家做客的影子又从脑子里飘浮起来。她忐忑不安地坐在石伟家客厅的沙发上，石伟的老妈挑剔而具有穿透力的目光在她身上扫描很久，然后又刨根问底地询问她的家庭及学历情况，她语无伦次地接受着如同丑媳妇见公婆一样的大考。当时，她真想摔门而出，结束令人窒息的见面。事后，石伟告诉梅花雪白，他挑剔的老妈基本认可她，但条件是结婚以后，她得辞去工作，在家里当全职太太。她听到这个消息，愤怒地大吼："石伟，我不是你妈任意挑选的商品。"从那以后，无论石伟变着什么样的新花样加大爱情攻势，她的心里总有一股冰冷的感觉。

往事就像窗外飞舞的雪花占据了梅花雪白的心，她极力想忘记的事情，此时反而如同水中的浮瓢，按下这头又冒起另一头。那次公司聚餐她喝了不少白酒，又在 KTV 喝了红酒，回到出租屋就迷迷糊糊地给石伟发了一条短信便睡着了。第二天，她刚到公司门口，就被公司老总的夫人凶神恶煞地揪住，大骂她是狐狸精，深更半夜发短信勾引男人。她哭着解释，她发给石伟的短信错误地发给了老总，这是一场不应该有的误会。她的解释对于醋意大发的老总夫人来说，丈夫手机短信上的那一句"亲爱的，你想我吗？"的话是无法容忍的，也是听不进去任何解释的理由。这场风波的结局是梅花雪白离开公司而收场。她离开公司后，独自沿着府南河堤漫无目的往前走。她站在九眼桥上望着川流不息的车辆，一种厌倦的情愫就像眼前奔流的府南河，她厌倦了爱情，甚至厌倦了这座令人向往的美丽城市，老家那条明亮的河却在她的心里奔腾着。

缘来缘去，一切随缘而安。梅花雪白对着窗外的飞雪心语。她想起社火娃儿爷爷的棺木落葬时，石伟打电话对她说："我妈对我俩久拖不决的爱情下达了最后通牒，如果你不辞职来成都，就让我们说再见。"她看着黄土渐渐掩没的棺木，说了一句"一切随缘"，便挂断电话，泪如泉涌。

对于这样的爱情结局，她第一次到石伟家就有着隐约的预感，这个豪门不是她安放心灵之所，优柔寡断的石伟是没有胆量摆脱他妈对其划定的生活圈子。她和石伟之间的爱不是那种让人死去活来的爱，更多的是一种说不清的平淡。她刻骨铭心的初恋是在读高中的时光，体育委员杨平的剑眉之下，长着一双充满阳光的大眼，曾让她怦然心动，觉得世界上再也没有什么眼睛能与杨平相比了。暗恋的痛苦使她的成绩一落千丈，她给杨平的书中塞过表达爱意的纸条，那些纸条却被杨平撕碎扔进垃圾桶，最让她无法接受的是杨平却与班上的另一名女同学好上了。她独自痛哭过，甚至想到以自杀的方式摆脱暗恋的痛苦。当她站在河边痴望着自己的身影随波晃动时，猛然醒悟，收回迈出去的那只脚，藏起痛苦的心，静静地回到教室。

梅花雪白想起她写在笔记本上的一句话："爱情不是快餐，需要天长地久地去维护和责任担当。"在去年中秋前的一天，她趴在窗台上看见婆婆、爷爷手牵着手在小区散步，阳光将她们的身影拉得很长。她的脑子里就冒出这句话，转身便记在笔记本上。在婚恋观上，她发现自己落后新潮流了，就像被浪潮抛弃在滩头上的鱼虾，只能眼望潮头远去的背影。

　　手机短信提示铃声响起，梅花雪白抓起手机见是垃圾短信，她删掉垃圾短信后，向石伟发了"新年快乐"几个字，随后便收到石伟发来两个字："谢谢!"

　　缠绕在梅花雪白心头的那根无形细线如同结扣松开了，石伟就像一只气球拽着长长的细线越飞越远，最后消失在空中。梅花雪白放下手机，伸了一个懒腰，骨关节发出几声脆响，她对着窗外的飞雪自语："新的一天开始喽!"

第二章 惊蛰

14

春节收假不久，米仓山上又下了一场不大也不小的雪，春山一片白。

红江县脱贫攻坚领导小组审查批准了春山脱贫攻坚总体规划的第三天中午，村支书唐宝奎、村主任何清亮被县纪委办案人员带走，春山村社干部合伙套取退耕还林款三十万元的窝案揭开了盖子。有村民说这事是李子木实名举报的，也有人议论是村民联名告倒的，更有小道消息说唐宝奎和何清亮为争四社的安全饮水项目施工，互相告来告去，结果都把自己告倒了，就像狗咬架，都是一嘴的狗毛，谁也说不清楚是谁咬了谁的。

这个突如其来的消息震惊了春山，不少村民拍手称快，秦发祥甚至在摩天岭的不老松下放了一挂大鞭炮，痛快地灌了一肚子泡药酒。唐宝奎和何清亮的事儿犯得这样快，也让梅花雪白始料不及。在春节前召开的村党支部民主生活会上，老支书唐贵田还就唐宝奎和何清亮闹不团结、村账管理混乱的事提出严厉批评。她也就村"两委"主要负责人在项目资金管理和惠民政策兑现上喜欢捂盖子，村党务、政务、财务公开有名无实，村督查员履职不力等问题提出过批评，并提示"民生资金是带电的高压线，碰不得，摸不得，谁摸谁倒霉"的忠告。梅花雪白越是担心害怕的事儿，真的在这个节骨眼上出事了。春山的一揽子事儿刚理出一个头绪，争论很久的发展规划刚刚尘埃落定，就等着扑下身子抓落实了，这件事情的发生，就像刚露头的春芽遭到一场倒春寒的狂袭。

唐宝奎、何清亮的事儿如同拔出萝卜带出泥，村督查员何家顺、综合干部兼出纳唐礼先、六社社长朱仕斌也先后被纪委办案人员带走。春山村"两委"班子塌方式地出现问题，驻村工作队面临空前压力，梅花雪白及队员也相继接受了专案组的调查。村民猜测驻村工作队也遭查了，不免对春山的脱贫攻坚工作担忧起来，说脱贫攻坚的仗还没怎么开打，挂帅的村干部就先"光荣"了，春山脱贫攻坚的败仗输定了。

对于春山村出现的问题，县纪委、组织部门就相关问题提出了整改要求。玉河乡党委、政府落实副书记贾贵坐镇春山，指导对村"两委"进行整顿和重组。贾贵深知春山这潭浑水很深，春山要走出困境，配齐配强村"两委"干部是关键和核心。可是，这话说起容易，办起来很难。村里稍为有头脑的年轻人外出打工又不愿回来，目前留在村里的挑来挑去也找不到能担得起这副担子的最佳人选。最让他头痛的是如何平衡何家、唐家数百年积淀下来的家族势力的影响，是十分棘手的。村党员中姓唐的占三分之二强，村民中何姓的势力又占大多数，两大家族都想在本家族中推出代表族亲脸面的人物，这事稍微处理不好就可能惹出麻烦事儿。他在玉河乡工作二十几年，每逢春山村"两委"干部的变动，都会有想不到的麻烦事儿发生。

村"两委"主要干部人选的事儿还没有定谱，春山村的微信群就为这事吵得不可开交。事情由名叫"巴山虎"的网民率先在群里挑起的，他说春山的村支书历来都是姓唐的。名叫"武松打虎"的网民也不示弱，说春山的何家从来也不是吃素的。两人就在群里口诛笔伐，家族的其他人也被扯进这个旋涡之中，群里的网友逐渐形成泾渭分明的两大阵营，就像苦水溪把春山一分为二一样。

微信群里的争论一浪高过一浪，各种奇谈怪论塞满空间，梅花雪白觉得自己不能再"潜水"了，是该群主出来"冒泡"发声的时候，她便不断编发短信熄火：

> 各位父老乡亲，苦水溪是无辜的，它就像乳汁养育着唐、何两大家族，它不应是一条让人伤心的溪流。姓氏只是生命的符号，不是彼此画地为牢的城墙。迈过界河，包容和交流、理解和互助，就如同甘甜的乳

汁滋养着你我。在春山多事之秋的艰难时刻，需要你们更多的理解和支持，而不是无助的吵闹。至于谁当村"两委"主要干部，我相信大家都期望有能主持公道，能办实事、办好事的干部为大家服务，而不是选出家族形象的代言人。

感谢各位对春山的关心，我们将对村"两委"干部的配备情况进行及时公开，欢迎大家监督。对于搞不正当行为的，阻挠村干部人事的，我们将协助纪委、组织、监察等部门进行严肃查处。

父老乡亲们，无论您在村内或在外面发展，我们的心都是在一起的，驻村队员也是春山的一员，我们将竭尽全力为大家服务，为春山的美好明天而努力。

......

梅花雪白在微信群里连续发声，"巴山虎"点燃的这把大火就像被一场及时大雨熄灭了，吵闹的微信群鸦雀无声了。

"群主，赏一个红包嘛。""巴山虎"打破沉寂。

梅花雪白发出一个八十八元的大红包，红包瞬间被抢光。

"群主漂亮大方，再来一个嘛。"有人起哄。

梅花雪白笑着发了一个空钱包的表情包。

"群主辛苦了！"

"群主请喝茶！"

微信群里弹出一片安慰的表情包之后，接着又弹出几个大红包，梅花雪白抢了一个一点八元的红包。

正月二十八的那天，春山村村"两委"新一届班子正式组成。梅花雪白为村党支部书记、李子木为村主任、旷浪为村文书、熊正奎为村督查员。贾贵对村"两委"班子配备很满意，他所担心的麻烦事没有发生。有好事的村民私下议论说，唐家、何家的人没有进村"两委"任职，这是春山从来没有发生过的事情。

乡党委书记杨光成在春山村干部集体交心谈心会后，单独找梅花雪白谈话说："梅书记，组织慎重考虑让你挑起春山的大梁，你要团结好、带领好村'两委'班子及驻村队工作迈过这道坎，在脱贫攻坚的路上干出新起色。"

"请杨书记放心，春山村决不拉稀摆带，拖全乡脱贫攻坚的后腿。"梅花雪白态度坚决。

春雪初晴那天，唐贵田的孙女唐艳结婚，梅花雪白接到请柬便赶去祝贺。唐贵田家的四合院里，乡村厨子杀猪宰羊，办起春山有名的"十大碗"。一阵烟花礼炮过后，支客司（婚礼主持）唐朝礼拖着嗓子主持唐艳结婚出阁仪式。仪式进行到接亲摆礼的时候，众人的目光和手机全聚焦到红绸覆盖的礼情上。春山女儿出嫁的体面、价值和幸福似乎就裹在红绸之下了，只待揭开红绸面见亲朋的那一刻。秦发祥摆弄着手中的唢呐，目光不敢碰触方桌上的那块红绸。春山人嫁女的婚礼都少不了摆放男方聘礼这个重要环节。很久以前，新郎迎亲摆礼一般人家是春山大盘馍，富裕一点的半条猪肉或整条猪肉，后来兴起金银首饰之类的，不知何时又换成了扎眼的票子。彩礼的厚薄，也就成了嫁女方面子大小的晴雨表。这些年来，春山彩礼越涨越高，彩礼涨了女方的面子，却让男方痛在心里。春山这股失控的彩礼之风，就像一股冰冷的旋儿风吹跑不少痴心汉子梦中的新娘。

押礼先生代表男方向女方报礼之后，唐朝礼高唱：

礼上来得不简单，

彩礼丰厚迎佳人。

恩爱夫妻情深重，

小康生活比蜜甜。

只见唐朝礼揭开红绸，两个洗脸盆大的春山盘馍呈现在人们眼前，众人失望和惊奇的目光快要把盘馍烤焦了。唐朝礼说道："有请女方代表唐贵田老支书答礼话。"

唐贵田手持话筒说："春山彩礼就像一座大山，压垮不少痴心汉。我孙女出阁到苦水溪何家，我们全家商量，娃儿的幸福比什么都重要，不要彩礼这个大面子，不收何家十二万元彩礼钱，只要求何家送来这盘馍。同时，为支持娃娃们兴家创业，唐家决定回礼何家三万元。"

唐贵田的话音刚落，唐艳的父亲唐春先就拿出红绸包裹的三万元回礼交给押礼先生。人群随即爆出一阵议论：

"在春山这面山上，养女倒贴钱的还从来没有哟！"

"老唐书记这把年纪了，说话还是咬铜吃铁的，威风不减当年，这事儿肯定是他决定的。"

"现在儿女都是一个养法，春山这面山的彩礼之风也该好好刹一刹了。老唐书记带了一个好头。"

"唐春先家里有的是钱，是不缺票子的。"

"村里道德银行考评时，老唐书记家这次又要得最高分了。"

……

出阁仪式结束，唐朝礼高声说道：

主家设宴宴嘉宾，飞雪朵朵迎新人。

一杯淡酒宴贵宾，吉日佳期映彩云。

深恨主家不宽裕，粗茶淡饭待亲人。

招待不周请原谅，应酬不到看旧情。

帮忙人员听到唐朝礼唱毕，从厨房端出热气腾腾的品碗、坨子肉、大酥肉、虾米汤等美食。梅花雪白收起手机，刚找到一个空位坐下，唐贵田就把她请到另外一桌坐下，叫她一起陪重庆鼎盛集团的董事长周元峰喝酒。唐贵田介绍说："周董事长的资产几百亿，是真正的大老板，他在春山当知青待了三年半，和你爷爷还在一起干过活儿。他今天专程从重庆赶过来的。"

"周董事长，您好！"梅花雪白笑着打招呼。如果不是唐贵田介绍，眼前这位其貌不扬的瘦弱老头怎么也难以让梅花雪白相信是一个亿万富翁。

"哈哈，按辈分你该叫我爷爷喽！我的孙女跟你的年龄差不多。你叫我周爷爷，称呼职务就显得生分了。"周元峰笑说。

周元峰告诉梅花雪白，他到春山当知青才十五岁多，红江县下来的那一批知青比重庆知青早到春山。他印象特别深的是红江县的知青把几间瓦房全部腾给他们住，甘愿住在吊脚楼的牛棚里。他和梅开贤搭窝棚守苞谷时，遇到成群的野猪，吓得趴在窝棚里浑身发抖，差点把尿吓在裤裆里了。

周元峰说，他当知青吃住在老唐书记家里达两年之久，老唐书记和春山的村民宁可自己吃糠咽菜，也要把好吃的留给他们城里来的这些娃娃。春山闹饥荒时，他和村民上山采过松花粉、挖过蕨菜、磨过葛根面吃。有一次他上山挖葛根，被毒蛇咬伤，唐贵田书记情急之下用口帮着吸毒，村民火速把他抬到公社卫生院，由于抢救及时，他才捡回一条命。还有一次，他上山遇到一只发狂的黑熊，村民唐树为救他，腿被黑熊抓伤了。他回到重庆以后，时常回味在春山的时光，特别是年龄越大，也就越念旧，在春山当知青的事儿就越来越有回味头了，就像苦水溪水酿成的春山苞谷酒一样，放得越久，味儿也就更加浓了。

梅花雪白和周元峰边吃边聊：

"周爷爷，春山是您曾经战斗过的地方，欢迎您故地重游。这里秀美的风光、森林、空气、阳光让人难忘，是避暑休闲的好地方。村里现在还有五位百岁老人，九十多岁的也有七位，像老支书记这样高寿的很多，这里是全市有名的长寿村。"

"是啊！回到春山我就不想回重庆喽！"

"如果周爷爷有兴趣，可以在这里盖几间房子，每年过来休闲度假一段时间，村里尽力给您提供方便。"

"好哇！你真提醒我了。我以前就有这样的想法。"

"周爷爷，春山的脱贫攻坚正在滚石爬坡上坎的路上，我们提出利用春山的资源，实行"互联网+乡村旅游+休闲康养+生态种养殖"的发展模式。在这方面，我们缺乏经验，还请您帮忙支点招数。"

"这个思路很好，春山不应在城市发展的浪潮中搁荒，而要抓住这一轮发展新机遇，乘势而为，突显乡村在城镇化发展棋局中的重要作用，要把乡村打造成城市的美丽后花园。"

"周爷爷，我们正在广泛动员春山村外出人员回乡创业兴业，真诚欢迎您回第二故乡来发展哟！"

"哈！哈！你这个鬼精的姑娘，真不愧是梅开贤那个鬼精客的后人，我这个糟老头子就这样轻易地被你动员喽！"

"周爷爷，您是精明的商人，讲究利益至上，大家诚信合作，春山愿意为您的企业发展提供优质环境。"

"好！好！你让我想起当年我们在春山的激情岁月。冲着你们年轻人的激情，我也来春山凑一下脱贫攻坚的大热闹。我有一个分公司就是专门搞乡村旅游发展的。”

“周爷爷，说定了哈，如果您反悔，我这颗年轻的心脏会承受不住瞬间而至的悲喜交集哟！”

“重庆人耿直，春山人也不会转弯抹角地说话。我当高辈子的，如果在你们小字辈儿面前‘踩假水’，真的枉活一生了。这事就这样说定了。”

“哈哈，我这个老头子就喜欢和年轻人在一起，觉得自己也会年轻起来。如果你愿意，我愿高薪请你来公司当我的助理。”

周元峰说的话惊得唐贵田瞪大眼睛说：“元峰，你不要挖春山的墙角哟！”

唐贵田的样子惹得周元峰开心地笑起来：“老唐书记，瞧瞧你的急样儿。”

“不要光摆龙门阵，大冷天的，快吃菜喝酒。”唐贵田招呼。

梅花雪白为周元峰、唐贵田的杯子倒满酒，端起自己的酒杯说：“老唐书记，我想请您做一个见证人，见证一下春山村和重庆鼎盛集团合作的意愿。现借您家的喜酒，祝合作愉快！”

“合作愉快！”周元峰端起酒杯说。

这个意想不到的收获让梅花雪白惊喜万分，顿觉被幸运之神砸中了，她怕这事不牢靠，借机留下周元峰的电话号码之后，便兴奋地与周元峰喝起酒来。

吃罢婚宴，梅花雪白陪周元峰在春山走走看看。周元峰见到唐老坎屋前的那棵老柳树，叫梅花雪白为他拍了几张照片。他抚摸着老柳树对梅花雪白说，我当知青时，夏天就爱躲在老柳树下乘凉，几十年过去了，柳树还是老样儿。

周元峰回重庆时，梅花雪白又追着提出合作的事情，周元峰笑说：“这事我比你还急呢。我在酒桌子上说错了的话都要算数的。我回去立即派人来春山制定详细的合作方案。”

周元峰走后，梅花雪白主持召开村党员干部大会，专题通报了重庆鼎盛集团来春山发展的初步商谈情况，与会者兴奋不已。会议决定成立合作筹备小组，由梅花雪白担任组长，负责与鼎盛集团对接工作。

星期天，梅花雪白回了一趟县城，她把周元峰要到春山投资合作的事告诉梅开贤，梅开贤盯着窗前两盆怒放的春山蕙兰，笑说：“周元峰那个家伙比我还鬼精，但绝对是一个说一不二的人。”

15

　　苦水溪冰雪消融的那一天，周元峰带着鼎盛集团项目策划部经理一行来到春山。当看到梅花雪白和一些村民站在春门下迎接时，周元峰觉得这情景与当年老支书带着村民迎接重庆知识青年到春山十分相似。

　　周元峰的到来，梅花雪白悬着的心安放下来，春山人对周元峰的猜疑亦消失在了风中。

　　鼎盛集团对春山的气候特征、空气中的富氧离子、自然风貌、风土人情等情况进行采样调查后，围绕春山脱贫攻坚总体规划，提出利用苦水溪峡谷的水利条件，打造五公里的亲水休闲步行长廊；在摩天岭开发攀岩和云海观日出的项目；在猴儿岩至二十八道拐架设四百米长的玻璃观光栈道；结合易地扶贫搬迁、土地增减挂钩、危房改造、地质避让搬迁项目，以打造春山休闲康养中心为核心，改造唐家祠堂、何家祠堂及吊脚楼，打造以唐家湾、何家塝为重点的川东北特色民居群，新建马桑坡、龙家湾、猴岩扁三个新村聚居点，打造一批特色农家乐；在草树坡建成现代观光农业示范园；以流传春山的说春为脉络，融合爨坛戏、高腔薅秧歌、巴山茅草歌、巴山号子等民俗文化元素，挖掘春山民俗文化，建成巴山民俗文化村落；实行土地流转、入股分红的方式，大力发展春山黑土猪、南江黄羊、春山天麻为特色的家庭生态种养殖业；结合安全饮水、道路通畅、农网改造等项目，打通村社联网路、入户文明路，解决饮水、用电及通信不畅的问题。利用互联网、现代物流平台，畅通信息流和现代物流，打通制约农村、农业、农民与市场链接的信息壁垒，让春山不再是众山围困的信息孤岛，建成独具山区特色的乡村旅游重点村。

　　鼎盛集团和春山村"两委"共同组成项目推进联合指挥部。指挥部设在春山小学校操场边搭成的一排活动板房里。

　　施工挖掘机的声音闹醒了沉睡的春山，喜鹊在老柳树上唧唧喳喳地唱着歌。唐老坎坐在屋檐下修复春帖木雕版，好像技艺高超的工匠在精心雕花一样。这张雕版是他去年用过的。他说春、贴春帖时，围观的学生当场指出帖上的春牛头上少了一只角，变成了独角兽，一个"天"字少了上面那一横，变成了"大"字，当时他无比尴尬。

唐老坎手中的细竹签好像锋利的刀子在木雕版上滑动着，剔掉的油墨污渍飞落到抹布上。他清除油污，小心拿起一只木雕牛角放到涂了黏合液的缺角处摁住，待牛角粘牢才松手。残留的液体凝固在牛角边缘，他用小刀刮掉残留物。他修好雕板，仔细检查无误后，便在雕版上涂抹上油墨，用一张粉红色的薄纸盖住，拿小沙袋在纸上匀称锤打之后，缓缓地揭起薄纸，一张崭新的春帖如同钞票落在他的手中，油墨的浓香似苞谷酒浸透血液，他扯开嗓子高声唱：

一年一个《春帖》版，

催着春牛耕春田。

人勤春早天作美，

五谷丰登说春官。

唐老坎唱罢，将春帖对着阳光举起来，太阳在他的眼里变成粉红的彩球，春帖上的老农、耕牛、柳树等图案和二十四节气表中的文字，就像一个个鲜活的精灵在粉红的世界里自由地飞舞。

唐老坎放下春帖，眼里的色彩渐渐恢复原样，他的目光从屋檐落在堂屋门上。岁月磨光了门神雕像上的油彩，涂抹上了厚重的黑色斑点。突然，他发现自家大门上竟然还贴着褪了色的旧春帖，不由尴尬地自语："呵呵，木匠掌墨师自己睡的烂垮垮床，春官门上新年还是旧春帖。"

唐老坎快步奔到堂屋门前，撕下旧春帖，贴上新春帖，随即大声唱：

双扇门儿大大开，

春官来了喜进来；

进了门儿喜洋洋，

我给主家开财门。

灰狗蹲在檐柱的石墩旁，竖起耳朵听见天空传来神秘的声音越来越响，便惶恐不安地冲到院坝，朝天空咆哮。唐老坎抬头看清是一个怪头怪脑的铁鸟在天空盘旋，传出"嗡嗡"的声音很震耳。他放下雕版，追着铁鸟盘旋的方向来到房屋后面的山坡上，只见李子木和不少村民围着戴眼镜的小伙子看稀奇，他便凑过去问李子木，这是干啥子活路的。李子木告诉他，吊脚楼要统一进行风貌改造和维修加固，无人机正在进行数据采集。

唐老坎的脑袋随着空中的无人机旋转起来，李子木见状，笑说："老唐坎，这新玩意儿，你还是新媳妇坐花轿——头回见到吧！"

"嘿嘿，这玩意儿我确实没见过。"唐老坎说。

李子木若有所思地说："哦，对了，唐老坎，你要交好运了。梅书记说要将春山说春这门绝活申报非物质文化遗产，同时把你作为传承人一并申报。你赶紧抽时间收集整理一下有关说春的资料。"

"李主任，老祖宗留下的说春唱词都是口口相传，没有文字记载，我怕整不好，让人笑话。"唐老坎惊喜之余又不免犯难。

"难道你不愿意？村里有人削尖脑袋都想争这个非遗传承人。"李子木说。

"愿意，我愿意。"唐老坎连声说。

"梅书记叫我转告你，村里成立说春非物质文化遗产申报小组，由她统筹进行协调申报，你和秦发祥负责收集整理。如果申报成功，非遗传承人每月还会有一笔补助。这可是天上掉馅饼的大喜事。"李子木说。

"说春这活儿再不重视，过不了多少年就会叫老家伙带进棺材去了。"唐老坎望着远山说。

"是啊，这事不能再拖了。你要抓紧哟！鼎盛集团准备搞的《春山之歌》大型民俗文化歌舞，还等着你的米下锅呢！"李子木说。

李子木说的事好像大火烧了唐老坎的屁股一样，他顾不上看稀奇，跑回屋里，打开墙角的木柜子，拿出用红布包裹的《唐氏宗谱》，坐在屋檐下的椅子上小心翻阅。这本编纂于大清咸丰年间的宗谱是用生宣牛皮纸制成的，泛黄的纸张边缘残破而卷曲，而纸上的字迹仍清晰可见。

据唐氏宗谱记载，明末清初的有一天，唐宗高跟着师傅身穿红袍，手捧春牛从甘肃来到摩天岭时，天色已经黑透了，他饥渴难耐，敲开山湾竹林间的一道柴门，住进一户苟姓巴蛮子（巴人）家里，这个家只有一位瞎眼的老人和一个名叫苟月的女子。苟月父母早亡，与瞎眼婆婆相依为命。苟月为他们做了玉米面馍馍、清水酸菜汤。当天晚上，唐宗高的师傅突发急病死去，他只好在摩天岭下安埋师傅，留在摩天岭与苟月过起了日子。唐宗高膝下共有五子，子孙不断繁衍，终成一大旺族。《说春》这门活儿也在摩天岭下生根了，这面大山也就被称为春山。

谱书记载春山的唐氏祖先系"春官"出身，唐老坎曾经为谱中"春官"二字自豪很多年，坚信祖上出自宫廷官宦之家。多年以后，他终于从一份史料中找到有关"春官"的来历：说春源于商代武丁时期的迎四方神之习俗，主要流传于甘肃礼县、西和县，陕西汉中及米仓山南坡的南江县等地。早期的说春属官方活动，每年《春历》由皇帝钦定，只准官印不准私印，每年小阳春到次年春分，由"春官"敲锣打鼓将印制的历法节令表送到各州、府、县，预告春天的来临，宣布春天的活动，提醒莫误农时。最后民间兴起的说春取代了官府送《春历》活动。从史料中推断，春山唐氏的祖上仅是靠说春养家糊口的民间艺人而已，对于这个结果唐老坎大失所望。他的爷爷曾到甘肃去说过春，借机寻根问祖毫无收获。他也随父亲去过甘肃地界，也没有搜集到祖先唐宗高究竟来自甘肃何地。

唐老坎手中的《唐氏宗谱》系孤本，文物贩子曾出两万元收购，唐老坎说，我宁可饿死也不会把老祖宗卖了。夹在谱中的一张发黄的纸片像黄叶飘出来，他捡起落在地上的纸片一看，这是他很多年前自编的《说四方》唱词。唐老坎盯着纸片，轻声哼唱：

> 四角柜子四四方，
>
> 四条腿儿朝四方。
>
> 四方春官走四方，
>
> 四季发财利四方。

16

春山上的春草发了，油菜花开了，桃花、杏花、李子树花、杜鹃花赶着趟儿竞相绽放，花粉的气味招来忙碌的蜜蜂，成群的野狗在菜花田间疯狂欢爱，鸟的叫声在青翠的山间显得清脆而悠远，春山热闹起来。

春山的宽带网络在油菜花开时开通了，春山村电子商务进农村综合示范项目也正式启动。从苦水溪连接四社知青渠的一段社道公路硬化项目通过验收的第二天，春山村集体资产管理有限公司、春山土猪及南江黄羊养殖专业合作社成立。由土猪合作社统购的六百只小黑猪崽、五百只南江黄羊按合同分发到农户手中。周元峰代表鼎盛公司与农户签订代养认购五百只黑土猪、四百只南江黄羊，其余的试行网上代养认购的方式，公开向社会征集认养权。梅花雪白担心试行网上代养认购不会很理想，谁知不足两天时间，所有猪崽和南江黄羊在网上抢认一空。

猪还没有出栏就被人认购了，这是春山人从来没有见过的新鲜事儿。黄花家的小猪崽该出栏了，她卖了两只，盘算再养一头母猪和两头肥猪。她揣着卖猪崽的钱到乡上为自己和唐老坎买了一套新衣，余下的钱存到信用社。她认为"吃不穷，穿不穷，不会盘算一辈子穷"的这句春山老话是管用的，耗子都晓得为自己留点隔夜粮，省着花钱心里才会让人踏实。

唐老坎望着飞来飞去的蜜蜂，想着家里养的那一箱蜜蜂应该分窝了，他找来木板打了两只新蜂桶，涂上蜂蜡，等待蜂儿分窝。他还没有等到蜂儿分窝，意外等来由三十名重庆知青组成的"春山踏青返乡团"。他见到当年曾住在他家的方海平、邢建国时，兴奋得半天说不出话来。黄花弄了一桌子菜，唐老坎陪方海平和邢建国喝酒叙旧。方海平边喝酒边感叹，他当知青住在唐老坎家，唐老坎那时还是穿着衩衩裤，整天露着光屁股疯玩的小娃儿，这眨眼一晃，唐老坎也变成小老头子了。他记忆最深的是唐老坎家的吊脚楼木梯，人走在上面就会"嘎吱嘎吱"地响，他常担心楼梯会突然断掉。邢建国摆起他偷偷跟唐老坎的爹学唱《说春》《高腔薅秧歌》《巴山茅草歌》，他满口重庆话时常唱跑了调门。他们修红运水库时，饿着肚子在月光下抬着重重的夯锤打夯，边打夯边"嗨着，嗨着"地唱《打夯歌》。

春山的空气、流水、炊烟如同醉人的乡愁，唤起"春山踏青返乡团"老知青们激情燃烧的往事，他们兴奋地拿手机或相机拍着眼前的美景，想把春山一草一木全都装进相框里。梅花雪白挽着老知青阮玉莲的手边走边说说笑笑。

阮玉莲说："她刚来春山时，这里还有不少茅草房，瓦房很少，照明用煤油灯，有的还有松油照明。她们天还没有亮就迷迷糊糊跟着村民上山开荒种地，一直到晚上才收工，有时还在月光下劳动。当豪情满怀的激情在春山的大山里慢慢消磨掉的时候，城市和乡村巨大的生活落差曾经让她绝望地哭过，她想着尽快离开这片深山老林。三年之后，她回到重庆的愿望终于实现了，在国有企业当了一名工人，随后成家立业，二十世纪九十年代初又经历企业破产下岗的痛苦。她下岗后靠着摆地摊一步一步地实现创办公司致富的梦想。如今生活富裕了，而心中有一块领地却是物质无法填充的，那就是一种让人温暖的乡村记忆。从她爷爷那一辈开始，她家就住在重庆朝天码头附近，她是土生土长的重庆街娃儿，对乡村唯一的记忆就是在春山的那段时光。也许是年纪大了的缘故吧，每当夜深人静的时候，春山的一草一木就在她的脑子里清晰显现出来。她忘不了村民唐光华全家把最好的一张床让给她；潘中秀大婶迈着一双小脚，摸黑给她送来的那个苞谷馍馍；苦水溪水磨坊的水车转动的"吱吱"声；她们搭窝棚跟随村民在山上守苞谷遇见成群野猪的惊险与刺激；她把地里的野草当作庄稼而闹出的大笑话……"

阮玉莲还对梅花雪白讲，她昨天站在苦水溪旁，再也找不到水磨房的那一刻，她流泪了。她找到知青柳叶青的坟墓时，似乎又听见了柳叶青那银铃般的笑声，她望着坟墓上方从悬崖上开凿的水渠，忍不住哭了。在刀背梁上，她看到亲手开垦的荒坡地现在已经变成大片森林，那片荒地是她们从石头缝里抠出来的。刚来春山，她们不会使用锄头，手掌全被锄头磨成血泡，有的知青还哭鼻子了，村民见此开玩笑说，这些城里来的娃儿手掌上啥时候长满了老茧，锄头也就不会为难那些细皮嫩肉了。她们手掌上的血泡磨破了，慢慢长出了老茧，使用锄头也就得心应手了，每天挣的工分与村民一样多了。她学会了耕田耙地，啥农活儿都会干了。

阮玉莲说："我们这些返城知青聚会时，时常感叹春山就像巨大石磨，即使是铁疙瘩也会被磨成铁粉的。那时候生活条件艰苦，我们抱怨过，绝望过，对乡村生活产生过抵触和悲观的情绪。当青春的心慢慢沉静下来之后，我们对乡村的感情就日渐加深了，特别是回城之后，回忆那段时光时，以前所认为的那些苦难，全都变成了幸福的甜味了。"

梅花雪白插话说："春山磨炼人。一代人都有一代人的历史责任。"

"是呵，我们都是踩着前人的肩膀往前走的。脱贫攻坚这个任务又让你们年轻一代把接力棒接上了。很多年以后，当你去回味在春山驻村搞脱贫攻坚的日子，你就会别有一番滋味在心头了。"阮玉莲说。

在摩天岭下的小田湾，梅花雪白指着田湾山坡上的几排坟墓说："这儿就是摩天岭的红军坟。据史料记载和村里的老人讲述，1932年冬天，红四方面军有一支部队从陕南冒雪翻过摩天岭进入川东北。川陕苏区时期，春山这里还建立过乡苏维埃。1935年红四方面军撤离川陕苏区远征时，一支女兵连路过这里时遭到一伙土匪及反动势力的伏击，有三十二个女兵就战死在这里。后来红军留下的一支部队改编为巴山游击队，还在春山这一带驻扎过。前不久，村'两委'组织村民除掉了红军坟墓上的荒草，并对坟墓进行了修缮，组织村党员干部及驻村工作队来扫过墓，面对党旗在这里宣过誓。"

阮玉莲说："我当知青时听村民讲过红军坟的故事，每年清明节，大队还组织村民和知青来为红军坟扫墓。为红军扫墓的传统要坚持下去，我们住上了漂亮的房子，而不应让这些牺牲的烈士躺在荒草中。我有时就在想，这些牺牲的女兵大多数不满二十岁，和我们当知青时的年龄差不多。她们把青春和生命都留在这里了，我们城里来的这些知识青年，还有什么理由去埋怨生活的不公以及苦难呢？当知青的生活虽然很苦很累，但是我见到春山乡亲面对苦难生活的笑脸时，就换位一想，乡亲祖祖辈辈生活在春山这面大山里，我们吃的这点儿苦和他们一比较，就真的不算啥子苦了。"

阮玉莲停步望着远山，山风吹乱了她额前的白发，她将了将乱发说："春山就是一块疗伤养性的好地方，待在这里就不想走了。"

"这儿的山水真的很养人。现在村里正在搞康养休闲项目，真诚欢迎您回这儿颐养天年。"梅花雪白趁机说。

"要得哟！我这次随周董事长来，就是来考察春山康养休闲项目的。"阮玉莲笑了起来。

"春山踏青返乡团"老知青们返城时，唐家湾康养休闲项目一期工程的四十套康养房已被他们预订二十六套，周元峰对这次营销活动的效果十分满意，便提前启动二期康养休闲项目建设。梅花雪白抓住这个信息，写了题为《康养房成为春山长寿之乡的"抢手货"》的消息，很快，多家网站和纸质媒体转发了这篇新闻，不到半个月，唐家湾康养休闲项目一期剩余的房子就被抢订光了。

随着唐家湾康养休闲项目的快速推进，一些村民自留山和代管山纳入项目配套功能用地的征收步伐也随之加快，村民之间的边界纠纷也如同火山喷发了。

梅花雪白和苏琪尔刚调停完何宝成阻工的纠纷，龙翠香和岳琼英这对老冤家又骂骂咧咧地找上门来。

龙翠香骂岳琼英不要脸，侵占她家的柴山，还偷过她的男人。岳琼英骂龙翠香是烂货，偷男人不管老嫩。两人就像斗架的公鸡互相叫骂着。

苏琪尔苦劝不听，生气地吼道："你们骂了这么多年，还没有骂够吗？有事就说事，不要扯那些多年前死猫死狗的事情。如果你们不听劝，先回去骂够了才来说事。"

苏琪尔的吼声镇住龙翠香和岳琼英，双方停止对骂。

梅花雪白问："啥事？谁先说。"

岳琼英抢先说："我家山林与她家接界，林权证上写明了以大石头为界，龙翠香还要睁眼说瞎话，与我争十几棵杉树和土地。"

龙翠香说："是我的天王老子也别想拿走，不是我的，白白送我，我都不要。杉树是退耕还林的时候我去栽的。怎么又成了你的？"

梅花雪白对照两家的《林权证》看了几遍，只见上面清楚写明两家的山林以田家湾山梁大石头中心为界线，便说："这本本上面写明了界线的嘛！"

龙翠香说："山林滑坡，我栽的树跑到她的地界去了。"

"哦。"梅花雪白想了想说，"在办公室扯不清楚，到现场去看一看再定。"

众人便往田家湾里走去。

龙翠香边走边说："这事驻村工作队和村上要给我处理好，不然，我要闹翻天。"

岳琼英冷笑："呵呵，难道我还怕你不成？"

龙翠香反问："我怕过你吗？"

岳琼英拍着胸膛说："你敢买鞭炮到野人坡的庙子上去发毒咒吗？谁怕你全家死绝！"

龙翠香冷笑几声，说："我的儿孙们金贵得很，不配和你扯歪经的发毒咒。"

李子木听不下去了，吼道："你们动不动就去庙子上发毒咒，灵验过一次没有？真的是无事找气恼。嘴巴不能停一下嘛？春节过后你们两个的表现还可以，村上还准备把'邻里和睦进步之星'评给你们，这一下又让你们闹黄了。这么多年，那片荒林没有见你们去争过，现在征地赔偿就眼红了。如果这样闹下去，你们的那块地不征收了。"

龙翠香和岳琼英就像斗败的公鸡，低头不语了。

田家湾大石头的那片山林发生过一次滑坡，龙翠香和岳琼英两家山林的界石滑进泥石流里去了，龙翠香地界栽的杉树位移到岳琼英家的这片山林。梅花雪白和村干部沿山脊中线丈量完有争议山林的面积，并清点完地面的杉树后，她主持调解说："边界发生滑坡位移，这是谁也无法预料的事情。界石原来的位置在山脊中线，虽然界石不见了，山脊最上面的中线还在。争议点上的这二十六棵杉树是龙翠香家的，而土地是在岳琼英家的界内。调解意见是，这二十六棵越界的杉树补偿款归龙翠香，界内土地补偿款归岳琼英所有。大家有没有意见？"

"如果这样，我的山林就会少一块，她家就会多占一块哟？"龙翠香质疑。

李子木说："少啥呢？山林土地面积以山脊中线为准，按实际丈量的面积给你们算账，不吃亏。我算了一笔账，你们两家的山林及荒地征收补偿款每户都有十几万块钱。鼎盛公司如果不征收这片林子，你们只有去争空气了。吃饭要知饱足！这样的好事，如果换成是我的，我睡着都会笑醒的。"

龙翠香想了半天，表态说："嗯，我同意梅书记调解的意见。"

岳琼英对调解也无意见，在场的村社干部均无异议。李子木蹲在地上写好山林纠纷调解协议书，双方签字画押，了结此事。

龙翠香捏着调解协议书追问："李主任，多久给我打补偿款？"

"龙翠香，你捡钱也要弯一下腰嘛！协议墨迹未干，你就追着要补偿款，你这样的人真的少见。莫急嘛！这件事是铁钉钉木的，我敢跟你到庙子上烧香赌咒，煮熟的鸭子是不会飞走的。只要鼎盛集团把款划过来，村上就马上打款。"李子木的话逗笑在场的人。

17

县委组织部临时通知驻村工作队长下午三点开会，梅花雪白接了电话就开车从唐家湾施工现场出发，此时，沉闷的雷声从云层中坠落下来，狂风便把暴雨带来了。

梅花雪白驾驶的汽车就像一只大甲壳虫在雨雾中急行，雨刮器在挡风玻璃上发出刺耳的"刮嚓"声，路面飘起层层水雾，车轮辗压的水花飞溅到防护栏上。突然，车胎发出"呼"的一声异响，车子闯向护栏，梅花雪白赶紧松掉油门并双手紧握方向盘，踩了几脚刹车，车子在离护栏不到五厘米的地方停住了。

突发的险情吓得梅花雪白腿脚发软，她战战兢兢地拿出雨伞，下车一看，右前轮胎爆了，她顿时不知所措。她拿驾照三年，第一次遇上这样的情况，换轮胎的活儿她还从来没有干过。

雨越下越大，梅花雪白像受惊的兔子孤立雨中。

吴平安开着车从雨雾中钻出来，他看见前面的车闪着应急灯，便停车问站在路旁的梅花雪白：

"出啥事了。"

"车胎爆了。"

"人没有伤着吧？"

"没有。"

吴平安下车问："备用胎呢？"

"在后备厢里。"

吴平安打开梅花雪白车子的后备厢，取出备用轮胎及工具，蹲在地上换轮胎，梅花雪白撑着雨伞为他挡雨。

吴平安边换轮胎边和梅花雪白聊起来：

"雨天路滑，要小心行驶哟。"

"嗯！"

"你是驻村工作队的，赶回去开驻村工作队长会吧！我从你后备厢的那张脱贫攻坚的报表就看出来了。"

"你也是驻村工作队的？"

"我是龙耳乡盘龙村驻村工作队队长吴平安。"

"我是玉河乡春山村的，叫梅花雪白。"

"哟！你是梅书记。久闻大名。前不久，我看到《秦巴日报》还登载了你写的有关春山村'乡村道德银行'建设的文章，还想着瞅机会到春山来学习取经。"

"欢迎吴书记到春山来传经送宝哈。"

"哦，吴书记，我想起来了，你是'把青春种在泥土里'微信群的群主，网名叫秦巴部落。"

"就是。"

"哈哈，我真是有眼无珠，没有把大群主认出来！"

"呵呵，我只是一个闹喳喳的'喷青'。"

"谦虚就是骄傲喽！"

吴平安把车胎换好，飞溅的雨水和污泥打湿他的衣服，梅花雪白见状，不好意思地道谢。

"路遇美女有难，男儿岂能袖手旁观？"吴平安看着梅花雪白笑了起来。两人四目相对的一瞬间，一种来自体内深处的震颤顿时让梅花雪白脸红心跳，吴平安那道剑眉下的大眼睛似曾相识，那个藏在心底的影子又飘浮在眼前。

梅花雪白莞尔一笑，没有接吴平安的话。

"梅书记，你在前面走，我走后面盯着，路滑小心驾驶。"吴平安说。

"嗯。"梅花雪白撑着雨伞把吴平安送上车，转身钻进自己的车里，按了一下喇叭，启动汽车钻进雨雾里。

大雨停歇的时候，下午的会议也就结束了。梅花雪白站在时代广场看了看手机，已到吃晚饭的时间，她突然想起老灶火锅的味道，便放弃回家吃饭的念头，打算邀约几个同学一起吃火锅。她在"同学一家亲微信群"发出"老灶火锅，不见不散"的短信，等了半天竟然无人响应，请客不到的尴尬让她独自笑了。

这时，清河村驻村工作队队长龙阿曼、富源村驻村工作队队长何洁梅从广场的林荫道钻出来，梅花雪白如同见着救星一样，慌忙邀约一起吃火锅。

龙阿曼笑说："好哇！我和何队长正在商量晚上吃点啥呢！梅书记请客，这个面子是要给足的。"

吴平安的影子在梅花雪白的脑子里闪了一下，她忙掏出手机邀请他一起吃火锅。正在仿古街一家饭馆门口徘徊的吴平安接到电话说："我正愁晚上的饭局无处打游击，美女书记请客，我就恭敬不如从命！"

"仿古街的老灶火锅，不见不散！"梅花雪白又提醒了一遍。

梅花雪白她们赶到老灶火锅店，吴平安已经站在门口笑脸相迎了。

"吴群主，美女喊你吃饭，你跑得比兔子都还要快！"龙阿曼瞅着吴平安说。

"嘿嘿，吃饭不积极，思想有问题嘛。"吴平安笑说。

梅花雪白找了一个靠窗临河的桌子坐下，服务员将她点好的菜及酒水端上来，几人便边吃边聊起来。梅花雪白端着啤酒敬吴平安，感谢他今天在路上帮助换轮胎解围。吴平安笑说："梅书记摆的是答谢宴，我就不好意思吃不下去了。"

龙阿曼抓起酒杯说："吴群主，英雄救美的故事让人感动哟！"

"向群主学习。阿曼，你在群里宣传一下身边的这个活雷锋。"何洁梅说。

"我要警告你们哦，谁发到群里，我就毫不留情地把谁踢出微信群。我的群，我的天，我的地，由我做主。"吴平安说。

"群主威武，不要踢我哈。"龙阿曼搞笑的动作惹得几人畅快地笑起来。

"我借花献佛，给美女们敬一杯酒，感谢对我这个群主的抬爱。大家严格遵守群规，既不墨守成规，又十分活跃地放飞思想，彼此碰撞交流，擦出了青春的火花。"吴平安说。

"哈哈，群主，大家在这个群里不仅擦出思想火花，还擦出了爱情的火花，目前有好几对正爱得死去活来，说吃喜糖时要重谢你这个大红娘。"龙阿曼说。

"真的？看来我得重视本群出现的这个新问题了。"吴平安说。

"群主，你要当世人唾骂的法海和尚，棒打鸳鸯？"何洁梅笑问。

"那是不会的。我要进一步关注群里的这个新动向，要把好事给大家做得更好嘛！"吴平安说。

"群主，你要以身作则哟，尽快在本群中擦出爱情的火花，结束你单身狗儿的身份。"龙阿曼说。

梅花雪白没有开腔搭话，静静地听着。她从龙门村第一书记李娟那儿得知名叫"秦巴部落"的网友建了一个"把青春种在泥土里"的微信群，她觉得这个网名挺有意思，便申请加进群里，结果发现这个群的成员都是清一色的脱贫攻坚驻村工作队成员。她在群里一直"潜水",很少"冒泡",就像观众专注地欣赏一场青春的歌舞晚会。

"群主,来点实在的,撒点儿狗粮,发一个红包犒劳一下嘛!"何洁梅怂恿。

"好的!好的!"吴平安便在群里发一个大红包。他盯着瞬间被抢光的红包,笑说:"这些饥饿的狼包子。"

龙阿曼抢了一个大红包,兴奋地叫起来,梅花雪白也抢到一个小红包,她盯着手机笑了。

梅花雪白看见龙阿曼不停地给吴平安碗里夹菜,还缠着敬酒,她有点厌烦龙阿曼的亲密举动,心里酸味儿很浓。

"大家不能冷落梅大美女哟!我来讨好一下。"吴平安笑着将烫好的鲜毛肚夹到梅花雪白的碗里。

吴平安这个讨好的动作竟让梅花雪白的脸色莫明其妙地红了,心情似一锅翻滚的浓汤。

第二天,窗台上两只早醒的麻雀吵醒梅花雪白,她抓起手机一瞧,才早上七点钟,翻身又睡。今天是周末,她想好好睡一觉,补一补欠缺的瞌睡。她在床上辗转反侧,瞌睡不知溜到哪儿去了,脑子里冒出来的事儿就像拔沙地的花生一样,一串又一串的。她怕忘记了,便在手机记事本上记录:唐家全办残疾证的事不要忘了,到县水管站去协调五社安全供水的问题,社火娃儿的画纸和颜料快用完了,驻村工作队伙食团的菜油也不多了……

梅花雪白想了想,脑子里冒出来的事儿该记的全都记上了,便放下电话,伸了一个懒腰,去了一趟洗手间,又在屋里扫视了一圈,屋里静悄悄的。她清楚爷爷又带着画眉鸟去了公园,奶奶或许正在城市广场扭着屁股跳舞,老妈此时或在菜市讨价还价,老爸还正在滨河路打太极拳,只有她还赖在床上。老妈常抱怨她恋床的臭毛病。奶奶却袒护说:"人这一辈子啦!三十岁是一个坎儿,前三十年睡不醒,后三十年睡不着,我家的宝贝梅梅现在还是一个瞌睡虫嘞。"

这段时间以来,梅花雪白感到早上醒来就睡不着了,脑子里的那些事儿就像虫子不停吞噬着体内的瞌睡虫,有时半夜醒来很久才能入眠。她望着从窗帘缝隙溜进来的阳光,困惑地想:我也提前到了睡不着的年龄吗?

昨晚吃火锅的场景又在她眼前不停闪现。当吴平安把菜夹到她碗里的一瞬间，一股热流在她胸腔里奔涌。在高二同学马丽生日宴上，她想不到自己暗恋的体育委员杨平会热心地将一块酥肉夹进她碗里，那一瞬间她的目光不敢正视杨平了。她和杨平之间是一场没有开花的暗恋，如同含苞待放的花蕾被一场冰雪冻死了。

吴平安的影子填满了梅花雪白想象的空间，一股黏糊的热度似火焰从她体内升腾起来，她听到了体内的荷尔蒙奔涌的涛声——

梅花雪白拉开窗帘，窗台上的麻雀惊飞了，一片脱落的羽毛在阳光里轻轻地飘落。

18

梅花雪白追着褪色的晚霞，疲惫不堪地回到苦水溪。她刚打开房灯，社火娃儿就像一阵风似的跑过来，举着手中的一只虫子说："嘻嘻，梅姐，您猜猜这是啥？"

"啊！啥虫子，好可怕哟！赶快拿走。"梅花雪白盯着社火娃儿手中那只有大拇指大小，粗长细腿上长有钩刺，头部有一根状若大针头似的吸管，背部有黑黄色硬壳的虫子，不安地惊叫。

"嘻嘻，这是笋壳虫（竹牛），怕啥呢？"社火娃儿说。

"你摸一下嘛！很好耍的。"社火娃儿把"竹牛"递过来。

"啊，吓人哟！"梅花雪白叫起来。

"嘻嘻，胆小鬼。"社火娃儿说着抓起笋壳虫的一只前腿，"咔嚓"一声拧断，从腰间抽出一根狗尾巴草，顺着笋壳虫断腿的空洞塞紧，然后松开手指，顺势捏住狗尾巴草，笋壳虫便像风车一样在空中扇动着翅膀。

"好玩儿。"梅花雪白被这个奇形怪状的家伙吸引住了。她抓住社火娃儿递过来的狗尾巴草，笋壳虫不停转着圈儿，好似一只小小的风扇飞速旋转。

社火娃儿跑回隔壁房间，拿来一个空矿泉水瓶子，从里面倒出几只笋壳虫。梅花雪白见状，问社火娃儿从哪里捉了这么多的笋壳虫，社火娃儿说在古坟的竹林里捉到的。

社火娃儿转身抓起笋壳虫，打燃煤气灶说："烧笋壳虫，真香。"

"虫子有毒。不要乱吃。"梅花雪白慌忙制止。

"笋壳虫没有毒。"社火娃儿说着用筷子夹起笋壳虫在火上不停翻动，一股焦味弥漫在屋子里。社火娃儿将烤焦的笋壳虫的壳剥掉，抽出油黄的嫩肉递给梅花雪白说："好吃。"

"快拿开哟，我看见就恶心。"梅花雪白说。

社火娃儿把手中的肉块塞进嘴里，边嚼边说："想吃，还没有呢。"

梅花雪白说："饿了吧，我给你做晚饭。"

吃完晚饭，梅花雪白督促社火娃儿完成今天的美术作业。这几天严浩、苏琪尔、马东平参加县上的驻村干部培训，梅花雪白白天忙村上的事情，晚上就抽空给社火娃儿补课。

社火娃儿面对画纸，水中的鱼、天空飞翔的鸟、远山的雾气、歪斜的树木在他的笔下透出一股怪异而灵动的气息。只有在画画时，他不安分的心才是沉静的，像一位有着很高天赋的画师，让人看不出有智障的毛病。梅花雪白十分惊讶地看着社火娃子画画，心想，上帝关闭了社火娃儿脑子里的一扇窗，却为他打开了另外一道门。社火娃儿每次的美术作业，梅花雪白都会给予高分鼓励，她想，兴趣是最高明的大师，如果把社火娃儿画画的兴趣抹杀掉了，就会关死社火娃儿心中敞开的那一扇光明之窗。

对于画画，梅花雪白是有一定基础的。她从幼儿园就开始跟着苗苗画室的女画家学绘画，还有几幅作品在比赛中获得省级一等奖。读高中后，她对画画的兴趣完全被如山的作业挤掉，故多年未提笔画画了。社火娃儿对画画的兴趣慢慢勾起她的记忆，她有点后悔不该荒废了画画的，如果坚持下来，她也许早就是小有名气的女画家了。

梅花雪白铺开一张画纸，提起画笔难以下笔，顿觉心中那条充满灵气的河流早已被岁月的风吹干了。她放下笔，忧伤地盯着画纸。

"你不画啦?"社火娃儿问。

"我出去走走，你安心地画哈。"梅花雪白说。

月色朦胧，流水潺潺。

硬化后的操场上，崭新的篮板及一排各式各样的健身器材静静地沐浴在月光下。梅花雪白想起在这些项目竣工时，她幺爸和社火娃儿抱着篮球在操场上玩了很久。

几声猫头鹰的叫声从学校后面的古坟园传来，梅花雪白淡定地望了望坟园，沿着石板小路往鲤鱼潭边走去，夜色对她来说已不再是阴森恐惧的。她刚来春山时，看到住房后面有一大片坟茔，还有一座十分显眼的新坟时，骇得背心发凉，赶紧扯出花床单将窗子严严实实遮挡住。晚上睡觉她不敢关灯，迷迷糊糊熬到天亮。有一天，社火娃儿对她说："嘻嘻，你是胆小鬼，开灯睡觉。我夜里一个人敢到古坟园里睡觉！"社火娃儿的话让梅花雪白惊恐不已，她怀疑社火娃儿一半是人，另一半是鬼，常人是没有如此胆量的。社火娃儿见她受惊吓的样子，笑说："坟园里没有鬼，只有夜鸟的说话声。人是自己吓死的。"梅花雪白对社火娃儿说的话半信半疑，住了一段时间之后，她觉得社火娃儿说的是对的，她对夜色的恐怖原来是自己吓出来的。

圆月挂在摩天岭上，鱼叉塔的倒影在水中朦朦胧胧。梅花雪白站在潭水边，静静地望着水中的倒影，心想这样的月色只应苦水溪才有。潭水隐隐约约映出山坡上何进士墓碑的一角。她听刘贵荣老师讲过，何进士六十五岁才高中进士，候任甘肃的一个县令，在朝廷面君时，他被朝堂上的一副对联迷住了，抬头傻傻地盯着对联，为此圣颜大怒，以红颜面君之罪而斩。据传，苦水溪何家怀疑唐家修塔子破坏风水而使何进士蒙冤，何家为此怀恨在心，偷偷敲掉了塔尖。还有人传说是摩天岭飞来的一块石头砸掉了塔尖。究竟塔尖是怎么断掉的，查无实证，只能众说纷纭。

圆月、古塔、潭水定格成让人心动的美景。梅花雪白将拍摄的美图发在微信朋友圈，很快获得无数点赞。吴平安发来一张搞笑的贴图，并配发文字："哇，水里有一个仙女，岸边有一个美女，天上的神仙今夜都无眠喽！"

"呵呵，你找一个美女陪嘛！"

"嘻嘻，我想要你这个大美女陪我。"

"讨厌，我这样的剩女陪你，你会做噩梦的。"

"那是幸福的噩梦哟。"

"呵呵，你不要吃着碗里，还盯着锅里，小心你的女朋友揪你的耳朵哟！"

"我早就被梦中的美女抛弃了，现在成了可怜的单身狗哟！"

"呵呵，不要把自己活得可怜兮兮的，单身狗又怎么啦，过的是一人吃饱，全家不饿的快乐日子嘛！"

"大美女，给我撒点狗粮吧！"

"呵呵，摇尾乞怜的模样儿，女娃儿不会上心的哟！"

"唉，完了，完了，没人收留我了。"

"你赶快做梦吧，梦中会掉下一个林妹妹的！"

"大美女，快回屋哟，你独自在这个适合幽会的水潭边转悠，男朋友会吃闷醋的。"

"没有人会吃醋的，我也是一只可怜的单身狗儿，独倚水边听月声。"

"真的?"

"骗人是小狗。"

"唉，同是天涯孤独客，空对明月寄相思。"

"呵呵，蛮有古风的味儿。林妹妹会喜欢这个味道的。"

"你就像林妹妹站在水边望月，让人神往。"

"呵呵——"

梅花雪白和吴平安在微信上开心地聊着，溪谷的风吹皱了鲤鱼潭的碧水，淡淡的碎影在波光中摇曳。

梅花雪白回到屋里，社火娃儿刚好完成作业。她抓起画笔，在画中的群山之上画了初升的太阳。

"弟娃儿，有阳光的大山会更加漂亮。"梅花雪白说。

"漂亮的太阳。"社火娃儿说。

19

唐家湾康养休闲项目二期工地的那根黑色管线，如一根金条让何明国心动了好几天，他猜想那是一根废管线，剥出管线里的铜芯能卖好几块钱，如果让泥土埋了实在可惜。他佝偻着身子从施工围栏的破洞钻进去，四处瞧了瞧，工人还在工棚熟睡，无人在意他和这根破管线。他抓住那根线圈，一股强大的电流把他牢牢吸住了，他的惨叫吓得工人穿着裤衩跑出工棚，他就像一只烧焦的死虾扭曲一团。

何明国惨死项目工地，他的三个儿子纠集亲戚和族人在工地上设起灵堂，愤怒地叫嚷施工方不给二百万元就抬着尸体上访。

这起意外的安全事故让驻村工作队面临如山的压力，全队人员分成事故协调组、善后保障组全程参与纠纷处理。施工方的律师提出，何明国私自闯入施工场地，盗用电缆而死，施工方无过错，何明国自负全责。何明国的儿子提出施工方安全管理不善有责任。村"两委"和驻村工作队几次调解无果，双方争执不下，项目只好停工。县、乡安监部门及综治信访部门得到报告后，组成联合调解组介入，死者亲属同意将何明国的遗体运到殡仪馆保存。通过多轮协商，施工方本着人道的精神支付死者亲属三十万了结此事。春山村也因为安全监管不到位被全县通报批评，梅花雪白和李子木为此受到党内警告处分。

康养休闲项目死人的事儿刚刚平息，村里的聚居点建设又遇到了难题。村里规划的三个聚居点项目，眼看就要开工启动，却有一部分非贫困户和贫困户反悔签订的协议，不同意去聚居点，要求退还预交的建房款。对于项目是上报调整后实施，还是按规划继续实施？梅花雪白邀请部分党员、非贫困户和贫困户代表开会研究。会议刚开始就吵成一锅粥，意见较难统一。

马东平、严浩坚持项目点是上面审定批准了的，现在要求调整是不合时宜的，应该严格按村民签订的协议处理，不能把协议视为儿戏，当成一纸空文，更不能让村民任意摆布，不然项目就难以实施下去，驻村工作队的威信就会扫地。县、乡三令五申要求加快聚居点项目工程进度，限期交账，不然就要追责处理相关责任人。前不久，在全县召开的村民聚居点项目建设推进会上，县委书记、县长都严肃强调各地不得再调整聚居点项目，务必按质按时完成，有三个乡镇因推进滞后而在大会上公开检讨。春山现在要求调整项目，说明我们前期工作出了问题，这是自己打自己的耳光，自捅马蜂窝。村民的诉求可在实施中逐步整改，只要大多数同意去聚居点安置，少部分不同意是很正常的事情，百分之百满足是很难办到的。如果不抓紧实施，春山就会因项目实施进度滞后而被上级通报追责，上次村里安全工作受批评已经让大家背负了沉重压力，如果再次挨通报，大家会被这些压力压扁的。

苏琪尔认为村民不愿搬迁的理由是项目聚居点离村民自家的土地、山林较远，生活不方便，特别是聚居点没有充分考虑到村民养殖圈舍的问题。山区不同于平原，村民散居山上，户均土地又少，而且分散，聚居点不能解决其土地及牲畜养殖的问题，老百姓不愿搬到聚居点是有道理的。驻村工作队必须实事求是反映工作中存在的问题，回避问题是不负责的，这事应当及时上报调整。

李子木赞同苏琪尔的意见，他说春山的老百姓有养本地黑猪的习惯，村里也把这个产业作为村民增收的一项重要项目来抓，要考虑牲畜圈舍的问题。修房造屋是大事儿，聚居点的规划不能好看却不中用，要适合春山这儿的实际情况，不能在项目建设上留后遗症。

村民代表秦发祥说："我在红柳村送葬时，死者就是刚住进新居工程的。爷爷和婆婆带着一个孙娃子在屋里烤炭火，结果全部中毒死了，好惨哟！死者在旧瓦房有关门烤火的习惯，谁知在密闭的水泥房烤炭火出了大事。红柳村的房子建得像别墅，公共配套设施也搞得好，房子周边栽的树木和花草全是从大城市苗圃基地拉回来的，环境就像城市的花园一样漂亮，但周边很难找到能栽点葱花、蒜苗的土地。自从那一家子出事后，不少村民嚷着要搬回原来住的地方，为啥呢？那些新居房都是按照城市人居住环境设计的，没有通风烤火房的设计，村民烤火只好用电或烧无烟煤。集中建的养殖房离住的地方又比较远，村民一点儿也不方便。我们是大山里的农民，不是城里的人儿，土地要有人屎、马粪去肥沃，祖祖辈辈吃惯了烟熏火烤的腊肉，闻惯了土地、牲口、炊烟的味儿，缺了这些味道，谁会住得踏实？"

唐贵田接着发言说："大家不能把脱贫攻坚的好经念歪了，不能一颗好心把一件好事干成老百姓骂娘的坏事。我是党员，特别反感工作中搞不符合实情的花架子，形式主义和教条主义害死人哟。春山要搞聚居点我不反对，如果不能方便老百姓生产生活，去搞花里胡哨的东西，只图一时看着热闹，马屎皮面光。老百姓不敢说，我这个土都快埋到脖子的老家伙就不怕得罪人，坚决站起来反对。我发现有一个怪现象，我们在执行上面政策中过多地强调一刀铡，照搬照抄，依葫芦画瓢，机械执行。比如秦发祥刚才说的，把乡村的房子建得跟城里一个样子是欠考虑的，农民的房子就要有农村房子的样子。梅书记、李主任，你们不能因为前不久挨了处分，就一朝遭蛇咬，十年怕井绳，畏首畏尾的不敢办事了。规划不符合实际的，就要大胆改，不能怕上面追究责任而轻视老百姓的合理诉求。聚居点建设是涉及老百姓的大事，必须把困难和问题想在前面，要打有准备的仗，不能为了赶工期、催进度、要政绩，把好端端的民生事儿办砸了，让老百姓戳着背脊骨骂大家成事不足，败事有余。我发现村里很多的陈年老账都是一些村社干部办事不认真、不彻底而留下的烂尾巴。干事情就得把事儿干得伸伸展展的，不拖泥带水，不留遗憾和问题……"

梅花雪白综合各方意见，觉得此事不能再举棋不定了，久拖不决是会误事的。她说："如果规划设计的房子老百姓住着不舒心，我们也就难以安心。扶贫就要扶到群众的心坎上，项目实施的好坏得由群众认可。会后，立即以村'两委'和驻村工作队的名义起草请示，专题请求对春山聚居点的房屋设计进行修改完善，把村民反对的意见采纳进去。另外，由李子木主任牵头负责，苏琪尔同志协助，采取置换或调整的办法，协调好到聚居点建房村民的土地、山林问题，保证聚居点的村民房前屋后有土地种蔬菜和建圈舍等配套用房。对于适宜分散安置建房的，不搞一刀铡，分户选点实施。总之，要保障村民搬得进去，住得下来，生产生活方便舒心。如果春山因项目设计而影响进度，拖了考核的后腿，拿不了名次，只要老百姓不骂我们，我觉得也是值得的。"

梅花雪白拍板定了之后，与会者不再反对，支持尽快上报调整。一个星期之后，县脱贫攻坚领导小组办公室及时批准春山聚居点项目设计规划调整的请示，春山干部所担心被问责的事没有发生。梅花雪白和苏琪尔到住建部门协调设计单位对原设计户型进行修改，并就烤火房、养殖圈舍、菜园等附属配套设施进行重新规划设计。新设计图纸出来后，李子木牵头的土地及山林调整工作也顺利接近尾声，村民代表对设计单位修改的详规进行认定签字，搬迁户与相关村民就土地、山林签订互换协议之后，春山村聚居点便正式启动实施。与此同时，以唐家、何家祠堂为中心，唐老坎等十三户村民的吊脚楼为主体的传统民居改危加固及风貌改造也同步推进。

唐家湾田间耕作道要从唐老坎门前经过，施工方要砍掉田边的老柳树，不然就得绕道走。唐老坎坚决不同意砍树。李子木说老柳树白白送人烧柴都没有人愿意要，村上给五百元钱买这棵树。唐老坎说，给再多的钱也不准砍树，谁砍树就砍他。李子木抱怨唐老坎缺乏思想觉悟，不懂感恩，把一棵柳树当作"金包卵"，阻挡扶贫项目施工，真让人寒心。唐老坎不服李子木说的，把事情闹到梅花雪白那儿，梅花雪白问明情况后，对李子木说："不要让老唐为一棵树走心了，绕过柳树又何妨？"

老柳树能够保下来，这是唐老坎没有想到的。他找梅花雪白时是不抱希望的，如果梅花雪白说要砍树为耕作道让路，他碍于梅花雪白是他家帮扶责任人的这个面子，不想砍也得同意。梅花雪白做出不砍树的决定，彻底颠覆了唐老坎对驻村工作队的看法。他认为村里个别人暗中议论驻村工作队是一群愣头愣脑的年轻娃儿，嘴上不长毛，办事不牢靠，难以办成大事的说法是站不住脚的。梅花雪白是懂他心的人。

月光透过柳梢，斑驳的光影落在唐老坎的脸上。他坐在老柳树裸露的树根上，仰望着天上的月亮。他记得每年小阳春前，他爹就像傻子似的盯着老柳树看，只要看到柳枝在风中像跳舞的时候，他爹就会说，老柳树在催我出门说春了。他跟着爹学会了说春这门活儿之后，小阳春到来前，他的身子骨就会出现一种说不出的不舒适感，就像犯了傻病一样，整天傻乎乎地望着老柳树发呆，春山的寒风把老柳树吹得快要倒掉的时候，他的身子骨便触电似的颤抖起来，待在家里坐卧不安，直到手捧春牛出了家门，身体出现的那种状况才会消失掉。他从来没有对任何人说过那种感受，觉得天机不可泄露。

喜鹊睡着了，月光辉映出柳树和鸟窝美轮美奂的影子。唐老坎望着老柳树想，这样的月光会让喜鹊做美梦的。

20

太阳刚把云雾驱散，老柳树上的喜鹊便在树上"唧唧喳喳"地闹开了。喜鹊的叫声惹得唐老坎忍不住对着老柳树唱：

> 我唱山歌你来还，
>
> 好比木柴把油添。
>
> 木柴加油最肯燃，
>
> 山歌越多心不烦。

黄花斜倚门框，接住唐老坎的歌声：

> 你唱山歌我来还，
>
> 还你山歌千千万。
>
> 一个还你两个半，
>
> 唱不赢你取分钱。

"嗨，老黄，那个《望槐》的歌是怎么唱的，我搞忘了。"唐老坎转身问黄花。黄花笑了笑，接着唱：

> 高高山上一树槐，
>
> 手把栏杆望郎来。
>
> 娘问女儿望啥子？
>
> 我望槐花几时开。

"对头喽！"唐老坎拿起笔，兴奋地在纸上记下这首山歌的歌词。

《春山山歌》征集活动还有半个月就要结束了，唐老坎已搜集整理三十首歌，这些对歌、山歌、背二歌与说春一样，在春山人的生产劳动、日常生活中一代又一代的口口相传，具有浓郁的原生态民歌特点。然而，这些古老的山歌似落花被浮尘淹没，如今找遍春山会唱山歌的也只有三四个人了。前不久，唐老坎对梅花雪白说，春山的山歌是春山的魂儿，春山不能丢掉魂儿，村上应该把老祖宗留传的山歌整理出来。梅花雪白采纳唐老坎的意见，遂让他牵头进行抢救整理，村上安排三千元补助经费。

唐老坎随口唱《青布帕儿》：

> 青布帕儿丈二三，
>
> 我跟姐儿换着拴。
>
> 今要与你换帕子，

明年与你换心肝。

黄花扯开嗓子唱和：

青布帕儿丈二长，

挽个疙瘩撂过墙。

千年不准疙瘩散，

万年不准姐丢郎。

这时，来到唐老坎院坝的秦发祥听见唐老坎和黄花的对歌，忍不住吼开了嗓子：

夫妻二人心连心，

一时不和扯了经。

歇房打到灶屋里，

棒棒一丢又相亲。

唐老坎看见秦发祥，热情招呼他进屋喝茶。黄花泡了一壶春山老阴茶，三人边喝茶边摆龙门阵。

秦发祥说："我要参加全乡民俗文化比赛，如果获得名次就参加县里的比赛。对于参赛我虽然兴奋但没有底气，觉得自己就是花鸡公的能耐——只会叫唤那么几声。为死者吹个安魂曲，为新人吹奏《百鸟朝凤》之类的曲儿，对着大山吼几嗓子山歌还可以凑合，真要站在舞台上去表演，就像麻袋片做西装——真不是那个料！"

唐老坎说："在春山这面山，你是二齿钩子挠痒——响当当的硬手，谁也比不了你吹的曲儿，况且你能同时吹奏两只唢呐，还能倒立着吹，曲儿不走调，这绝活儿在玉河乡都找不出来几个人的，你不要手里提个秃镐头——没把握，说不准还是水牛过河——崭露头角呢。"

唐老坎的话把秦发祥的心窝子说热了，说话的底气足了许多。他说玉河乡能吹唢呐和唱山歌的也就是秃子头上的虱子明摆着的，谁的手艺活儿是几斤几两他心中有数，不是自吹冒皮，他随便支吾几下，把那些人甩几里路是不成问题的。

黄花开玩笑说："哟，秦吹吹，如果你一下子吹出了名，成了大名人，美女会排成队找你签名呢！"

秦发祥笑了笑说:"你莫洗我的脑壳哟!这次不把春山人的脸面丢了,我就像秋天的棉桃——笑得合不拢嘴了。"

唐老坎说:"秦吹吹,我也估摸了一下,你这次是穿钉鞋,拄拐棍——稳上加稳的。"

秦发祥喝口茶水说:"黄花是能干人哟,前段时间一窝小猪卖了不少钱,家里又喂了这么多的猪儿。"

"能干啥哟,这些都是你们吹捧得好。"黄花笑说。

秦发祥瞧见黄花开心的样子,话锋一转:"你瞧瞧嘛!我穿得像讨口子,上台面去表演,会丢春山人的脸面。"

黄花看了看秦发祥身上的衣服,说:"你身上的衣服和你一个样,不会下崽了,好像一年四季都是穿的这一件。你要登台风光一下,这身打扮是有点臊春山人的脸皮。"

秦发祥嘿嘿一笑,说:"我也想穿得体面一点,可是手头紧得很,能否在你这儿借五百块钱急用,下月一定还给你。"

唐老坎随口说了一句:"要得。"

秦发祥趁机顺着唐老坎的话说:"感谢支持,你们一万个放心,这钱我一定要还的。等领了奖金,我保证先还你们的钱哈!"

黄花脸上的笑僵住了,面部肌肉快速收缩变形了。

唐老坎瞅见黄花的脸色,心中大惊,知道自己随口又说出麻烦事来了。他不安地笑了几声,舌头僵硬地对黄花说:"老黄,发祥去参加比赛,这是好事嘛!也是为春山手艺人脸上添光彩的事儿,要支持一下,况且他也说了,领了奖金就先还我们的钱。你去拿五百块钱。"

黄花没有理会唐老坎,扭头钻进歇房屋,打开柜子,磨蹭很久才把五百块钱拿出来交给秦发祥。秦发祥清点完钱,装进了衣兜。这时,唐老坎心虚发慌了,觉得一转手钱就变成秦发祥的了,便颤声说:"自古借还有据,你还是留个借据吧!"

"写啥条子嘛!乡里乡亲显得生分了。"秦发祥笑说。

"人亲钱财不亲哟!"黄花不冷不热。

"对！对！人亲钱财不亲，这是春山的一句古话。"秦发祥尴尬地说。

唐老坎赶紧找来纸和笔，让秦发祥写了一张借条，他把借条交给黄花，慌乱的心才算踏实下来。

秦发祥酒足饭饱之后，临走时把收集的春山吹鼓手的歌单交给唐老坎，叮嘱他要把这些词儿加进春山的山歌集里。唐老坎握着歌单，竟十分感动，顿觉秦发祥是可靠的，是不会赖账的。

秦发祥在回家的路上得意地想，他能从黄花手里借到钱，这简直是春山的奇迹，谁都晓得黄花是能把钱捏出水的人。

秦发祥刚走，唐老坎的日子就不好过了。黄花的脸色由阴急速转黑，心中的怒火劈头盖脸地倾泻到唐老坎身上。黄花骂唐老坎是一个"烂贤惠"，脑子让说春的词儿撑坏了。秦吹吹简直就是遍街的"王二嫂"，谁不知道他是一个"滚刀皮"，吃了上顿缺下顿的人，从来都是借钱不还的。借给他的钱，是肉包子打狗——有去无还。如果唐老坎不多那一句嘴，一百个秦吹吹也休想从她的手里借到一分钱。她辛辛苦苦养一头猪也赚不了五百元钱的。唐老坎耷拉着脑袋，任由黄花的火气把自己烧焦。他知道黄花就是一个火炮子性格，噼里啪啦地把心中的火气发泄完了，也就心平气和了。

母猪在圈里"哼哼"地叫了几声，黄花听了不由浑身颤抖起来，也顾不上"修理"唐老坎了，丢下手中的扫帚就往猪圈跑。

唐老坎不知出了啥事，也放下手中的活儿，慌里慌张地跟过去了。

母猪在圈里烦躁不安地转来转去，黄花靠在圈栏上激动地喃喃自语："猪儿又打圈（发情）了。"

"嘿嘿，是猪儿打圈了。"唐老坎赶紧讨好。

"梅书记说过，如果猪儿打圈就告诉她一下，她叫畜牧站的兽医来人工配种，据说这样母猪能多产崽呢！"

"我马上给梅书记打电话。"

"等等，人工配种究竟怎么样哦，如果猪儿拦不上槽（怀孕），损失就大了。还是请冉长康把他的种公猪牵来吧！前几天，我碰见冉长康，他跟我专门说过，我家的母猪打圈了，就让他家的公猪配种，我随口答应过的。"

"冉长康家的老公猪好像被春山的母猪掏空了身骨，放的尽是哑炮，听说何贵文家的母猪就没有拦上槽。"

"唉，这事真的磨缠人哟。"

"我认为请畜牧站的兽医来给母猪人工配种把握大一些，那些人是吃这碗饭的。要相信科学嘛！"

"好吧，你给梅书记打电话。"

唐老坎打电话向梅花雪白说了帮忙请兽医给母猪人工配种的事，梅花雪白便请兽医张波到唐老坎家去一趟。

黄花家的母猪要实行人工配种的事儿在春山引起轰动，不少村民赶来瞧稀奇。冉长康闷在屋里没有来，原因是他家的老公猪没有被兽医张波挑选中。

黄花家的院坝让村民围得水泄不通。她见围了这么多人，担心母猪会受到惊吓，配不上种就糟透了。梅花雪白觉得这是一个难得的养殖技术培训现场，不停地拍着图片和视频，用来当作资料，并请张波忙完配种之后，趁热打铁对现场村民进行科学养猪技术培训。

何光海家那头健壮的种公猪兴奋起来，围着黄花家的母猪号叫着，张波瞧准机会，采集到公猪的精液之后，倒骑母猪背上，将一根输精管缓缓插入母猪体内。围观村民目睹人工配种的全过程后，有村民笑说，没有啥子看头，不如让种猪直接骑到母猪身上，那样更有热闹看。也有村民说，张波搞的是空活路，害得种公猪干号一阵子，也让母猪空喜一场。

黄花听见村民的议论，忐忑不安地想，公猪没有骑在母猪身上，要让母猪怀上猪崽真的有点悬吊吊的。

第四章 春分

21

秦发祥、唐元昆联袂表演的傩坛戏，秦发祥的唢呐独奏和原生态山歌独唱在玉河乡民俗文化表演选拔赛中获得一等奖，并代表乡里参加全县民俗文化表演比赛。

秦发祥比赛获奖的事儿搅起了春山人心中的波澜，村民说不务正业的秦吹吹这次终于吹出了名堂，如果他去参加《星光大道》，说不一定也会一炮打响。不少村民叹息春山这面大山把秦吹吹这样的人才埋没了，如果他在城里投个好胎，早就是明星大腕级人物了。有人说他遗传了他爹的音乐细胞。他爹大字不识几个，二胡拉得叫人如醉如痴，山歌吼得让人心潮澎湃。秦吹吹生下来就有一副好嗓子，就连他的哭声听起来都是舒服的，唱起山歌一点也不比他爹老子差。记得秦发祥很小的时候，村里晚上放电影《鲤鱼精》，正当村民看到鲤鱼精施展妖法，搅得天空乌云滚滚的场景时，放映机却出了故障，放映员抓起话筒叫大家耐心等一下。秦吹吹被那只话筒吸引住了，挤过去抓起话筒就唱《犀牛望月》的山歌，他的歌声顿时把闹哄哄的放映场震住了，也让放映员放弃把他轰走的想法。此时，天空的月亮刚好被一团乌云罩住。与电影中鲤鱼精施法的场景极为相似，也与传说中的苦水溪鲤鱼精出没时，乌云吞掉月亮的景象相同。不知是谁惊恐不安地吼了一句"那个娃儿的歌声把苦水溪的鲤鱼精勾引来啦"。不少村民听了，顿时吓得哭爹喊娘的四处逃散。秦发祥没有跑，直唱到放映员把机子修好才停止。此后，村里放电影，放映员在放映前就让秦发祥吼几嗓子助兴热场。

红江县民俗文化比赛结束，秦发祥的原生态《巴山背二歌》、唢呐独奏均获得一等奖；他与唐元昆联演的爨坛戏获得了二等奖。还未等秦发祥回到春山，有关他领了一大笔奖金的消息就连春山的风都知道了，不少村民便在他回家的路上等候着。这些村民不是求他签名的，而是准备收欠账的。

摩天岭上的通讯铁塔像闪着银光的利剑直刺苍穹。塔子是前不久才建起的。唐老坎望着通讯塔想，那些铁疙瘩比传说中的顺风耳还要厉害，现在无论身处春山何处，手机信号都是满的，再也不会为信号不好而吼破嗓子了。

唐老坎拨打秦发祥的手机，但手机处于关机状态，他赶紧将这个重大的情况向黄花报告。黄花抱怨说："真是狗改不了吃屎的毛病！这是他故意关掉手机的，等他把钱用完了，手机也就通了。"

唐老坎说："我们手里有他的欠条，他是赖不掉的。再说，他现在是名人了，是要顾及自己脸面的。"

黄花没好气地说："秦吹吹立起是一桩，坐下是一墩，没有钱还你，还能把他吊起来打棒吗？借钱时他把你喊爷爷，要钱时轮到你叫他爷爷了。"

唐老坎"嘿嘿"地笑了笑说："他现在比以前要好许多喽。只要他衣兜里有宽裕的钱，还是会还掉的。"

黄花冷冷地笑了，说："他一个败家子，手里永远都不会有宽裕的钱。"

唐老坎不敢搭话了，他知道黄花随时都会因秦发祥借钱的事儿对他发一通火的。

在夜色的掩护下，秦发祥如同幽灵来到黄花家，黄花见了，脸笑得似一朵刚刚怒放的花儿，唐老坎的热情也急速升温。

黄花沏好一壶茶水说："我去煮夜饭。"

黄花两口子讨好的热情，让秦发祥顿生明星似的感觉，说话的腔调也多了明星的派头。他说县长亲自为他颁发了奖状和奖杯，县电视台的美女还专题采访了他，《秦巴都市报》称他是"春山上的一颗闪亮的星"。

黄花弄好饭菜，唐老坎、秦发祥喝酒摆龙门阵。黄花不断给秦发祥的碗里夹菜，叫他多吃点菜补身子。秦发祥被黄花的举动感动了，喷着酒气说："等我成了大明星，我会免费给您签名的！"

黄花笑问："明星签名能值多少钱？"

秦发祥笑说："有时千金难求，有时狗屁不值，但至少是件脸上生光的事情。"

唐老坎说："你这回为春山大长脸面，听说村上还要给你们发奖金呢！"

秦发祥吞掉嘴里的一块肥肉说："我想，那是当然的，也是必需的，不然，以后还有谁会倒贴干粮盘缠去参加比赛哟。"

黄花惊喜地问："这几天村民都在说你得了几万元的奖金呢！"

秦发祥呵呵地笑了笑，说："得啥子钱哟！还不到三千块钱。我参加比赛新衣总得要买，头发也得打理，那只破唢呐也上不了台面，这一摊子就花了不少钱哟。我难得进一次县城，好吃好玩的总得去开个洋荤吧！钱紧了又紧，东一块西一块的就花了不少，兜里的钱就所剩无几了。"

唐老坎的脸色暗下来，黄花的笑像哭了。

秦发祥嚼着一粒花生米说："人怕出名，猪怕壮，这名声一响，事儿一多，花销就大了。无论怎样，我这个人是耿直的，话说快了都会算数的，我今天就是来还钱的。"

唐老坎赶紧笑说："那是，那是，你现在是大名人了，为人处世耿直的。"

此时，黄花的脸色更加灿烂了。

秦发祥喝了一口酒说："这样吧！我先还一百元钱，剩下的等几天还。"

秦发祥从衣兜掏出百元钱的同时，唐老坎也迫不及待地拿出那张借条。黄花的脸色瞬间暗淡了不少，一把抓走了桌子上的一百元钱。

秦发祥看了看借条说："条子我就不看了，你随便在上面划一下，我都会认账的。"

秦发祥笑了笑，又说："我告诉你们一个天大的好消息，县上已经把《春山山歌》向上申报市级非物质文化遗产，也把我作为传承人上报。如果申报成功，政府每年给予传承人一定的补助，支持传承活动。"

唐老坎端起酒杯说："这的确是一件值得祝贺的好事。春山的傩坛戏、说春、山歌等把戏，都是老祖宗留下来的，如果毁在我们手里，会愧对祖宗先人的!"

秦发祥说："梅书记昨天对我获奖的事儿给予高度表扬，同时也点名表扬了你和唐元昆，说我们几个人都是春山打胜文化扶贫这一仗的主力军，村里会对我们在弘扬民俗文化方面给予大力支持的。"

"这是好事。来，再整一杯。"唐老坎为秦发祥的杯子倒满酒。

秦发祥打着酒嗝，临走时又将收集的十五首山歌歌词交给唐老坎说："你抓紧整哟! 昨天梅书记特别交代，叫我配合你把《春山山歌》《说春》这方面的资料收集整好，村里要编印成册。"

黄花边洗碗边想，她好吃好喝招待秦发祥一顿，他还了一百元钱，这一账算下来，自己似乎吃大亏了。

唐老坎折了一根小木棍，张着大嘴掏牙缝中的一块碎肉，木棍"咔嚓"一声断在牙缝里。他又找了一截细细的铁丝捅断木棍，却不小心把那一颗烂牙齿撬断了。他盯着掌中带血的烂牙，愤怒地骂："狗日的秦吹吹。"

唐老坎扔掉烂牙，掏出借条，一笔一划在借条上写道：

2017 年 7 月 7 日 19：54，秦发祥还借款 100 元，下欠 400 元。秦发祥表示，欠款他是要还的。

证人：黄花；记账人：唐老坎。

山风褪去了湿热，稻田里不时响起蛙声。

黄花从猪圈回到厨房，对唐老坎说："母猪这段时间贪睡，奶头胀得很大，我估计拦上了槽。"

唐老坎"嗯"了一声没有说话，脑子却冒出一句古怪的话："冉长康会不会杀掉自家的那头老种猪?"

黄花扭头望着院坝里的月色说："老唐，我晚饭吃多了，睡不着，我们到院坝凉快一会儿再睡觉哈!"

唐老坎拖出两把凉椅放到院坝里，端了一壶茶水放在小凳子上，黄花便将一把竹扇递过去。

几只蚊子在黄花身边嗡嗡地叫，她狠狠扇了几下，对唐老坎说："今晚的夜蚊子好多哟! 我估计猪圈的蚊子会更多。你赶紧点起艾草把蚊子熏一熏，不然猪儿受不了。"

唐老坎点起艾草，将猪圈及屋内外熏了几遍之后，重新躺到凉椅上。

圆月高挂春山上，朦胧月色浸染着大山沟壑。唐老坎轻摇竹扇，望着月亮轻轻地唱：

> 月亮弯弯像把镰，
>
> 两人年轻念当年。
>
> 想起当年情义重，
>
> 黄桶上箍又团圆。

黄花扭头望了望唐老坎，接着唱：

> 月亮出来月亮黄，
>
> 跟到月亮去看郎。
>
> 月亮光光不等我，
>
> 双脚踩在烂泥塘。

唐老坎惬意地摇着扇子，躺椅"吱吱"作响，他说："今晚的月亮很大。"

黄花望着月亮说："月亮就像水洗过的一样。"

老柳树沐浴在月光下，像一位闭目修道的老仙，聆听月光与大地、山风、溪谷、流水、山风、树木的私语，还有唐老坎和黄花的悄悄话。

22

梅花雪白没有答应去见陈斌，李君兰暴跳如雷，指着梅花雪白怒吼："你给我滚出去，家里没有你这个人。"

梅花雪白抓起手包，吼道："滚就滚。"

房门"呼"的一声被关上，李君兰跌坐沙发上哭，梅花雪白抹着泪水跑出了小区大门。

李君兰的同事李小琳要把亲戚陈斌介绍给梅花雪白，李君兰在李小琳的手机中看了陈斌的照片，一眼就相中了。李小琳告诉她，陈斌的爸爸是市民政局局长，陈斌是市委领导的秘书，如果梅花雪白想调市里工作，陈斌一句话就能搞定的。她满口答应让梅花雪白见一见陈斌，便猴急火燎地把梅花雪白从春山叫回来，没有想到梅花雪白软硬不吃，就是不答应见面。对于这样的结果，她是无法忍受的。她说梅花雪白不识抬举，打起灯笼火把也找不到陈斌这样理想的条件。婚姻一旦错过了这个村，就没有了这个店。好多人都是东挑西选，结果选了一个漏油的灯盏。她抱怨梅花雪白就像青杠木雕老爷——毬神莫得，还性子硬。石伟家那样好的条件，她也是冷水烫猪不来气，说算就算了。现在好不容易遇上一个好的，她连面都不想去见，难道想当一辈子"啃老族"！梅花雪白反驳说："我现在还嫁不出去，都是你爱管空闲造成的，以前你经常就像念紧箍咒一样，不准我和男生谈恋爱，甚至还不准和男生接触，而现在又整天唠叨不去耍男朋友，我真的受不了。"

李君兰望着天花板痛苦地想，梅花雪白已是二十七岁的人了，在红江县这个山旮旯里，梅花雪白现在这个年纪就算大龄女了。梅花雪白的婚事没有敲定，她的心头就像一块大石头压住了。她昨天在镜子里看见自己头上的白发又多起来，认为这是让梅花雪白气白的。

对于李君兰和梅花雪白之间的这场吵闹，梅发军处在夹缝中，两头为难。李君兰数落梅花雪白的种种不是，他只好跟着说梅花雪白长这么大了，还这样任性，一点也不懂事，就不能多替爸妈想一想。从内心来讲，他也对陈斌方方面面的条件动心了，谁不希望找一个乘龙快婿，女儿有一个好的归宿，这是当父母最幸福的梦想。但话又说回来，女儿不喜欢，强扭的瓜是不甜的，况且他清楚梅花雪白的个性，说不干的事情就会不干的。梅花雪白原来的名字叫梅雪花，她读初中时认为这个名字土得掉渣，便自己取名梅花雪白。他不准改名，解释这个名字是她爷爷翻了《易经》才取出来的，但她威胁不准改名就不读书了，他拗不过，只好托关系为其改名。

晚上十一点过了，李君兰见梅花雪白还没有回来，她十分担心梅花雪白想不通做出傻事。前不久，县城龙门大桥就有一名女子因家里不同意婚事跳桥溺水而亡。李君兰越想越害怕，又放不下面子主动打电话，便冲着梅发军吼："梅女娃子跑出去这么久了，你也不打一个电话问问，她在外面是死还是活？你的眼睛粘在体育频道就不知道转动了。"

梅发军慌忙调小电视机音量，打电话问梅花雪白在哪儿？这么晚了还不回家。梅花雪白说："我和鲁敏在一起，晚上就住她家。"梅发军便说："你到了已不是任性而为的年龄，要理解父母的良苦用心。"梅花雪白说："爱过头了就是害，我都成人了，做事心中自有分寸。老妈就是不相信我能长大。"

梅发军挂断电话，李君兰便问梅花雪白在哪儿，干啥子？又跟谁在一起？梅发军抓起电视遥控器边摁音量开关边说："她跟鲁敏在一起，晚上不回来。"

梅发军心不在焉的样了气得李君兰吼道："梅娃子的一身坏毛病就是你宠坏出来的。"

李君兰的这一声吼，惊得梅发军慌忙将体育频道调到李君兰喜欢的音乐频道上，又心急火燎地溜到洗手间，蹲在马桶上，打开手机偷看足球比赛。

这时，手机屏幕弹出梅花雪白的短信："老爸，老妈的火气消了多少？小心她把您当成出气筒哟！"

梅发军赶紧回复："火焰在渐渐消退。我刚才也带灾了，现在吓得只好躲在洗手间偷看球赛！"

"哈！哈！老爸，您是幸福的粑耳朵！"

"梅儿，我认为陈斌的条件还可以，犟啥子哟，先见面谈一谈，谈不拢就算了嘛！你这样做，让你妈怎么向你李姨交代。遇事要冷静，讲究战略战术。你现在好歹也是一个村官儿，不要任性处事，不然老百姓会瞧不起你的。"

"老爸，春山的那一摊子事儿就把人累死累活的，我真没有谈恋爱的感觉，不想把自己稀里糊涂的随便嫁人了。"

"梅儿，请注意人生的时间节点，错过了这趟车，你就是晚点的匆匆过客。"

"老爸，这些大道理我都懂的。"

"梅儿，跟老爸说实话，你是不是已经有目标，才会这样果断地用一盆冰水把你妈从里到外凉透。"

"老爸，我梦里有一位白马王子，可现实中找不到他在哪儿。这是我的隐私秘密，无可奉告哈！到合适的时候，我会主动跟您们讲的。"

"真没有想到，我的梅儿学得深沉了。"

"老爸，女大十八变嘛！人总是在变化中成长的，也许等我到了老妈那个年龄，我可能也会被岁月的磨轮打磨得世俗起来，把自己的什么感悟啦！经验教训啦！希望啦！统统拧成沉重的绳索，编织成无形的框子罩在孩子的天空上，整日唠唠叨叨地盼着孩子活在那个框子里。"

"梅儿，这就是隔代鸿沟勒出的伤痕，彼此在年轮中碰撞、撕裂、搓揉、融合，在迷茫、呐喊、痛苦、反思中缝合无形的伤口，最后又不知不觉在对方的伤口上撒着盐。"

······

李君兰的叫声在门外响起，梅发军慌乱地回复："糟啦！你妈要进洗手间解决问题啦！"

"哈！哈！哈！"

梅花雪白切换了微信。

鲁敏把目光从手机屏幕上拔出来，笑问梅花雪白："李姨还在生你的气嘛？"

梅花雪白说："我妈就那脾气，她把火气倾泻到我老爸身上后，气也就消减得差不多了。"

鲁敏说："我妈和你妈好搭伙哟！老爸是家里可怜的出气筒。"

鲁敏说的话把梅花雪白逗笑了。

鲁敏笑说："你明天回去主动给李姨搭一个下台阶的梯子哈，母女之间不要有隔夜仇的。"

梅花雪白说："放心吧！我会把老妈搞定的，让她只笑不生气。"

鲁敏说："睡吧！还得使用老套路，我明天陪你回去，李姨想发火也就找不到地儿了。"

梅花雪白睡意全无，脑子全被那些时而模糊，时而清晰的碎影堵塞满。她和鲁敏就像两块彼此疗伤的狗皮膏药，谁受了伤，只要往对方一贴就会收到神奇的疗效。她们属于一滴眼泪都会把对方醉倒的那一类人，谁也不会把私房话藏着掖着的，关着门就可以摆谈任何话题，甚至与男朋友接吻的细节都会毫不保留地分享或交流。谁与家人闹不快了，就会跑到对方那里获得一丝安慰之后，然后就陪着对方回家，合力搭一个让家人能搁下脸面的梯子。对于这个不可缺少的软梯子，对方的家人都是高度默许和认可的，甚至会心存感激帮助搭梯子的那一个人。

城市的灯火从窗帘浸透房子，屋内朦朦胧胧。梅花雪白眯着眼睛想，当老妈极力怂恿她去见陈斌时，她是否定的，心里是排斥的，反而是吴平安的影子把心塞得满满当当的。自从那次雨中邂逅，吴平安那双撩人心魂的眼睛就把她的心勾住了，吴平安的影子时常钻进她的被窝，抱着她，亲吻着她，她无数次在梦里为他幸福地喊叫。现在她的心是排斥另外一个男人挤占心里空间的，她的心是属于吴平安独有的。她难以想象一个女人的心灵空间活着许多个男人，那样的心一定会胀碎的。

窗外的小鸟吵醒梅花雪白，她睁开眼睛，她和吴平安在一起的梦境还在脑子里清晰闪现，她感觉早醒的麻雀就像一个无耻的偷窥者，她幸福的梦境瞬间破碎了。

鲁敏陪着梅花雪白回家。刚到小区门口，梅花雪白就瞧见自家阳台的几颗脑袋瞬间躲到屋里去了。梅花雪白出电梯门，看见敞开的家门伸出了老爸那张笑得十分灿烂的脸。

"梅叔。"

"老爸。"

"娃儿们，快进屋。"梅发军热情招呼。鲁敏站在门口换拖鞋，李君兰、熊俊兰的热情似高温瞬间把她包围，梅开贤扶着沙发扶手站起来，庄重的表情似乎正在迎接贵宾一样。

鲁敏进屋和李君兰她们打招呼。

梅花雪白进屋换鞋，熊俊兰、梅开贤同声问："梅梅也回来啦！"

梅花雪白应了声，热情地叫了一声"老妈"，李君兰没有理睬，热情全放在鲁敏的身上了。

李君兰笑着对鲁敏说："你还没有吃早饭吧！我马上去做哈！"

梅花雪白趁机说："老妈，我来帮忙哈！"

李君兰脸上的笑瞬间减半，随口说："靠你帮忙，我这辈子真没得指望的了。"

梅花雪白笑了起来，拽住李君兰说："老妈，您陪阿敏摆龙门阵，我亲自主厨，让您马上就能看到大大的指望了。"

李君兰"扑哧"地笑了，挣脱梅花雪白的手说："快去陪鲁敏说话，谁要你来瞎掺和。"

李君兰很快弄出鲁敏喜欢吃的韭菜鲜肉饺子、煎鸡蛋，梅花雪白爱喝的鲜榨苹果汁。梅花雪白望着桌子上的早餐，喝了一口苹果汁，心想从她摔门而出的那一刻起，老妈就在盘算这顿少不了的早餐了。这么多年来，大家心照不宣地维护着那架软梯子，谁都清楚彼此出牌的套路，也都默契地小心按套路走着。

梅花雪白刚回到苦水溪，她就收到陈斌微信加好友的申请。她愤怒地关掉手机，就像手机把她的隐私泄露一样。她呆望着屋顶一块渗水浸湿的天花板，猜想老妈一定是这样对李阿姨说的：她李姨啊！我家梅儿在村里忙得屁股不落地，抽不出时间和陈斌见面，现在通讯这样发达，让年轻人自己去沟通，这是梅儿的微信号，叫陈斌加她吧！

梅花雪白心中的怒气被苦水溪的风吹化的时候，她打开了手机，接到李子木从摩天岭攀岩项目施工现场打来的电话。李子木说："攀岩项目山林补偿纠纷的事儿基本谈妥，秦发祥同意从岭上搬到马桑坪聚居点，条件是村上在聚居点那儿给他调一个人的土地。"梅花雪白叫李子木负责落实，她又问了一些有关项目的事就挂断电话。紧接着一个陌生的本市手机号码又打过来，她摁下接听键。一个雄性十足，具有很强穿透力的男高音响起：

"你好，你是梅花雪白吗？"

"我是！找我有啥事？你是——？"

"呵呵！大美女，我认识你，你猜猜我是谁？"

"啊，像龙大宝——啊，是张光明——啊，肯定是李宝器！"

"哈！哈！哈！你再猜猜。"

手机里响起一串笑声。

梅花雪白觉得这个人的声音具有一种让人难以拒绝的诱惑，女人很容易被这个声音迷倒的。她想了半天，怎么也想不起这个神秘的男子究竟是谁？

梅花雪白笑了笑说："帅哥，别再卖关子了，我实在猜不出来，如果见了面就认识你。"

"嘿嘿,我是陈斌!耳朵'陈'的'陈',文武'斌'的'斌'。"

梅花雪白吃惊地把冲到喉头的"啊"字硬生生地吞进肚子里去了,不知所措地举着手机,任凭陈斌的声音从里面挤出来:

"我知道你是春山村的美女书记。不要介意我以这样的方式与你打招呼。不会吓着你吧!"

"去年,我随孟书记到红江县调研脱贫攻坚工作时,看了你还代表北部山区的贫困村发了言。你的发言让人印象深刻,令人难忘啊!"

"最近很忙吗?"

"能否给我一个见面的机会,我们好好聊一聊。"

"喂,你怎么不说话呢?"

"我在洗耳恭听你这位领导身边的大秘书高谈阔论。"

"嘿嘿,你这话听着有点带刺儿,如果你不喜欢这样说话,我就换一个口味说吧!"

"呵呵,玫瑰花儿是带刺的。"

"我马上就要随领导出差,我抽时间再给你打电话,希望你不要拒绝。"

"哦,对了,求你把我拉进你的微信里,我加了很多次都没有成功,是不是春山的信号不好。"

陈斌挂了电话,梅花雪白盯着手机苦笑了几声,心想,老妈这次是没有依套路出牌,而且还拴了一个大连环套,她就这样被套进去了。

23

《春山山歌》手稿完成,唐老坎邀约秦发祥来家里喝酒。他对秦发祥说:"这部手稿村里补助三千块钱,这事你是出了力的,咱们亲兄弟明算账,你说该如何算账?"

秦发祥想了想,说:"这事儿你牵头整的,我负责协助,该怎样算法,你算就行了,多少我都无所谓的。"

唐老坎原想让秦发祥先提一个道道,谁知秦发祥比他更狡猾,又把这个球踢过来了。他想，钱少给了，秦发祥不会同意，给多了自己又吃亏。他思考半天，提出秦发祥得一成，他得二成。他得二成的理由是自己付出的比秦发祥多，况且黄花为整理山歌出了很大力的。对这个算法，秦发祥觉得和自己的想法差不多，便满口答应了。

唐老坎见此，掏出借条对秦发祥说："扣除你上次欠款四百块钱，我再找你六百块钱，这样我们之间的账就算清了。我从村上领了补助款就兑现你。"

秦发祥说："这样吧，我拔掉欠条，再向你打一张领条，你把钱先预支我。"

黄花很赞同秦发祥的说法，将六百元钱交给秦发祥，秦发祥撕碎欠条，写了一张收到现金一千元的领条。

秦发祥走后，黄花捏着领条对唐老坎说："说春的词儿又把你的榆木脑袋激活了，如果你不想出这个办法，怎么能收回这笔没有希望的欠账？"

"嘿嘿。"唐老坎笑了几声。

梅花雪白往电脑录入《春山山歌》歌词时，她被这些蕴含大山气息、带着泥土气味的歌词所震撼。此时，一个大胆的想法如同闪电在她脑子里闪现：写一部村史，建一座村史馆，留住春山的根脉，春山的乡村旅游就更加有味了。

在村支部党员大会上，梅花雪白把写村史、建村史馆的想法提出来讨论。李子木反驳："这事谁来搞？钱从哪里来？搞了有何用？那些东西也只有少数文化人有兴趣去关注，大多数人是不会对一架旧风车、耕田耙地的旧玩意儿感兴趣的。我上次去县城，无事遛到县博物馆，整整一个下午就我一个人参观，就像为我一个人开了专场。县上那样大的博物馆都如此，春山这地方建村史馆，我估计建起来也只能装灰尘。春山现在需要的是真金白银，那些可有可无的东西暂时可以不搞，如果闲钱多得用不了，可以考虑。"

李子木的话说得会场静悄悄的，与会大多数人都对写村史、建村史馆的必要意义产生疑虑，又觉得如果有充足的资金建起来也不是什么坏事儿。不少人又不好对梅花雪白的这个想法泼冷水，表态时模棱两可，让人难以分清是支持还是反对。

梅花雪白觉得这事还应进一步把理由说清楚，才能消除与会者的疑虑，她说："随着城市化进程的加速发展，在快餐式的都市文化快速泛滥的当下，村子里的那些上了年代的老物件，丢的丢，卖的卖，烧的烧，大多不复存在了，令人留恋的乡愁也渐渐远去。春山有保存较好的祠堂，也有深厚的民俗文化，我们不能眼睁睁地看着这些记忆消失掉，而应通过一定的载体或平台让其发挥独特的作用。乡村没有了乡土的味儿，还能叫乡村吗？要把春山这面山的魂儿抓住，只有把春山的根脉留住。"

梅花雪白抓起桌子上的《春山山歌》打印稿，说："唐坤元和秦发祥为春山做了一件功德无量的大事情，它就像一部家谱，是可以触摸的历史，看着这些鲜活的山歌，春山就在人的眼里活起来了。有村民认为写村史、建村史馆有点不务正业，不如搞吹糠见米的扶贫产业实惠。我认为在脱贫攻坚的路上，春山不能犯'老百姓钱包鼓起来，脑袋却贫困下去'的错误，乡村要脱贫振兴，乡风文明是不可缺的保障，文化是春山的根脉。我们不要去跟风，想着把乡村掀过底朝天，来一番城镇化建设就是美丽新村。风车旧了不一定就该烧柴，住在老房子也并非就是贫困落后的象征。比如，成都那样的国际大都市，人气最旺的不是高楼大厦密集的地方，而是锦里、宽窄巷子那些能记住城市灵魂的地方。走进那些古旧小巷子，如同走进成都的历史长卷之中。春山虽然无法和宽窄巷子那些地方相比较，但也有让人自信的人文记忆。越是有炊烟的地方，就越能闻到泥土的味道，更是乡愁最浓的地方。我清楚搞这些事情费时费力，一些村民暂时还不能理解。我想，如果我们老想着等上面给资金来搞，而忽视群众的积极因素是不行的。这事单靠一两个人去完成一部村史，建一座村史馆也是不现实的，我建议要广泛动员春山的能人志士积极参与，形成人人讲村史、写村史、建村史馆的局面，这样事情就好办了。在资金方面：一是向上争取一点项目资金；二是动员在外的能人众筹一些；三是争取社会捐赠解决一些。当然，这些仅是我个人还不成熟的想法，先把想法抛出来，这事搞不搞，还要大家同意才行，我不能独断专行，拍脑袋随意决策。"

梅花雪白的话如同拨云见日，李子木和参会者最后表态支持梅花雪白的意见。村"两委"决定写村史、建村史馆的消息在春山微信群传开后，立即得到不少春山人的点赞，五名从春山走出去的退休人员主动报名参与写村史，也有十名在外从事建筑行业和挖金矿的大老板表示全力支持建村史馆。为此，梅花雪白抓住时机，成立编写村史暨建村史馆领导小组，分设统筹联络组、写史组、建馆组、筹资组、保障组，每组落实一名驻村队工作队员或村干部负责抓落实。

春山又下了一场雨，苦水溪的水微微涨了一些，天气仍然闷热，何清水望着摩天岭抱怨："狗日的雨还没有下透。"

何清水抱出一捆蓝色塑料薄膜对女人李春香说："不等了，等天晴了再盖房子，恐怕夜长梦多。如果再下一场稍微大一点的雨，屋后的水泥受潮就坏了。我打听过，驻村工作队全体成员这几天全在县上参加农技知识培训。社长李斯文也在他女儿那里没有回来，这是一个大好的机会。"

李春香帮忙搭好梯子，何清水将蓝色塑料薄膜拴在屋前的两棵树之间，他家的房子就被遮蔽住了。他打电话请来几个亲戚，七手八脚地帮忙加盖房子。

雨又断断续续下了好几天才停下来。二社社长李斯文站在对面的山坡上看了很久，觉得何清水房前挡着塑料薄膜怪怪的，他便悄悄绕苦水溪走过去一看，不由怒火直冒，只见何清水私建的三间平房已完成混凝土封顶了。

"何清水，你搞的啥活路，三番五次叫你不准增加面积，你为啥这样搞。"李斯文的吼声惊得何清水慌忙从屋里钻出来。

"嘿嘿，李社长，你也知道，我家娃儿说亲困难，不盖点房子咋办?"何清水忙递烟赔笑脸。

"你这样搞，房屋严重超面积，不符合易地扶贫搬迁政策，你是在给我的脖子下面支砖块，让我这个社长怎么向上面交代。"李斯文抽了一口烟说。

"嘿嘿，李社长，你说现在咋办?"何清水不安地问。

"要么拆掉，要么退回享受的易地扶贫搬迁款。"李斯文说。

李春香听见李斯文的说话，从厨房里跳出来吼道："李斯文，你敢动房子的一块砖试试，我要和你拼老命!"

"简直没有王法了!"李斯文大声说。

何清水的儿子何彪从茅厕钻出来，抓起一根扁担怒吼："老子就是王法，你跟老子滚远点。"

李斯文见何彪的样子，顿时心虚脚软，心想好汉不吃眼前亏，况且这事还得村上出面处理，他便打电话把何清水私自增加房屋面积的事儿报告村主任李子木。

对于何清水私建房的事情，梅花雪白接到消息便带着驻村工作队及村社干部到何清水家里调查处理。她觉得这是一个特别棘手的问题，何清水全家三人，享受易地扶贫搬迁分散安置政策，去年他家已建房七十五平方米，现在又私建五十平方米，已严重超过易地扶贫搬迁政策规定的人均面积。然而，何清水建房理由也有其道理，一是他家原有面积根本无法满足其需要，家里猪牛圈、厨房、厕所面积一除开，也只有两间卧室，没有客厅和杂物间，农具、粮食等物品基本上把房子塞满了；二是前不久，媒人为何彪介绍一个对象，女方到他家一看，扭头便走了，理由是他家来了客人都没有一个落脚的地方。

梅花雪白调解说："何清水虽然属于去年预脱贫户，但私自增加房屋面积合情理但不合法规，这是严重违反政策规定的，驻村工作队也没有权利私自同意他建房，违建房按规定必须拆除。"

李春香听见梅花雪白说要把新建的房子拆了，她从凳子上站起来怒吼："谁也别想拆掉，谁拆我就抱着谁一起跳岩滚河。"

李子木斥责李春香胡搅蛮缠，李春香吼叫着，疯子似地冲上去撕碎苏琪尔的调查记录，又揪住梅花雪白不放，嚷着要与梅花雪白去寻死，她的儿子如果找不到女人，就要梅花雪白嫁给她的儿子。李木子在拉扯中被冲上来的何彪和何清水的两个亲戚打得鼻青脸肿，苏琪尔也在劝说中崴了脚。

梅花雪白的劝说被李春香的吼声淹没，调解演变成一场血腥冲突，接到报警的民警赶来之后，手持弯刀的何彪被民警制服，李春香将梅花雪白松开，梅花雪白的外衣也被撕烂好几道口子，眼泪从她满是抓痕的脸上滚落下来。

春山发生的这起事件惊动了整个红江县，还未等县上成立的调查组来到春山，有人趁机就在互联网上发了一条《扶贫干部打伤贫困户》的帖子。这个帖子在互联网上迅速扩散，引起高层特别关注，要求速查清楚，给网友一个公正、合理的交代。

捂在灰色云层中的雨像决堤的洪水倾泻而下，春山变成了落汤鸡，苦水溪如同一条波涛汹涌的大河。

梅花雪白望着窗外的暴雨，提心吊胆地想，施工工地是否安全？村里的地质灾害点会不会发生意外？五社养羊户的南江黄羊淋病了没有？如果再出事儿，哪怕是一件小得不能挂齿的事情，也许就能让处于压力旋涡之中的春山驻村工作队遭到沉重打击。这几天驻村队队员轮流接受调查组询问，网上舆论的炮火依然对春山驻村工作队狂轰滥炸，甚至有人把春山康养休闲项目工地死人的事儿也添盐加醋后放到网上炒作。

一辆小车撕破雨雾冲进操场，梅花雪白看到吴平安从车上跳出来时，压抑心中的苦闷顿时冲破胸腔，化为泪雨。

梅花雪白轻声叫了一声"平安"，冲到门口，扑在吴平安怀里哭了，她的哭声和雨声交织在一起。

吴平安一言不发地紧紧抱着梅花雪白，他觉得此时再多的语言也是苍白无力的，只有这有力的拥抱才是梅花雪白此刻最需要的。

社火娃儿躲在教室的窗子后面，愤怒的目光快要把玻璃窗溶化了，他认为是从车子里钻出来的那个陌生的家伙欺负了梅姐，不然，梅姐不会哭得那样伤心。他想冲上去把那个家伙狠狠暴打一顿，最后他放弃了自己的想法，他害怕那家伙只要轻轻一挥手，他就会像一只蚂蚁被狂风吹落苦水溪里。

"死家伙！"社火娃儿想把那个惹他生气的家伙骂死，替梅姐报仇。

社火娃儿见那家伙钻进了梅花雪白的房子，他抓起一块石头，从教室绕到梅花雪白房间的后窗观察动静。他想，那个家伙胆敢再欺负梅姐，他就砸破窗子，把那个可恨的家伙吓跑。

未拉严实的窗帘露出破绽，社火娃儿的眼光堵住了那条缝隙，雨水淋在他的身上。他看见那个家伙抹了抹梅姐脸上的泪水，梅姐竟然温驯地点了点头，痴痴地望着那家伙，踮起脚后跟，还把嘴巴贴到那家伙的嘴巴上，两人的嘴巴便像蜜糖黏在一起，脑袋也不停扭动着。

房间发生的情景让社火娃儿措手不及，脸红心跳，他在电视里看到的情景却在梅姐的房间里上演了，他知道那是春山人说的亲嘴儿，只有喜欢对方才会让人亲的。

社火娃儿的手像抽风一样抖起来，手中的石头滑落到他的脚上，他"哎哟"一声跌倒水沟里，叫声惊得梅花雪白和吴平安跑到屋后，把他从水沟拉起来。

梅花雪白问社火娃儿冒雨跑到屋后干啥呢？

社火娃儿不安地说："捉螃蟹。"

吴平安看见水沟里果真有一只大螃蟹张牙舞爪地瞪着他，他上前抓起那只螃蟹送给社火娃儿，社火娃儿接过螃蟹说："烤螃蟹很好吃。"

24

李君兰打了六次才打通梅花雪白的手机，她责怪梅花雪白干啥去了，这么久才接电话。梅花雪白说上厕所，没有带手机。李君兰说："梅儿，你李姨昨天跟陈斌打了电话，叫他出面找人把互联网有关春山的负面东西处理一下，不能因为那些事儿影响你的前程。我刚才专门又跟陈斌通电话，求他帮你一把。陈斌说，春山驻村工作队与贫困户发生的事儿网上炒作得太厉害了，对你极为不利，你这次能平安过关是有难度的。他说一定竭尽全力帮你摆平这事。我还问了你们之间的情况，他说你不爱搭理他。梅儿，你这么大的人了，该掂量掂量轻重了，陈斌这样的人你从哪里找哦！"

李君兰的话似冷水落在热油锅里，梅花雪白在电话上和李君兰吵开了。

"老妈，我对您简直无语了，我的事需要您那样低声下气地求人吗？不需要您这样热心的插手，您这是在帮倒忙！"

"你狗咬吕洞宾——不识好人心。难道我这样做是插手吗？当父母的不该管你吗？有陈斌这么重要的关系不利用，你真是瓜娃子。"

"陈斌纵有通天的本事，天大的关系网，他能摆平互联网吗？能摆平自媒体时代那些'键盘侠'吗？"

"混社会这门学问深得很，你不能书呆子气十足，做啥事都要讲究人情世故，任何事情都是人在操弄嘛！同样的事情，就看什么样的人以什么样的方式去运作。"

"老妈，好啦！我要下户走访了，不说了。"

"喂，多跟陈斌电话上聊啊！"

"我不晓得谁是陈斌！"

梅花雪白将手机扔在桌子上，抬头看见社火娃儿不安地望着她。她想，可能自己刚才说的话吓着社火娃儿了。她看时间已到十二点，该做午饭了。严浩这几天参加市里组织的培训，苏琪尔这几天在家养伤。马东平抽回乡脱贫办帮忙，驻村工作队就她待在村上。

刚才的电话搅乱了梅花雪白做午饭的兴趣，她从纸箱里找到两袋方便面对社火娃儿说："弟娃儿，姐不想做饭，中午煮方便面哈！"

社火娃儿"嗯"了一声，说："不吃方便面，我来煮拉面条。"

梅花雪白随口说："要得，弟娃儿能干呢！"

社火娃儿拴着围裙，开始烧水、洗菜、揉面。社火娃儿煮好面条，梅花雪白望着社火娃儿狼吞虎咽的样子，猛然觉得他的个头又比去年蹿高了不少。

吃完饭，梅花雪白抓起围裙准备洗碗，社火娃儿抢着去洗，她不争了，将围裙递给他，说："弟娃儿懂事了。"

社火娃儿不好意思地笑了。社火娃儿现在学会了煮面条、米饭，还能炒几个小菜，衣服鞋袜自己能洗了，擦嘴巴不用袖筒了，上完厕所习惯摁抽水马桶了。他画的画在红江县文艺比赛中获得了一个一等奖，一个二等奖。

梅花雪白在操场转了几圈，觉得肠胃依旧胀鼓鼓的，便穿过麻柳林，来到苦水溪的鲤鱼潭边。

溪水从鲤鱼潭上的石缝钻出来，像一条透明的银蛇滑进幽深的水潭里。三五成群的红斑鱼、麻鱼在水里嬉戏，一只大螃蟹领着三只小螃蟹在潭边巡视着它们的领地。一只翠鸟箭一样从树枝弹到水面，又从水面弹回空中，水面荡起了让人心动的波澜。

梅花雪白望着翠鸟叼住鱼儿钻进麻柳树林。她想起鲤鱼潭的另外一种传说，鲤鱼潭住有一位美得让天仙都妒忌恨的鲤鱼精，鲤鱼精偏偏爱上摩天岭上猎户的穷小子，每当月圆之夜，鲤鱼精就和穷小子在摩天岭上的神门洞幽会。为了不让天庭的神仙偷看他们幽会，鲤鱼精就祭起乌云挡住月光。此事终被天庭知晓，派天兵天将把穷小子变成神门洞上的一块石头，鲤鱼精也化为苦水溪的一块大石头。

梅花雪白坐在潭边的一块石头上，痴痴地看着潭水，她感觉潭水像鲤鱼精蓝汪汪的目光。她记起吴平安带队来春山考察"乡村道德银行"建设工作的那天午饭后，她和吴平安漫步鲤鱼潭边，她动情地讲诉了鲤鱼精和穷小子的爱情故事。当她的目光和吴平安碰在一起时，吴平安笨嘴笨舌地说："梅，我们恋爱吧！"她"扑哧"地笑说："你真是一个让人放心的超级大傻瓜。"

手机铃声打破鲤鱼潭的宁静，树枝上的几只青鸟被梅花雪白手机传出的叫声迷住了。梅花雪白见是陈斌的电话，她没有接听，也没有挂断。铃声接连响了好几遍，她才不情愿地摁下接听键，陈斌磁性十足的声音流出来：

"喂，你的电话太难打了。这段时间很忙吗？"

"忙！"

"你好像心情不太好哟！还在为网络炒作春山驻村工作队的事生闷气吗？"

"摊上这事谁的心情能好起来？"

"我给你讲啊，李姨交代的事儿，我碰破脑袋都会办妥摆平的。这么说吧！你可以高枕无忧地把那件事儿扔开了，我已经打通了方方面面的关系通道，相关方面表示会尽力帮助摆平你的事儿。"

"呵呵！我妈怎么感谢你哟！"

"把她的宝贝女儿嫁给我就对了嘛！"

"陈大秘书，我再次郑重地警告你，我们之间的交往就此结束，请你不要打扰我的生活。"

"呵呵！听你的口气，我是世界上最讨厌的人了。凭我的直觉，你心中有了喜欢的男人，不然你不会这样无情地拒绝另外一个异性的侵入。"

"呵呵！你懂得就好！"

"我的竞争对手是谁？"

"呵呵！这是我的隐私，我没有义务相告。"

"呵呵！我还是有竞争希望的。"

"最后忠告你哈，你胆敢以竞争者的姿态闯入我的领地，我会毫不留情地把你轰走，如果以普通朋友的关系交往，我不会讨厌你的。"

"呵呵！"

电话挂断了，梅花雪白站起来，两只青鸟失望地飞走了。

下午五点五十分，红江县委纪委、组织部、扶贫移民局、公安局联合在《秦巴麻辣社区》论坛上发布信息，详细公布了对春山驻村工作队与贫困户发生纠纷的事件经过及处理结果。信息表明：经四部门联合调查，春山驻村工作队长梅花雪白于8月9日带领相关人员调查核实贫困户何清水违规私自建房过程中，何清水及妻子李某、儿子何某及其亲戚王某、张某不听从工作队同志的解释，强行撕烂调查纪录，出手打伤驻村工作队同志，在抓扯中李某（女）手臂碰到桌子上致使软组织受伤。此事发生后，王某、张某枉顾事实真相，编发严重失事的《扶贫干部打伤贫困户》的帖子发到论坛上，引起社会各界的强烈关注，给春山驻村工作队的形象造成恶劣影响。为此，根据有关法律法规，公安机关已依法对参与打人和发布虚假信息的李某、何某、王某、唐某给予治安处罚。鉴于春山驻村工作队在这起事件中存在群众工作意识不强、群众诉求把握不准、调查处理不及时、工作方法简单等问题，县纪委、组织部已对驻村队员进行依规处理。对负有主要责任的春山村支部书记、驻村工作队队长梅花雪白，驻村工作队副队长、村主任李子木给通报批评。对于何清水以及全县享受易地扶贫搬迁政策的农户住房面临的实际问题，我们将本着实事求是的态度及时解决，确保贫困群众住上安全、舒心的好房子。

红江县四部门联合发布的这个公告，就像强力灭火剂熄灭了蔓延升腾的火焰，有关春山驻村工作队与贫困户发生纠纷的帖子如同一块废铁悄然沉入水底。

春山村党支部及时召开民主生活会，专题就如何做好新形势下群众工作进行了批评与自我批评。梅花雪白公开向党员及列席会议的群众代表作了深刻检讨，剖析了自身群众工作意识淡薄、群众工作经验缺乏、对贫困户存在的问题及诉求调查了解不及时等问题形成的原因。与会党员干部也对梅花雪白的问题进行面对面的批评，同时对春山脱贫攻坚工作中存在项目盲目赶工期，民房风貌搞得马屎皮面光等问题提出批评和建议。

唐贵田担心梅花雪白背思想包袱，会后他找到梅花雪白说："你不要怕挨上面的板子，也不要虚火群众无辜的漫骂，要相信春山这面天是塌不下来的，即使塌了，也有春山这个长汉顶着的，从哪里跌倒就从哪里爬起来，抹掉眼泪继续往前走。如果一点风浪就把春山的党员干部吓得战战兢兢的，那么，春山在脱贫攻坚的路上会吃败仗的。你是支部书记，要有信心，有定力，不能动摇松劲。有什么困难，就跟我说一说，我拼了这把老骨头也要为你们撑起。"

对于唐贵田说的，梅花雪白心存感激，想不通的事儿也被唐贵田的一席话化掉了。她从爷爷给她讲的故事中就知道唐贵田是春山响当当的人物，重庆来的那些知青在他的面前也是服服帖帖的。他有一句春山人都知道的口头禅："说一千，道一万，磨破嘴皮还不如脚踏实地加油干。"

唐贵田担心梅花雪白没有把他说的话记牢靠，重复了三遍之后才感觉把话说透了，当他走出门时，又回头说："我这人老糊涂了，说话啰唆，梅书记不要怄气哈。记住我说的话，对你们这些年轻人是有益无害的。"

"老唐书记，您不要客气，有空时间就到驻村工作队来坐一坐，点拨一下我们这些年轻人哈！"梅花雪白目送唐贵田的背影消失在麻柳树林，她不由感叹老支书这样高龄的老人，精神还这样矍铄，就像摩天岭上那棵三人才能合抱的不老松一样。

25

春山又下了一场雨之后，唐老坎望着远山的云雾说："春山的雨这回下透了。"

施工队趁着初晴的天气来到唐老坎家里。黄花原想把吊脚楼拆了，享受易地扶贫搬迁政策，搬到聚居点去。唐老坎不想去聚居点，他说吊脚楼是祖业，两人为此大吵一架，闹到梅花雪白那儿。梅花雪白来劝和时，坐在他家吊脚楼上，望着窗外的风景说："你们瞧瞧，那远山、云海，美如仙境，如果把吊脚楼上的这一层全改成客房，开一个乡村旅店绝对生意火爆。"黄花听梅花雪白这么一说，就不想去聚居点了。

根据施工协议，唐老坎的吊脚楼主要更换一批木柱、檩子、楼板和房瓦，改建厨房和茅厕，内外粉刷，所需资金实行政府补助三分之一，鼎盛集团捐赠三分之一，农户自筹三分之一。施工队进场施工后，唐老坎和黄花商量把多余的房子改成客房。

施工人员在木柱上挖好铆榫，准备换吊脚楼柱头，唐老坎问："掌墨师，要说吉利话吗？"

拿着电锯的年轻小伙子让唐老坎问懵了，反问："啥子吉利话，从来没有听说过。"

唐老坎吃惊地问："学的啥子手艺哟，你的师傅没有教你吗？立柱头、上房梁、上新门这些都要由掌墨师说吉利话的，主人家要给利市钱的哟！"

年轻小伙子沉下脸色说："那些都是老古董，现代匠人都是新工艺，没有那么多的规矩来讲究。"

唐老坎大声说："你们还是鲁班的弟子，这点规矩都不懂，不懂我来教你们。"

唐老坎绕着柱头唱：

太阳出来喜洋洋，

照见主人立柱头。

左边立的金鸡架，

右边立的凤凰楼。

金鸡架，凤凰楼，

子子孙孙出诸侯。

唐老坎唱罢，喊道："黄花，快拿利市钱。"

黄花拿着十二块钱出来，交给年轻小伙子说："主家打发十二元，图的利市月月红，工人师傅莫嫌少，金银财宝马上有。"

年轻小伙子捏着红包，开心地笑了，他觉得这两口子很搞笑的。

唐老坎拍拍柱头，说："良辰吉时，快立柱头吧！"

唐老坎看着工人师傅换好柱头，兴奋地说："小掌墨师，换房梁时通知一声，我要踩房梁。"

工人师傅换主房梁那天，唐老坎用旧木斗装上十二元硬币及糖果、花生等五谷杂粮，等工人师傅将主房梁搁上木架的时候，唐老坎脚踩房梁，向四方撒着木斗里的东西，扯开嗓子唱：

今日把梁上，大家来踩梁。

一踩子孙旺，二踩谷满仓。

三踩中金榜，四踩大吉昌。

火炮连天响，主家红四方。

唐老坎话音刚落，黄花就吩咐工人师傅点燃鞭炮，"噼里啪啦"的响声惊得老柳树上的喜鹊叫了起来。

历经十几天施工，唐老坎家的吊脚楼修葺一新，除自留一间卧室、阁楼及生活配套用房外，其余改为简易客房。唐老坎惬意地望着红柱、青瓦、白墙的吊脚楼，突然想起小时候见过玉河桥边幺店子的那面招牌旗，他觉得在吊脚楼的屋檐挂一面招牌旗子，一定会非常惹眼的。

唐老坎找到乡场的任裁缝，特地制作一面三角形的镶边招牌旗挂在屋檐下，旗子红底正中镶着黄色"春山幺店子"几个大字。招牌名是唐老坎绞尽脑汁才想出来的，他听爷爷讲过，以前不少背夫从苦水溪过二十八道拐，经唐家湾翻摩天岭，背着茶叶、火纸去陕西汉中换盐巴，这儿曾是米仓古道上的一条道，摩天岭下的唐家湾开过不少幺店子，以供过往的背夫住店歇脚。

黄花对唐老坎搞的这个招牌旗是反对的，认为有点招摇了。"春山幺店子"的招牌也把村民招来了，不少人开玩笑说，唐老坎的这个阵势搞得像孙二娘开黑店，只有摩天岭上的鬼才会跑来住。有村民追问唐老坎的店子何时才能开张营业，唐老坎不安地回答："等油漆味儿散了就开张。"吊脚楼木柱上的油漆味被风吹散了，唐老坎心里没有底了，他有点后悔不应该改装那几间客房，钱花得冤枉了。他想找梅花雪白支点招，又不好意思再麻烦她。

还未等唐老坎主动找上门，梅花雪白就为他家店子开张的事儿跑来了。梅花雪白把朝霞、远山、云雾、吊脚楼，以及吊脚楼室内设施拍成照片和视频，配上惹眼的文字，发布到微信群朋友圈以及论坛上。她的杰作迅速引起网友的一片惊叹。鲁敏抢先发来消息："春山幺店子"本周末的所有客房她全包了，她要带着一帮子同学来大饱眼福，同时也来看一看梅花雪白。

梅花雪白对黄花说："黄婶，本周末您家的客房全被远方的客人订下了，您要好好准备一下客人吃的东西，我建议店子开张就定在本周星期六。"

黄花惊讶不已，忙问："梅书记，你莫逗我开心哟，这人影子都没有见着，哪里会有客人来哟!"

梅花雪白晃了晃手机,笑说:"客人在这里面,全都搞定了。"

黄花哈哈大笑,她觉得梅花雪白真逗,一个铁家伙怎么会有这么神奇呢?她见梅花雪白的表情又不像逗她,便试探问:"我把吃的准备好了,你说的那些人不来怎么办?"

梅花雪白掏出五百元钱递给黄花说:"客人已把订金打到我的账户上了,我代客人支付订金。这下您该相信了吧!"

黄花捏着钱,脸笑得像早晨向阳的花儿。

唐老坎拿出历书查看了一会儿,抬起头说:"梅书记真会神算了,这周星期六就是开张大吉的黄道吉日!"

梅花雪白笑说:"我哪里会算哟,那是缺牙齿咬虱子,瞎碰上的。"

黄花从厨房端出一盘水煮花生叫梅花雪白品尝。梅花雪白尝了一颗花生说:"黄婶,我建议客餐不要搞大鱼大肉,就搞一些山里的野菜和地里长的时令蔬菜,比如这水煮花生之类的。茶水就喝本地的老阴茶,一切要自然环保,总之,城里人吃不了的,您这里有的,就上餐桌哈!"

黄花嚼了一颗花生,笑说:"这样不好吧。让城里的体面人吃山里这些粗茶淡饭,有失春山人待客的本分哟!"

梅花雪白说:"要城里人巴心巴肝地把钱送到你家里来花,您就得让他们感到只有这儿才能吃到城里没有的东西。城里能吃到他们想吃到的东西,就没有人跑这么远的路来这里。这就是经营之道。"

黄花叹了一口气说:"我一辈子就待在这穷山沟沟里,啥都不懂。经营店子的事真不晓得怎么办好,这事儿就拜托梅书记帮忙张罗一下哟!"

梅花雪白从包里拿出一部崭新的华为智能手机说:"黄婶,要把城里人喊到'春山岭幺店子'来耍,没有这个东西是搞不成的。您的老人手机是无法办成这些事的。这个新智能手机就作为开张的礼物送给您哈!"

黄花慌忙推辞说:"梅书记,这么贵重的东西我受用不起呀,我电话都接不伸展,玩这么高级的东西就像过了年的桃符——没用处哟!"

梅花雪白笑了笑,说:"不要怕,我来教你。玩久了也就会玩了。"

梅花雪白取出黄花的手机卡，装进新手机里，然后下载注册"春山幺店子"微信号，加入红江县乡村旅游网站链接，在网上申请了一个信息平台账号后，开始教黄花如何使用智能手机，操作微信及浏览平台信息。

黄花感觉梅花雪白教的这些东西如同神秘难解的天书，她要学会太难了，这比叫她把摩天岭推倒还要难。她拿着手机，像抓着一条毒蛇，手抖得如抽风。

黄花看见唐老坎还在翻黄历，慌忙把手机塞给唐老坎说："老家伙，那破黄历有啥好翻的嘛！你这样爱学习，就赶快来跟着梅书记学这新玩意儿。"

唐老坎的手也不由抖动起来，黄花塞到他手中的这个新玩意儿如同活蹦乱跳的小兔子，快要从手中跳出去了。黄花看见唐老坎的窘态，不由大笑起来。唐老坎尴尬地笑说："嘿嘿，这玩意儿真的不好摆弄哟！"

梅花雪白笑着宽慰："不用着急哈，用熟练就会了。现在城里擦皮鞋的人、卖菜的小商贩都是使用的智能手机，都注册了微信号，支付都是扫微信，如果用现金支付就显得土气了呢！"

"这东西瞅着不踏实，把钱捏在手里才是稳当的。"黄花盯着手机嘀咕。

"你真是山里的土包子，头发长见识短，不懂就不要开腔。"唐老坎摆弄着手机说。

"我土老帽，你洋盘，你先学会再教我。"黄花对唐老坎说。

"这手机一个光板板，按键都没有，咋摆弄呀？"唐老坎自语。

梅花雪白接过手机，边演示边讲解起来。

星期六那天，鲁敏邀约同学驾车来到春山，像一群闹山麻雀钻进山林采摘了不少菌子和野菜。黄花和唐老坎张罗了酸水豆腐、凉拌野菜、猪油炒菌子、焖烧鲜玉米、柴火锅巴饭等地道的绿色大餐，鲁敏和同学喝着蜂蜜包谷酒，不时把美味和饕餮吃相"晒"到微信圈，赢得了网友疯狂点赞。

鲁敏回城的时候加了黄花的微信，她说以后还会来这里。客人走后，唐老坎和黄花反复算了收入账，双休两天一共收入一千六百元，扣除成本纯收入八百块钱。唐老坎盯着账本上的数字，如同中了大奖，趁机在黄花的脸上亲了一口，黄花呵呵地笑说："老不正经的。"

黄花手机的短信提示音响起，红江县乡村旅游信息平台弹出询问"春山幺店

子"食宿情况的信息。黄花拨通信息上留的电话号码,一个陌生的声音响起:

"你是黄总吗?"

"我叫黄花!不是黄总。"

"哦,是春山幺店子嘛!"

"对头喽!"

"明天留两间客房,准备一桌春山的家常菜。"

"要得哈!"

黄花挂掉电话,不安地嘀咕: "糟啦!这个人叫啥子名字?我都搞忘记问啦!"

唐老坎嘿嘿一笑,说:"你真是瓜婆娘哟。回一个电话问一问嘛!"

黄花望着屋檐下随风而动的招牌旗,兀自笑了起来。

26

苏琪尔和钱洪刚喝完交杯酒,她们的爱情便瓜熟蒂落了,宾朋的祝福和掌声,喜酒和佳肴的味道在热闹的宴会厅弥漫着。

梅花雪白在人群中踮着脚抢拍婚礼精彩的镜头,这稍纵即逝的幸福瞬间她不想错过。前不久,苏琪尔告诉她将要和钱洪刚结婚的消息,她以为是玩笑话,她看到苏琪尔手机中的婚纱照才相信是真的。苏琪尔和钱洪刚相爱五年,其间痛苦地分过一次手,后来又神不知鬼不觉地走在一起。

舒缓、浪漫、温馨的婚礼乐曲浸泡在红葡萄酒的香味里。梅花雪白把拍摄的婚礼照片传给吴平安分享,两人便在微信上热聊:

"阿平,瞧瞧,苏琪尔多幸福!"

"宝贝,不要眼红哈,我们也会办一场幸福的婚礼。"

"想得美哟,我不会把自己这样急着嫁人的。"

"男人三十是一枝花,女人三十是豆腐渣哟!要把青春最后的尾巴抓住嘛!"

"急啥嘛,我暂时还不会贬值,还有金贵的保值期,如果你怕我变成豆腐渣,就赶紧娶一个想嫁的人吧。"

"非诚勿扰，非你不娶。"

"耐心等花开吧。"

"我的大公主，不要把我等疯了。"

"哈哈，瞧你猴急的样儿，等你把我娶到手以后，我就变成真的豆腐渣了。"

"我对天发誓，你永远都是我心中的鲜花。"

"花言巧语的。好啦！对你说一件正经事儿。"

"啥子喜事？"

"苏琪尔的婚礼突然让我有了一个想法，我想在春山搞一场'相亲鹊桥会'。"

"呵呵，我两相会吗？"

"臭美你啊！我想为村里那些大龄青年搭建一个交流平台，让他们在平台上能找到幸福的另一半。"

"哦，这是大好事，我举双手赞成，万分支持你。但是，我也给你泼点冷水，村里的小芳都削尖脑壳进城了，上哪儿去找这些稀缺的资源？从另外一个角度讲，脱贫考核也没有要求驻村工作队负责对婚姻困难对象当媒婆子的任务呀！"

"你支持就不要说那么多的废话。我调查过，村里婚姻困难户基本是五保户或建卡贫困户，有的因残疾，也有的因疾病，更有的因贫困拿不出彩礼钱而把年龄耗大了，这个群体在全县的每个村都不同程度存在，他们是脱贫攻坚工作中不应该忽视的现实问题，也是最难啃的硬骨头。如果用一个平台把这些信息实现共享，他们就会有更多的选择机会，找到抱团取暖的另一半，脱贫奔康的内生动力也就会更强劲。"

"我代表本群成员向你这个大红娘致敬！本群主马上在群里广而告之你的这个创意，并要求各驻村工作队的兄弟姐妹大力支持，及时把本村婚姻困难户的个人信息进行采集和汇总，争取'鹊桥会'那天组织一批人到春山来相会。"

"这就对头了嘛！赏你一个吻！开工干活吧！"

梅花雪白惬意地中断聊天，抬头望了望苏琪尔依偎在钱洪刚怀中的婚纱照，心想，结婚是幸福的，恋爱也是幸福的。

吴平安接到梅花雪白从"QQ"邮箱传的《春山鹊桥相亲会》筹备方案文

本，反复推敲之后，他建议应把主题改为《相约春山——"七夕鹊桥会"》，同时要请县、乡妇联的领导前来助阵，邀约媒体给予宣传造势，扩大影响力。梅花雪白采纳了吴平安的建议，她将修改完善的方案提交村"两委"及驻村工作队讨论。方案通过之后，便牵头紧锣密鼓地组织抓落实。

梅花雪白来到梅发佳的办公室时，梅发佳正惬意地喝了一口光雾山仙茶。他笑问："梅儿，今天啥子风把你吹来了？我猜你是无事不登门的。"

梅花雪白说："幺爸，春山要举办'七夕鹊桥会'，您不支持一下工作，这事就要泡汤了。"

"哦，这是好事嘛！叫我怎么支持？"梅发佳笑问。

"您懂的嘛！没有票子就寸步难行。"梅花雪白说。

"我来赞助，但要冠公司的名哟！"梅发佳说。

"幺爸，您太精明了。"梅花雪白笑了。

"梅儿，幺爸的企业也是要生存的，我们这是互惠合作嘛！"

相亲鹊桥会的经费来源问题有了着落，梅花雪白顿感这事离成功不远了。春山将举办"七夕鹊桥会"的消息犹如女人温情的手撩拨着春山光棍汉子的心，雄性荷尔蒙的气味游荡在大山的风中。秦发祥面对挂历上的美女，做了不少春梦。

黄花打电话叫娘家的侄女姚春萍一定报名参加"七夕鹊桥会"，不要错过这个机会。姚春萍的丈夫在山西煤窑挖煤得了矽肺病死去好几年了，至今仍带着一个八岁的娃儿独自过活。

七夕的那天早晨，喜鹊没有在老柳树上叫，唐老坎在屋后的山梁上转了几圈，连喜鹊的影子也没有找到。他望着远山想，这些春山上的灵物，可能去为牛郎和织女搭相会的鹊桥了。每年七夕这天，老柳树上的喜鹊都会不见踪影的。

春山像过节似的热闹起来，四面八方的村民扶老携幼往唐家湾康养休闲广场赶去。黄花一大早就拽着姚春萍赶过去了。唐老坎没有去看热闹，背着手像呆头呆脑的驴在院子里转了几圈之后，终于想起家里的春版应该换新版了。春山说春的人以前共用一个模板，唐老坎不想低三下四地借别人的，就一直坚持自刻自用。他刻春版都是从七夕这天开始，断断续续精雕细刻到小阳春前也就完成了。

唐老坎从阁楼上找出一块青杠木板，拿刨子抛光后，用半截铅笔开始勾线画图，那些或淡或浓的线条在他的眼里如同老柳树的枝条渐渐舒展起来。

阳光照在唐家湾康养休闲广场，靠近山墙的舞台上，一块喷绘背景板上《相约春山——"七夕鹊桥会"》的大字在阳光下闪着彩色的光芒。几幅"决战贫困，共筑乡村振兴康庄大道""今生有缘，共圆小康梦""为爱牵手，齐心协力摘'穷帽'""跟我走吧，幸福小家等着您"的标语和数面彩旗在风中飘动着，似乎在为这场爱情纵情歌舞。

一曲《千年等一回》的唢呐声在闹哄哄的广场上响起，人们的目光全聚到吹着唢呐缓步走向舞台的秦发祥身上。婉转的曲儿听得姚春萍血脉奔涌，勾魂的音符把她引入了幻如仙境的幽秘之地。

吴平安和梅花雪白踩着唢呐声走上舞台。吴平安富有弹性的腔调随即响起："先生们，女士们，相约春山——'七夕鹊桥会'的序幕曲是我县著名的唢呐演奏家、我市山歌非遗文化传承人秦发祥先生助兴的，感谢他的精彩表演。"

广场响起的掌声让秦发祥血液沸腾，他自信的目光扫了扫黑压压的人群，缓步退下舞台，心想这个露脸出彩的机会或许会让自己交上桃花运的。

梅花雪白隆重介绍了出席活动的县财政局、县妇联、县爱心志愿者协会、玉河乡、秦巴水泥集团、重庆鼎盛集团等领导和嘉宾。吴平安介绍共有二十二个乡镇五十四个贫困村组队参加今天的鹊桥会，有二百三十人报名参加，其中女性四十六名，男性一百八十四人，年龄最小的三十六岁，年龄最大的六十岁。另外，红江县爱心协会有二十名志愿者为这次活动给予服务支持。秦巴水泥集团、重庆鼎盛集团为这次活动开展全力赞助支持。

来自县级部门、玉河乡的领导嘉宾依次讲话，肯定了春山举办这个鹊桥会的重大现实意义，对这个大胆的创意给予积极评价。秦发祥没有心情听那些重复而空洞的讲话，刚才吴平安通报的报名人数已经让他忐忑不安，他无法想象四十六朵花儿被一百八十四双大手疯狂争抢的场面是何等的混乱，何等的惨烈，无形的竞争压力把他刚才升腾的自信压碎了。

嘉宾讲话结束，吴平安和梅花雪白说："天上的牛郎织女鹊桥会，世间的有缘人春山来相会。"

"春山相亲会一是不搞电视相亲节目中吸引眼球的炒作套路，而是实实在在搭建一个互动的交流平台。二是倡导文明乡风。凡是参加今天相亲会的，都书面承诺，坚决放弃婚礼收彩礼的陋习。三是充分尊重大家的隐私权。尽量创造一个私下交流的空间，让各位成功牵手。"

"广场左右两边展板上有二百三十名相亲者的个人情况及求偶基本标准。等一会儿揭开幕布的时候，各位就可以一睹为快，如果有中意的人，就到舞台前搭的同心台上大胆说出自己的心愿，我们将及时协助你向中意的人表白。另外，我们还建了'相约春山'的微信公众号，每块展板上都有二维码，扫码加入后也可以在网上自由交流表白。"

展板上的红布缓缓掀开，就像揭开新娘的红盖头。蜂拥的人群如同马蜂包裹住了展板。黄花拽着姚春萍在人缝中钻来钻去，姚春萍看到秦发祥的照片豁然出现在展板上，她挤过去一看，只见照片下面写着：秦发祥，男，现年四十六岁，单身，未婚。求偶标准：不计较女方有无婚史或负担，只要勤快持家，愿一起过日子即可。黄花见姚春萍的目光粘在秦发祥的照片上，她觉得秦发祥不是她心目中要为姚春萍所挑选的对象，便拽了一下姚春萍，说："你快走，好的还在前面呢！再上前面去瞧一瞧，多挑几个比较一下，这样才会瓜中选瓜。"

姚春萍没有动，目光还粘在秦发祥的照片上。黄花用力拽了几下，姚春萍依然没有动，脚下如同生了根。黄花叹了一口气，心想姚春萍的魂儿让秦发祥勾去了，她笑了笑说："快走吧！我带你去找秦发祥，不然他就叫别人挑走了哟！"姚春萍慌忙收回目光，红着脸随黄花在人群中急速游走。

黄花发现秦发祥时，他正踮着脚往人缝中挤。黄花一把抓住秦发祥问："有相中的没有？"

秦发祥不好意思地摇摇脑袋，目光落在姚春萍的身上。

黄花指了指姚春萍，对秦发祥说："这是我娘家的侄女，我瞧你们就像何家姑娘嫁郑家——正合适（郑何氏）。"

秦发祥忙回应："是——那是——"

姚春萍见秦发祥的样子，"扑哧"地笑出了声，脸色瞬间红透了。

姚春萍、秦发祥紧随黄花来到同心台，当黄花得知登记相中姚春萍的男子已有二十八人时，她"咯咯"地笑了，秦发祥却被这个让人崩溃的数字吓傻了。

姚春萍随爱心协会的志愿者进入搭建的面谈间和相中她的男子逐一见面。秦发祥坐卧难安地等候着，他无法预料这场竞争的胜局，更不敢去想失败的痛苦惨状。

志愿者把秦发祥领进面谈间，主持面谈的志愿者问他话时，他的嘴巴像被塞进一块烫嘴的洋芋，汗水不停从额头冒出来，他不知自己嘴里嘀咕的啥话了，房子里的人被他的窘态逗笑了。志愿者叫他和姚春萍在一张红色的心形卡片上分别签上选中对象的名字时，他的手抖得像风中的芭茅草，笔迹如同蚯蚓在沙子里蠕动。姚春萍把自己的名字填在了秦发祥的那张心形卡片上。志愿者叫秦发祥牵着姚春萍的手走向舞台，秦发祥的脚步好像踩在了棉花上。

吴平安接过工作人员递过来的心形卡片说："乡亲们，又一对牛郎和织女成功牵手，这是今天成功牵手的第三十对，他们就是春山村的秦发祥和龙滩乡草坝村的姚春萍，恭喜二位！"

梅花雪白举着话筒笑问："乡亲们，想不想听姚春萍女士谈点成功牵手的体会呀！"

广场旋即响起"嘟个不想哟！"的欢叫声。

姚春萍慌乱地说："他的手劲很大，把我的手都捏疼了。"

秦发祥赶紧松开手，脸红得像发情的公鸡。

姚春萍的话逗笑了全场的人，梅花雪白笑着解释说："我问的是你看中秦发祥的啥子哟！"

姚春萍不好意思地答："他吹的曲儿！"

梅花雪白紧追一句："你只看上他的曲儿，没有相中人？"

姚春萍忙说："曲儿和人。"

又有一对男女成功牵手走上舞台，吴平安笑着对秦发祥说："赶紧牵着你的美人回家吧！"

太阳还未爬到摩天岭上空的时候，四十六对男女成功牵手，春山就占了二十四对。这个结果让梅花雪白始料不及，也让前来采访的记者如获至宝，揪住梅花雪白刨根问底挖线索，梅花雪白说："这个相亲会之所以能成功举办，只因需求太大。以后，我们将会针对不同年龄结构和不同群体开展类似的相亲活动，让更多婚姻困难的单身汉通过平台找到幸福的另一半。"

李君兰从《秦巴都市报》看到春山村成功举办相亲会的报道，她打电话对梅花雪白说："你这个大红娘也要为自己的婚事考虑一下哟！"

梅花雪白说："缘到自然成。"

李君兰对梅花雪白的话很不满意，搁下电话抱怨："死女娃子，不知啥时候才让人不操心哟！"

第五章 清明

27

摩天岭、老柳树、吊脚楼、蜿蜒的公路、层层梯田、聚居点的新房子在社火娃儿的画纸上渐显轮廓，唐老坎站在社火儿娃儿身后瞧了一会儿，背着手穿过长田坎，对正在割猪草的黄花说："社火娃儿画得有板有眼的，晚上煮一点肉给他打牙祭！"

黄花抹了一把汗水说："要得，顺便把秦发祥喊过来一起吃。"

唐老坎将地里的猪草收拢装进背篓，背起背篓往屋里走。黄花跟在他身后说："明天又有几个客人要来住店，还得准备准备。圈里的两头肥猪可以出栏了，母猪挺着大肚子肯吃多了。真有点忙不过来了。"

唐老坎说："拿钱请一个人帮忙，不能苦累了自己嘛！"

黄花说："我也是这样想的。"

太阳从尖山滑下去的时候，摩天岭上的霞光消退了，社火娃儿背着画夹回到吊脚楼。他家的吊脚楼紧挨着唐老坎的房子，村里进行危旧房改造时，一并对他家的吊脚楼进行改造。

社火娃儿坐在堂屋的一张破椅子上，空荡荡的屋子塞满了暗淡的灯光。

唐老坎叫了几声社火娃儿，见没有反应，推门看见社火娃儿在椅子上睡着了，就叫醒他吃晚饭了。

唐老坎和秦发祥喝酒摆龙门阵，社火娃儿嚼着一块肥腊肉，嘴角溢出了油水。

黄花见秦发祥喝得高兴，便问："你和姚春萍的事儿谈得怎样啦？"

秦发祥说："她对我莫得啥意见，也同意领结婚证。我究竟是到她那里去，还是她来我这里？这事还搁在心里很纠结。"

黄花说："叫姚春萍到春山来吧！我这儿正缺一个人手，想请她过来帮忙，同时也能帮你照顾家，大家搭伙求财嘛！"

秦发祥笑了起来："这是好事哟！我揣摩她一定会来的。"

唐老坎喝了一口酒说："社火娃儿在县特殊学校读书，他家的房子空着没人住，我想把他的空房子盘算过来，再增加几间客房。"

黄花接过话茬："主意很好，这事还得社火娃儿同意，同时要请村上的干部见证一下，不能让社火娃儿吃亏，不然村里人会嚼舌的。"

唐老坎望着社火娃儿说："孙娃子，你在外面读书，房子空着很可惜，你大爷爷每年拿三千元把你的房子租了，生意好的话可以再涨点租金。这些钱留着为你找干妹儿（对象）哈！"

社火娃儿"嘿嘿"地笑了笑说："大爷，再涨点租金嘛！"

秦发祥放下酒杯笑说："社火娃儿也学得鬼精了，晓得涨价了哟！"

黄花扭头问社火娃儿："涨多少呢？"

社火娃儿眨了眨眼睛，数了数指头说："十块！"

唐老坎瞪大眼睛问："啥？"

社火娃儿伸出双手说："一百块。"

唐老坎不解地望着社火娃儿："你在开玩笑吗？"

社火娃儿晃动了双手说："一千块。"

社火娃儿的话把唐老坎、黄花、秦发祥都弄迷惑了。

黄花追问："到底是十块，一百块，还是一千块？"

社火娃儿也犯糊涂了，重新数了数手指头说："最大的那个数。"

唐老坎见此说："唉，你娃儿画画长进很大的嘛！这数学怎么老不开窍哟！"

秦发祥笑说："你以为社火娃儿笨啦！他知道那个最大的数钱要多一些。"

唐老坎说："就给你加那个最大数的钱。"

黄花说："社火娃儿，放假回来就在大婆婆家吃住哈，大婆婆的家也是你的家嘛！"

社火娃儿"嘿嘿"一笑："如果这样，租金少收最大数。"

唐老坎大笑："算啦！大爷爷也算不清你那个少收最大数是多少。我不能欺负小字辈儿，租金就按你说的最大数涨。"

秦发祥迈着醉步回到家，拨通姚春萍的手机，告诉黄花想请她帮忙，吃住除外，每月一千二百块钱的工资，如果效益好还可涨点的消息。姚春萍正为娃儿上学找不到学费而犯愁，想向秦发祥借钱又不好意思开口，没想到好事竟然送上门，她就爽快地答应了。秦发祥躺在床上暧昧地望着挂历上搔首弄姿、丰乳肥臀的女人，女人的身子在他的眼中不断膨胀，最后变成了赤身裸体的姚春萍。

姚春萍来到黄花家里帮忙，秦发祥亢奋不已，他觉得姚春萍就像一朵香味十足的花儿，春山的空气全变成她的味儿了，这个味儿折腾得他头昏脑涨、腿脚发软。同时，他也闻到一股危险的气息在姚春萍的周围潜伏着。就在昨天下午，他发现光棍何定宝躲在荒地的草丛偷看姚春萍割猪草，那神态就像一匹饥肠辘辘的老狼窥视着猎物。那个场景让他心惊肉跳，他知道何定宝在"七夕鹊桥会"也是相中姚春萍的。等姚春萍背着猪草走了以后，他堵住何定宝，警告说："姚春萍是我的婆娘，不得对她无礼。"何定宝气势汹汹地揪住他的衣领说："老子蹲过牢房，从不虚火你这个龟儿子？你那破曲儿凭啥就勾走了姚春萍的魂儿。你格老子不要神气，你没有领结婚证之前，姚春萍就不是你的女人，我把她睡了，她就会变成我的女人了！"

愤怒如同火山从秦发祥心底冲出来，他咆哮着一记重拳砸在何定宝的脸上，何定宝的拳头随即回击到他身上，他俩在荒地扭打在一起，犹如春山上的两只公猴在进行一场猴王宝座争夺战。一群受惊的野鸡惊叫着逃走，茂盛的野草被压倒、揉乱、扯碎，泥浆飞溅。何定宝想凭借蛮力压住他，可是秦发祥就像疯子一样死死揪住他裤裆里的家伙，他的拳头似棉花在空中乱舞了几下，叫骂声变成了嚎叫声，继而变成求饶声：兄——弟，大——哥，我——错了，快——松——手，不然——我的家伙——就——报废——了，老弟——以后——再也不敢想

——姚春萍，她——是——你的——婆娘——唉哟——哟……

秦发祥松开手，摇摇晃晃从地上站起来，傻看着何定宝捂住裤裆在地上像驴打滚。撕烂的衣服似破烂的屎尿布片儿，血水和泥浆如油彩涂抹在何定宝的脸上。何定宝的叫声慢慢变成呻吟，好一会才从泥地坐起来，瞪着公牛发怒似的眼睛。

秦发祥指着何定宝吼："咋啦！你不服是不是？老子还可以陪你在这荒山野岭打三天三夜不得歇气。你娃儿狗胆不小，也敢打老子婆娘的歪主意，你不服，老子就废掉你裤裆的家伙，让你见了女人就像骟掉的公牛，只能干号！"

何定宝回击的腔调软了许多："秦吹吹，算你这个狗杂种狠毒，暗中使阴招，不然老子锤扁你娃儿。你神气啥呢？姚春萍那个黄脸婆主动投怀送抱，老子也没有胃口尝一下。"

秦发祥看见平日威风八面的何定宝此时变成这副熊样，得意地说："你娃儿晚上不想一个人抱着枕头睡，就光明正大地干正经事儿，让女人的魂儿跟你走，不要贼娃子似的干偷鸡摸狗的事儿。"

何定宝望着远山，就像斗败的猴王坐在地上。秦发祥看见何定宝的样子，心头的火气软下来，便问："你扫'相约春山'的二维码没有？如果扫了，就主动在网上聊嘛，凭你娃儿夸夸其谈的本事，很快就会聊一个婆娘回屋的。"

何定宝喘着气，一脸无奈，心头的火焰消退了，说："我没有扫二维码。我不会摆弄那些新玩意儿。"

秦发祥从草丛中找到自己的手机，说："我这里有二维码，你扫不扫嘛！"

何定宝从地上捡起手机，抹了抹手机上的泥巴，不好意思地递给秦发祥，说："兄弟伙，帮忙操弄一下，这玩意儿我真搞不懂。"

秦发祥接过何定宝的手机说："叫你努力读书，你要去爬桐子树，遇上这玩意儿就傻了。"

何定宝干笑几声，看秦发祥扫二维码加微信群。当他见到秦发祥帮他取的"春山公猴"这个网名时，忍不住笑起来："秦吹吹，老子看你现在像春山的一只泥猴了。"

秦发祥教何定宝学会微信聊天之后，把手机还给何定宝说："这群里的美女多哦，就看你的本事了。"

何定宝笑着一巴掌拍在秦发祥的肩头说："老弟，我们不打不相识，今后在春山这面山上，谁欺负你，跟哥子说一声，我帮你摆平。"

何定宝走了，秦发祥还傻站在荒草中，他感觉何定宝那一巴掌把他肩膀的骨头都拍碎了。

秦发祥躺在床上，他和何定宝在火地坡打斗的场景如同电影的片断在脑子里回放，他想不到自己从哪儿来的胆量敢与何定宝干一场，何定宝是春山出名的"不敢惹"。当何定宝把他死死按在地上的时候，他心想这次要被何定宝打得惨兮兮的，谁知他无意间抓住了何定宝的命门，就像抓住了一根救命稻草，由此反败为胜。他也付出了不少的代价，右眼被打成熊猫眼，脑壳揍了几个大青包，衣服裤子扯烂了。他想，何定宝裆里的东西可能现在肿得像茄子了。想到这儿，他忍不住笑起来，又"唉哟"一声不敢笑了，右眼疼得有点厉害，不由嘀咕一句："狗日的何定宝，下手也够狠毒的。"

晨鸟的叫声清脆而悠长，阳光从房屋的几匹玻璃亮瓦斜射下来，形成了几道倾斜的光柱，屋子变得透亮多了。秦发祥望着慢慢移动的光柱，无数细小的浮尘在光柱中飞舞。姚春萍的影子又在他的眼前晃动起来，他觉得摩天岭的阳光把姚春萍身上的味儿送到他的鼻孔里。自从那天牵了姚春萍的手以后，他臆想的神经变得愈加敏感和脆弱，就像火星掉进汽油桶里。只要看见姚春萍的影子或想起她的时候，他就控制不住自己强烈的臆想。他想把臆想变为现实，却没有找到实践的机会。

28

黄花张罗了一桌子晚饭，请梅花雪白、苏琪尔、严浩、李子木、秦发祥、唐克明等一起吃顿饭，一是感谢驻村工作队一直以来对社火娃儿的照顾和关心；二是见证她家与社火娃儿正式签订租房合同，租金按年度支付，由唐老坎帮社火娃儿存入银行，以作为社火娃儿以后生活或创业的储备金；三是"春山岭幺店子"开张以来，生意红火，她还没有请客感谢大家的帮衬。

秦发祥喝了不少酒，姚春萍担心他在回家的路上出了闪失，就打着手电筒陪他回家。她前不久看到秦发祥右眼的伤痕时，便问他是如何受伤了，秦发祥谎称是在家喝酒摔伤的。

摩天岭恢复了宁静。秦发祥抱着姚春萍，身体空灵得像一片被风托起的羽毛，凝结心中这么多年的臆想、痛苦、忧伤全部化为生命的精血钻进了姚春萍的身体里，他的魂儿和姚春萍融为一体了。

"春萍，嫁给我吧！"

"嗯！"

"等我把聚居点的房子装好了，我们就结婚！"

"嗯！"

"你把户口也迁到春山来，我们同心建自己的小家。"

"要得嘛！一切都听你的安排。"

"从今以后，大事儿我们共同商量，你主内，我主外，钱由你保管。"

"我以为你只会吹曲儿，没想到你还精明着呢！"

"嘿嘿！"

"春萍！"

"嗯！"

"老秦！"

"嗯！"

屋内寂静无声，秦发祥的手又在姚春萍似火的身上不安分了。

梅花雪白把社火娃儿送到县特殊教育学校。临走时社火娃儿"哇"地一声哭了，梅花雪白转身劝说："弟娃儿，你是男子汉哟，动辄哭鼻子就不勇敢了。要听老师和管理员的话，如果你不遵守校纪，姐姐心里会难受的。听话啊！姐姐会经常来看你的。"

社火娃儿"嗯"了一声，哭声变成抽泣。

梅花雪白开车驶离校园，社火娃儿隔着操场的围栏追了很远，直到车子从他眼里消失的那一刻，他扑到栏杆上大哭，班主任李老师劝导很久，他才回到教室。

梅花雪白赶到县住建局递交马桑坪聚居点安居房项目验收申请报告，又马不停蹄赶到扶贫移民局、水务局、民政局、环保局把集中安全饮水、低保户动态调整等资料报送之后，才放心的长出一口气，一看时间已到下午下班时间，便开车绕滨江大道回到家里。

梅花雪白突然出现在门口，端着饭碗的李君兰既吃惊又欣喜，忙说："梅儿，回家提前说一下，我煮点好吃的嘛！晚饭就只有随变吃点了。"

梅花雪白叫了一声"老妈""婆婆""爷爷"，进屋仰面倒在沙发上，说："哟，好累哦，骨头都快散架了。还是家里安逸。"

李君兰放下碗筷说："你先躺一会儿，我再炒两个菜。"

熊俊兰说："梅梅回来，应该加炒几个菜。我来帮忙。"

梅花雪白从沙发上弹起来，走进厨房说："婆婆，老妈，不用炒了，菜够多的了，吃完不浪费。"

李君兰看了看桌子上的菜，又把从冰箱拿出的菜放进去了，回到桌子上继续吃饭。

梅花雪白舀起一碗饭问："老爸又没有回家嘛？"

熊俊兰说："你爸呀！听说他帮扶的贫困户干活摔伤了，中午饭都没顾上吃就赶过去了。也不知道伤得如何？"

"摔骨折了。"李君兰说了一句，盯了盯梅花雪白的脸，惊叫起来："梅儿，你自己照一下镜子，看一看你的脸面。我给你说过多少遍了，白天忙事，晚上抽点时间用面膜保养一下嘛！自己的脸蛋要学会自己疼爱。"

梅花雪白笑了，说："黑是黑，健康色嘛！国外的那些洋妞还经常进行日光浴呢！"

李君兰不满起来："别人晒的是光屁股，没有把脸蛋拿来暴晒嘛！你把我的好心当驴肝肺了。"

熊俊兰说："你们俩命相克哟！不在一起常念叨，见了面就打嘴巴仗，一个离不得，一个又见不得，真是前世的小冤家。"

梅花雪白为熊俊兰夹了一筷子菜说："婆婆，我和老妈的关系是和谐的哟，饭桌子上吵了嘴，饭桌下又和谐了嘛!"

熊俊兰笑说:"你呀，早点嫁了婆家，你们俩的嘴巴仗就打不起来喽。"

李君兰重重地搁下饭碗，鼻子"哼"了一声，说:"妈，你不晓得么，有的人狗屁本事没有的，心比天还高，命比草贱，陈斌那样的小伙子她都没有看上眼，还想早点嫁人。提起这事，我的火气就窜到喉管了。"

梅花雪白大声说:"老妈，您唠叨的毛病又犯了，我说了很多遍了，我不喜欢陈斌，我的婚姻我自己做主。我穿的鞋子合不合脚，我自己清楚。如果我这辈子不嫁陈斌，您就认为我不幸福吗? 少操那么多的心嘛! 我又不是幼儿园的小朋友。"

"好! 好! 你的翅膀硬了，本事能上天了，用不着我这个唠叨婆子了，你的那些大道理我扯不赢，说不过，总躲得过吧!"李君兰气呼呼地站起来，钻进卧室，"哐"的一声关上门。

熊俊兰叹了一口气，说:"你们俩的个性好搭伙，说晴就晴，说下雨立马就电闪雷鸣的。"

梅花雪白呆坐了一会儿，默默起身收拾碗筷，进厨房边洗碗边想。真没想到自己又和老妈吵闹起来，前几次回家吃饭，老妈在饭桌上含沙射影的提起陈斌的事，自己听了火气直冒，忍不住针尖对麦芒地吵闹起来。自己多次解释过为什么不喜欢陈斌，老妈总是不长记性，老爱唠叨。只要老妈一开始唠叨，自己就像孙悟空被唐僧念紧箍咒一样的难受。上次回来，自己本想把吴平安的事儿透露一下，瞅一个机会把他带到家里来看看，可是，老妈还忘不了陈斌的好。

梅花雪白拖完厨房的地板，暗想，吴平安的事儿目前还不好向家里人透露消息，等老妈忘了陈斌再说也不迟。

梅花雪白看见李君兰的茶杯放在茶几上，她抓起杯子，泡了一杯茉莉花茶，轻手轻脚地拧开卧室的门，只见李君兰坐在床上玩手机，她小声说:"老妈，请喝茶哈! 消消气哈!"

李君兰心头怔了一下，低头玩手机，没有理睬梅花雪白。

梅花雪白退出房间，轻轻关上门，转身朝熊俊兰扮了一个鬼脸，熊俊兰的心舒坦了，她知道李君兰一会儿就会出来看都市情感方面的电视连续剧了，她知趣地把频道调到李君兰喜欢的那个频道，而且调高了两档音量。她想李君兰是能够听到电视剧节目播出前的让人反胃的广告了。她怀疑李君兰中了现代都市情感电视剧的毒了，挑女婿的眼光越来越挑剔了。

梅花雪白陪着熊俊兰摆了一会儿龙门阵，便溜进自己的卧室，和吴平安在微信上聊起来。

"亲，忙啥呢？"

"唉，还在文山报表里苦苦挣扎！"

"少熬夜哟！熬成熊猫眼睛不好看哈！"

"不熬夜没有办法，今天下午就接了八个通知，要求明天上班前必须报材料，不报就要挨通报批评，真恼火！这么要紧的事儿，你还不晓得？不知道为啥这么多表，驻村工作队搞这些材料都忙不过来，哪里还有精力干具体的事哟！"

"少发牢骚，认真干活。"

"要报啥材料？"

"上报产业发展实施进度、外出务工人员家庭情况、农技培训入院户实施情况、项目工程推进情况、督查问题整改落实情况和矛盾纠纷排查表，等等。"

"亲，你先忙。我问一下春山的情况！"

梅花雪白打电话问苏琪尔上报材料的事，苏琪尔说："我正想打电话向你请示，下午我们接了八个上报材料的通知，我和严浩商量，你难得回趟家，就没有惊动你，我们已经完成得差不多了，谁知，刚才接到县上紧急通知，春山被推荐为全市乡风文明先进单位，要求明天上班前上报二千字的先进事迹材料。搞简单的材料我和严浩尚能勉强应付，这么重要的材料就只有你这个大才女妙笔生花了。"

梅花雪白叫苏琪尔把推荐先进的通知传到她的"QQ"邮箱，她顾不上和吴平安聊了，打开笔记本电脑开始撰写材料。时间过去了一个多小时，她还未能把文章的开头写好，一种江郎才尽，文思枯竭的痛苦折腾得她时而在屋子里转圈，不时躺倒床上又爬起来，跑进卫生间蹲在马桶上，什么也拉不出来，就像患了严重的便秘。她站在窗前，望着城市的灯火，心情烦闷难安，她想推开窗子，对着喧嚣的城市大声喊叫。在春山，她遇上心情不好的时候，只要对着茫茫大山"哦嗬哦嗬"地喊几嗓子，心中的一切不快就会烟消云散。面对城市的烟火，她不敢放肆地喊叫，害怕把飘浮的浮尘点燃了。

房门轻轻开了，一股咖啡的香味飘进来，李君兰将杯子放到梅花雪白的桌子上，轻声说："少熬夜哈！"

梅花雪白扭头望着李君兰，"嗯"了一声，叫了一声"老妈！"

李君兰轻轻退出去，随手关上房门，梅花雪白端起咖啡喝了一口，脑子里那些晃动的枯燥文字瞬间变得温润灵动起来，一股强劲的文思似从沙漠里突然冒出来的清泉，她的手指在键盘上跳起了优美的舞姿，一个个鲜活的文字从屏幕上弹跳出来。

梅花雪白把材料写到一半时，吴平安发来信息："亲，睡着了吗？"

梅花雪白："我变成了夜猫子，正在加班赶上报的材料。"

吴平安："重大好消息，有中央媒体发文痛批一些地方把脱贫攻坚的精力用在搞数字报表、材料汇报、工作动辄留轨迹、督查考核方面去了，以致贫困户抱怨照相多、签字多，驻村干部被数不清的会议和软件资料耗费太多精力的问题。从这篇文章透露的信息可以看出，曙光就在眼前。"

梅花雪白："呵呵！你的敏锐性蛮强的。"

吴平安："亲，专心加班，不打扰你了！"

梅花雪白："亲，吻你，晚安！"

梅花雪白在电脑上打出最后一个字的时候，已是子夜一点四十八分，她困得连电脑也不关，倒在床上睡着了。

29

春山的夜曲在半夜里停歇了，梅花雪白被一阵急促的电话铃声惊醒，她抓起电话一看，见是社火娃儿的班主任李老师打来的，顿时睡意全无，惊得坐起来。李老师焦急地说："唐光宗同学不见了，学校正在组织师生到处寻找。"

梅花雪白惊问："为啥子哟，咋回事嘛！"

李老师告诉梅花雪白，昨天，唐光宗和班里的同学在争抢篮球过程中互相打起来，老师让他当着全班同学的面作了检讨。子夜一点宿舍管理员巡夜时发现他就不见了。

梅花雪白不安地问："这深更半夜的，他会跑到哪儿去呢？"

李老师说："我们在校园内外找了好几遍都没有发现他的影子。我听同学讲，唐光宗抱怨特殊教育学校不好耍，他要回春山。我分析，他可能赌气回春山。"

梅花雪白说："李老师，我马上开车从春山出发，沿路往学校方向寻找。有什么情况，大家随时联系哈！"

梅花雪白穿衣起床，叫醒隔壁的苏琪尔，开车往县城方向而去。雾气包裹住了车子，能见度低得让人无法看清前面的路。汽车似胆怯不安的虫子在路上蠕动着。苏琪尔坐在副驾驶的位置上，紧盯路面，不时提醒梅花雪白："慢点，再慢点。你不要打瞌睡，千万打不得马虎眼儿哟！"

车子驶上国道之后，浓雾消散了许多，能见度好起来，梅花雪白松了一口气，苏琪尔如释重负地说："刚才那一段路吓死我了。"

梅花雪白打开窗子透了一口气说："我心口子还在咚咚地跳哟。"

苏琪尔盯着路边说："抓住社火娃儿，要狠狠地训他一顿，太不像话了嘛！害得这么多人深更半夜的到处找他。"

梅花雪白叹了一口，说："确实有点不像话！"

苏琪尔大声说："你现在有点后悔了吧！我以前劝过你，不要把社娃儿整到啥子特殊学校去，他在学校里纯粹浪费教育资源。即使找几个博士手把手地教，他也学不出啥成果出来。像他这样的人，只有依靠国家政策兜底，靠低保解决温保，享受医疗政策保健康，其他真的没有招数了。"

梅花雪白说："社火娃儿有画画的天赋，特殊学校的美术教师很不错。他应当有尊严地去追求自己的梦想。我们不要轻言放弃。"

苏琪尔说："社火娃儿的心也太脆弱了，老师让做检讨就想不通了，如果不把他这个臭毛病医治掉，以后还会因其他事儿闹情绪，说跑就跑，要把你找惨的。"

梅花雪白说："社火娃儿想回春山，就把他带回去冷静一下。等他想通了再送学校。"

梅花雪白这样说，苏琪尔也不好再说什么。从内心讲，她觉得想要在社火娃儿身上见证奇迹真是比登天还难。

苏琪尔发现前方的路边好像蹲着一个人，她叫梅花雪白慢慢把车靠近路边。她下车一看，一个蓬头垢面，浑身散发恶臭的男疯子朝她嘿嘿大笑，她惊叫着钻进车子。

"妈哟！吓死我了，一个流浪的疯子。"苏琪尔惊魂未定。

车子刚上清河大桥，苏琪尔就看见社火娃儿扶着桥栏杆慢慢往前走。梅花雪白和苏琪尔从车子钻出来，吓得社火娃儿撒腿就跑，苏琪尔边追边吼："社火娃儿，站住，你跑啥子。"

社火娃儿像逃命的兔子越跑越快，眼看就要跑过桥头，梅花雪白大喊："弟娃儿，跟着姐回春山。"

梅花雪白的喊声似"定根法"定住了社火娃儿，他站在桥头不动了。

梅花雪白和苏琪尔跑到社火娃儿面前，只见社火娃儿泪流满面，说："我要回春山。"

梅花雪白说："弟娃儿，不哭了啊，姐姐专门来接你回春山哈！"

苏琪尔说："男娃儿动不动就哭鼻子，羞不羞嘛，快上车吧！"

梅花雪白给李老师发了一条短信，告诉已经找到社火娃儿，并准备把他带回春山，特请几天假。李老师回复同意。梅花雪白开车回到春山时，远山与天际之间已微微露出一丝鱼肚白。

社火娃儿在春山待了一天之后，梅花雪白就给社火娃儿布置一道作业，叫他三天之内必须完成一幅以春山为背景的山水画。社火娃儿便背着画夹，一头扎进春山里。

社火娃儿把完成的作业交到梅花雪白的手中，梅花雪白惊喜地说："哇，弟娃儿，你这段时间在学校大有长进嘛，比在春山这儿进步多了，你看这山画得多美，水画得多柔。如果把这幅画拿去参加比赛，肯定会获大奖的！"

社火娃儿羞怯地笑了笑，结结巴巴地说："我想回学校上课了。"

梅花雪白不露声色地说："好，我送你回学校。"

梅花雪白把社火娃儿送回学校，又赶回来主持马桑坡的聚居点交房仪式。马桑坡聚居点位于摩天岭下，野水溪从坡前绕过，溪水的对面是邻江县的巴岩村地界。聚居点集中安置了三社的二十户村民，其中贫困户八户。

秦发祥从梅花雪白手里接过新房钥匙的那一刻，顿觉被幸福砸中的感觉，泪水差点从眼眶流出。前天，他和姚春萍到乡上办了结婚证后，又风风火火赶来看新房子，还在路口小花园拿自拍杆和姚春萍照了一张合影照。

秦发祥回到摩天岭的瓦房里，他把新房钥匙交给姚春萍，幸福的激情又把他的骨头烧热了，抱起姚春萍一番云雨之后，便躺在床上商量新房该添置哪些新家具。

姚春萍的意见是老屋的旧家具能用的就用，确实需要的，添补一下。秦发祥觉得新房子就得添新东西，而且婚房不能搞得太寒酸，让人笑话丢脸。姚春萍算了一笔账，她说，仅添置沙发、彩电、冰箱、床等这些新家具就得接近一万元，如果把旧家具修补刷新一下，拆旧房的木料打成家具，五千元都用不了。家里现在没有余钱剩米，想操面子兜里又没有钱，"穷操"是死要面子活受罪的。结婚是两个人的事情，安不安逸，只有自己知道，不要计较旁人说闲话。

姚春萍说的话让秦发祥热血沸腾，忍不住在姚春萍的屁股上抹了一把说道："吃不穷，穿不穷，婆娘不会盘算一辈子穷。婆娘，你现在就是家里的铁算盘哟！"

姚春萍轻轻推了他一下，说："还没有过门儿，谁是你的婆娘哟！你不害怕春山的人嚼舌根子？"

秦发祥翻身骑到姚春萍身上说："咱们是有结婚证的人了，正儿八经的两口子，我怕谁说呢！"

按照聚居点入住要求，交新房就得拆旧房还耕。村民看见秦发祥在聚居点和旧房之间忙忙碌碌，就像一只幸福的蜜蜂飞来飞去。有人说他是八十岁的老婆婆绣花——老来奋发图强；也有人说姚春萍真是一个不简单的女人，竟让秦吹吹这个懒得烧蛇吃的家伙屁颠屁颠地忙家务活了，真不知道她给秦吹吹灌了什么样的迷魂汤！

秦发祥腾退完旧房的东西，央请几个村民将旧房的木料拆下来，请木匠用旧木料新做了大木床、衣柜、碗柜、茶几、方桌、长条板凳和方木凳子，修复了能用的旧家具，用上等土漆漆染得锃亮发光。

　　姚春萍看见摆在屋里的家具亮得能照见人影子，脸笑得像一朵花儿，对秦发祥说："你瞧瞧嘛，这些实木家具一点也不比家具店卖的那些好看不耐用的东西差哟！我算了算，做家具的工钱、漆料及漆匠钱，加起来不到四千块钱，比原来盘算的节约多了。"

　　秦发祥笑说："婆娘一肚子加减乘除——心中有数。"

　　姚春萍说："两口子过日子，不能剃头的挑子——一头热哟。要像油烧蜡烛——一条心（芯）！"

　　秦发祥挠了挠稀疏的头发，直勾勾地望着姚春萍，"嘿嘿"地笑了几声，说："婚床上添一张席梦思床垫吧！睡瞌睡就会安逸哟！"

　　姚春萍面若桃花，"扑哧"一笑，说："这事由你做主！"

30

　　立秋那天早晨，春山下了一会儿雨就放晴了，一道彩虹横卧群山之上，好像天门洞开一样。

　　唐老坎望着远山的彩虹，摇了摇脑袋，对黄花说："今年的秋没有立起来，二十四个秋老虎就发不了威哟！"

　　黄花忧虑的目光落在远山的彩虹上，说："秋立不起来，晒秋的日子就不好过了。"

　　每年立秋之后，春山也就迎来"晒秋"的日子，金灿灿的谷粒、红彤彤的辣椒、饱满的瓜子、山里的干果都揪着秋老虎的尾巴，热望阳光把自己熟透、烘干，好让主人装进谷仓或蛇皮袋里保存，以免让潮湿的秋雨霉烂，变成一堆没有任何价值的废品。立秋那天太阳越毒辣，预示立秋后的二十四个秋老虎就越威风，反之就会秋雨绵绵。

　　立秋后的第三天，春山下起了大雨。秦发祥看着天气预报，川东北的大片地方接连几天都是大到暴雨。他心烦意乱地换掉频道骂："狗日的雨，从夏天憋到这个时候下，怪得很，天老爷像得了内分泌失调的怪病一样。"

春山的这场雨下得不是温文尔雅，而是气势汹汹，天空好像被戳漏了，雨水犹如从天河决堤冲下来的。山川沟壑洪水暴涨，红江流域遇上百年难遇的罕见洪水，红江县防汛指挥部面对这个极端天气现象，将暴雨级别提升为红色预警，地质灾害级别升至橙色。

梅花雪白十分担心项目施工点发生地质灾害，要求驻村工作队人员实行二十四小时值班值守，苏琪尔和社长李光明负责马桑坡聚居点，严浩负责龙家湾聚居点，马东平和李子木负责猴岩扁聚居点的灾害预警、人员疏散等工作。

雨不停下着，从各监测点反馈的信息，不时有小面积的滑坡、田坎水毁、村社道路及庄稼损毁，人员及牲畜无损的报告。梅花雪白将监测点及各社受灾情况及时汇总，通过"QQ"邮箱上报玉河乡防汛指挥部。

秦发祥坐在凳子上，瞪着不远处的野水溪，暴涨的洪水不时将溪边的麻柳树连根拔起，沿溪而上的社道公路被洪水冲得千疮百孔。他十分担心洪水会掏空屋前的堡坎，将他家的房子卷走。他看了看电视台的天气预报，那片雨云本周内仍然在川东北停留。他想等二十四个秋老虎过后，新米出来就热热闹闹办婚宴，谁想遇上这场倒霉的雨，把热望淋透了。婚期是他找人推算了的，算命的人说，秦发祥前半生如流水洗白，时来运转得黄金，找的婆娘是个旺夫的命。择定的婚期是大吉大利之日。在春山这面山上，即使光明正大地领了结婚证，如果欠缺了一场热闹的婚宴，还是会被人们笑话的。也有人没有领结婚证，邀请乡亲近邻吃顿喜酒，大家也就承认那是正儿八经办了喜酒的两口子。

秦发祥不安地想，婚期那天如果下了雨，做啥事都让人心里一团糟，更恼火的是，村民会取笑他小时候骑了母狗，结婚那天的好日子才会被雨淋湿的。

苏琪尔和社长李光明蹲守在马桑坡聚居点，不时观察着聚居点的动静，提醒村民做好撤离的准备。她们俩拿着铜锣和大喇叭来到秦发祥的住处，前后查看一番，见无任何异样，便坐在秦发祥的屋檐摆龙门阵。

李光明问："秦吹吹，你的婚礼筹备得怎样了。"

秦发祥说："雨下得没完没了的，好多事儿都没法办哟！"

李光明说："有啥需要帮忙的，你尽管安排，我们挺起胸膛也要帮你把喜事办圆满了。"

秦发祥说："该准备的都准备得差不多了，就想雨停了就好办。"

苏琪尔说："据县防汛指挥部的最新消息，这八天的时间都会有中到大暴雨。"

正说着话，一阵"轰隆隆"的响声突然从野水溪对面的邻江县巴岩村传来，苏琪尔惊叫起来："李社长，不好，有险情，赶快组织撤离。"

苏琪尔和李光明鸣着锣，吼叫着冲进雨雾，闻讯的村民赶紧撤离。秦发祥拽着姚春萍紧随惊恐万状的村民向生地坪的避险点奔去。

震耳欲聋的巨响随着铺天盖地的黄色水雾从巴岩坡横冲下来了，数十万方泥石流截断野水溪，瞬间淹没马桑坡聚居点。突发的灾难犹如世界末日：

"天老爷，怎么办哟！"

"我的天王老子，这叫人怎么活哟！"

"唉哟，我的孙子还在屋里哟！"

"我啥子也没有了。"

"狗日的雨。"

……

村民呼天抢地的哭喊声、咒骂声盖住了山洪的奔腾声。

秦发祥抱着姚春萍站在雨中，浑身哆嗦着，牙齿打战，他冲着暴雨，带着哭腔骂："我日你先人的雨。"

梅花雪白接到马桑坡灾情，惊得差点倒在椅子上，她带着哭腔将灾情上报后，通知村社干部和一些村民火速赶往出事地点，组织救援。

梅花雪白和村干部赶往现场，清点人数后确认苏琪尔、李光明和另外五名村民埋在泥石流中，她望着马桑坡大声哭喊：

"苏琪尔！"

"李社长！"

"乡亲们！"

村民也跟着撕心裂肺的呼喊，人们想用悲怆的呼喊声把苏琪尔她们的魂儿叫回来。

红江县委、县政府收到灾情报告，县长朱勇迅速带领县防汛指挥部、民政、国土、财政、安监、医疗、防疫、消防等部门人员组成救援队火速赶到春山救援，同时，纪检、监察等部门随即启动问责机制，详查灾害背后涉及人为的责任问题。

泥石流在马桑坡下形成一个堰塞湖，对下游的中江村构成极大威胁，指挥部紧急调来十台挖掘机、推土机，历时一天一夜才打通堰塞湖。救援队找到社长李光明遗体时，他的背上还压着八十五岁的周奎帮。在李光明遗体不远处，救援人员发现苏琪尔的遗体，她的遗体下护着六岁的何洁。参与救援的人员和村民再也忍不住了，哭声四起。

刚刚停了的雨又下了起来，好似苍天在为逝者痛哭垂泪，也似痛悔不该制造这起惨剧。

钱洪刚抱着苏琪尔的遗体，肝肠寸断，泪水和雨水湿透了警服。他接到噩耗时，刚好成功破获省公安厅督办的一起命案。立秋那天，他答应过苏琪尔，等破了前不久发生的一起谋杀命案后，他就带她去西藏看雪山圣湖。谁曾想，他的承诺永远变成了一场空。

泥石流掩埋的七人遗体全部找到，在遗体启运县殡仪馆时，县长朱勇在生地坪主持了一个简短的告别仪式，他面对肃立的救援人员和悲伤与惊魂满脸的村民，哽咽着说：

"乡亲们，脱贫攻坚的征程不是闲庭信步，在收获幸福和喜悦的同时，也会有血泪，有痛苦，甚至有牺牲。这七位亲人不幸离去，让人十分痛心的，春山的脱贫攻坚之路也因此浸染上悲壮的色彩。天灾毁了家园，还可以重建起来，而遇难的亲人却永远无法醒来。我们铭记遇难亲人的最好方式，就是悲痛而不悲观，越是在困难面前，我们就不能退缩。春山的乡亲都晓得，红四方面军在摩天岭石崖鏨刻的那一幅'智勇坚定、排难创新、团结奋斗、不胜不休'标语，就是红军走向胜利的精神法宝，也是大巴山不朽的精神财富，我们要依靠自己的双手打赢脱贫攻战，彻底把穷帽子扔到摩天岭的悬崖之下，让毁掉的家园重新建起来，以告慰逝去的亲人……"

载着遇难者遗体的汽车缓缓驶离生地坪，梅花雪白泪如雨下，悲伤犹如洪水泛滥的野水溪。

　　红江县在县殡仪馆为苏琪尔和李光明举行隆重的追悼会，并在烈士陵园举行简短的骨灰安放仪式。马桑坡遇难的另外五名村民的骨灰集中安埋在生地坪下的山湾里。秦巴市追授苏琪尔、李光明为"优秀共产党员"。

　　马桑坡发生的这起灾害事故，让参与调查的地质灾害专家都感到不可思议，这些泥石流像长了翅膀一样。从邻江县巴岩村大地坡发生的这处滑坡，在洪水的作用下，流石流竟沿着长达五公里的狭窄沟谷冲下巴岩坡，直扑野水溪对面的马桑坡。红江县相关部门从马桑坡聚居点的选址、地质勘查、防洪论证、环境评价、规划设计，以及春山村"两委"和驻村工作队在防汛值班责任落实、重点项目灾害事故处理等方面进行责任倒查，认为聚居点选址、地质勘查、防汛值班等方面均符合要求，无违法违纪行为。调查组在邻江县的巴岩村最终找到诱发灾害的原因，原来是巴岩村引进的铜仁石膏矿不按设计要求，私自滥挖滥采，导致地质沉降，山体出现开裂断层隐患，加之长时间雨水浸泡，是导致这起惨祸发生的根本原因。而另外一个人为原因就是石膏矿和巴岩村"两委"认为出现险情的地带位于荒山坡，即使滑坡也不会造成人员伤亡，遂隐瞒不报，也未将险情通报相邻的春山村"两委"和驻村工作队，在暴雨期间也未对隐患点安排人员值守。经秦巴市协调，邻江县执纪执法部门对巴岩村石膏矿老板严国平及巴崖村相关责任人，安监、国土等职能部门的相关人员实行严格追责，并将处理情况及时向社会公布。

　　红江县组织专家对野水溪一带的地质情况进行反复勘查，认为生地坪地质结构稳定，遂选址生地坪作为灾民重建安置点，安排专款迅速组织施工队进场重建。县财政局为充实春山村帮扶力量，选派投资股副股长袁平到春山驻村工作队，接替苏琪尔原来的工作。

　　秦发祥站在救灾帐篷门口，心里乱糟糟的，如同地上的烂稀泥。眼看还有五天时间他的婚期就到了，他刚才同姚春萍商量结婚的事，姚春萍说家都没有了，况且遇上这么大的灾难，此时举行婚礼不合时宜，不如等灾后重建新房完工后再办。而秦发祥认为一旦正式择定了婚期，就是天上下刀子也要办下去。

　　秦发祥的目光从地上的烂泥慢慢抬升到远方，雨后初晴的太阳正搁在摩天岭上。他凝望了一会儿，收回目光，转身对坐在钢丝床上的姚春萍说："春萍，婚期不改了，婚房就设在救灾帐篷里，我们的小家就从这顶帐篷里重新开始。"

姚春萍想了想，如果改了婚期，秦发祥的心里总会被那个无形的疙瘩拴着。她同意婚礼如期举行。秦发祥把在帐篷举行婚礼的想法告诉梅花雪白。梅花雪白认为这是好事，但要求节俭办婚酒，不能越了春山村规民约的界线了。秦发祥保证婚礼的酒席不超过村里规定的标准。

秦发祥和姚春萍去乡场服装店买了结婚新衣服，为姚春萍的儿子赵梦河买了新鞋和新衣服，从照相馆取回制作好的结婚照挂在帐篷里。梅花雪白买了一床踏花红被子、一个热水壶送给姚春萍她们。

婚礼当天，秋阳高照。村民说秦发祥结婚的喜气把春山的阴雨驱散了。乡村厨师带着助手在生地坪的空地上架起几口大铁锅，忙着准备婚宴。梅花雪白组织帮忙人员为秦发祥布置婚房，大家在帐篷内外挂上彩色气球，贴上几幅大红喜字后，秦发祥家的这顶帐篷变得喜气洋洋了，犹如从废墟中绽放的一朵花儿。

秦发祥和姚春萍的亲戚、近邻纷纷赶来参加婚礼，他们俩站在帐篷门口笑容满面地忙着应酬。春山的鼓乐队也赶来了，吹吹打打送上欢快喜庆的曲儿。放假回家的社火娃儿也来凑热闹，他将一幅画送给秦发祥，众人展开画卷，只见农家小院内的葡萄架下，一位中年农妇敞胸露乳喂怀中的小娃儿，坐在旁边的中年男子挽着裤腿，笑眯眯地看着她们，另一位小男孩一手拽着中年男子的衣袖，一手指着架上的葡萄。葡萄架下有一只鸡带着三只小鸡在地上觅食，一条黑狗趴在葡萄架下吐着长长的舌头。

支客司唐朝礼盯着那幅画，笑说："秦吹吹，你家还要添丁哟，这画中的一家是四口人呢！社火娃儿真画神了。"

众人开心的大笑起来。

秦发祥和姚春萍行完夫妻拜堂礼后，唐朝礼又叫姚春萍的儿子赵梦河拜父母，赵梦河叫了秦发祥一声"爹爹"，秦发祥应了一声，掏出红礼包送给了他。

唐朝礼抓着话筒吼："送新娘新郎入洞房喽！"他的话音刚落，不知是谁吼了一句："秦吹吹来首曲儿才能进洞房？"

这时，已有人堵住帐篷门口。

秦发祥知道不吹首曲儿，这门是进不去的。他抓起一支唢呐，吹奏完《抬花轿》，又接着吹了《百鸟朝凤》《九月九的酒》《痴心爱人》等曲儿，直吹得他脸红脖子粗，眼冒金星，堵在门口的几个人还是没有放过他。

又有人吼："姚春萍，来一个！"

秦发祥无奈地看着姚春萍，只见姚春萍抿嘴一笑，一把抓起唢呐吹起来，一曲《九百九十朵玫瑰》让众人惊讶不已，秦发祥也吃惊地望着姚春萍，他想不到姚春萍竟然把唢呐吹得这样好。其时，他不知姚春萍曾经跟随姑父学过吹唢呐，遭父母强烈反对就没有学了，不过，她只会吹八首曲儿。

又有人吼："姚春萍，再来一个！"

姚春萍又吹了一曲《太阳出来喜洋洋》，堵在门口的人见闹腾的差不多了，遂松开门帘，秦发祥在众人的吆喝声中将姚春萍背进了帐篷。

喜庆的烟花从生地坪升腾起来，欢声笑语渐渐融化了笼罩在野水溪上的那份悲愁。

31

春雨浇透了春山，山里的树木长出嫩绿的新芽。何家辉由于在监狱积极改造，获得了减刑。梅花雪白接到消息就和李子木去探望他。她向何家辉介绍了春山发生的变化，鼓励他积极改造，争取早日出狱。

梅花雪白刚从监狱接见室的椅子上站起来，突然眼前一片黑，"扑通"一声倒在地上，昏迷不醒。李子木和现场狱警慌忙把她送医抢救。何家辉见此，蹲在地上哭了。

经狱医初步诊断，梅花雪白为贫血性休克。李君兰和梅发军接到消息，连夜将梅花雪白转回到县人民医院治疗。

梅花雪白输完液体后，李君兰抽空闲时间回家拿熊俊兰煲的清炖土鸡汤。病房安静下来，梅花雪白盯着窗外的阳光，突然想起好久没有联系吴平安了，她抓起床头的手机，还未等她把信息发出去，吴平安已经抱着鲜花，提着水果出现在病房门口。

梅花雪白惊喜地说："阿平，我刚准备在"QQ"上闪你一下，没想到你就出现在眼前了。"

吴平安搁下手里的东西说:"这就叫心有灵犀,你一想我,我就会准时出现在你的眼前!"

梅花雪白花痴般的目光落在吴平安的脸上,柔声问:"你怎么知道我在这儿。"

吴平安"嘿嘿"地笑了,说:"我会算的。"

梅花雪白说:"去你的吧!除了严浩还有谁对你说?"

吴平安说:"你真的会算哟!"

吴平安抓起梅花雪白的手问:"身体感觉好了一点没有?"

梅花雪白的手指在吴平安的掌心点了几下,说:"你来了,我这会儿感觉可以出院了。"

吴平安趁屋子没有人,低头在梅花雪白的脸上轻轻一吻,梅花雪白的身子像火一样烧起来,她感觉病房难闻的药味儿消失了,全是让她血液沸腾的幸福味道。

护士拿着温度计进屋,吴平安赶紧松开梅花雪白的手。护士为梅花雪白测体温,梅花雪白瞅了瞅吴平安,说:"我这会儿的体温会很高的。"

吴平安说:"小心哟,温度计会被你的体温烧化的。"

梅花雪白被逗笑了,吴平安也跟着笑。他们的笑被提着保温桶进屋的李君兰瞬间凝固了,吴平安慌忙站起来叫了一声"李姨",梅花雪白赶紧向李君兰介绍吴平安。

李君兰的目光从吴平安的身上快速扫描了一遍,热情地从袋子里拿出一根香蕉塞给吴平安。吴平安拿着香蕉没有吃,他感觉香蕉像刚从热锅里捞出来的。

测量体温的时间到了,梅花雪白抽出温度计,李君兰伸手去接,吴平安抢先说道:"李姨,我拿去交护士站。"

吴平安抓起体温计看了看,说:"37℃。"转身便走出病房,把体温计交给护士。他走到楼道转弯处,剥开香蕉吃起来,躲在楼道口抽烟的中年男子盯着吴平安,心想他不是吃香蕉,而是在往嘴里塞香蕉。

李君兰小声问梅花雪白:"我怎么从来没有听你说过吴平安这个小伙子?"

梅花雪白说："老妈,我新认识的同事嘛,现在告诉您也不算晚呀!"

梅花雪白笑了笑,问："老妈,您觉得我这个同事怎么样嘛?"

李君兰打开保温桶,警觉地问："你问这话是啥意思?"

梅花雪白说："您从小就教导我,交朋结友慎之又慎,小心又小心,如果您的女儿不小心结交了不三不四的人,那就糟了哟。"

李君兰把汤匙递给梅花雪白,说:"那小伙子面相长得还不错,很实诚的样子。"

李君兰对吴平安的这个评价让梅花雪白心头一热,不由追问:"还有没有更高的评价?"

李君兰反问:"你是啥意思哟!"

梅花雪白淡淡地说:"老妈,我想把他介绍给我的一位女同学。"

失望挂在李君兰的脸上,她小心地抱怨:"你整天想着为别人介绍这个,介绍那个的,都快成专业的媒婆子了。遇上好的也要想着为自己留一个嘛!小区的贺艳比你小两岁,人家的娃儿都上幼儿园了。"

梅花雪白被李君兰的抱怨声逗笑了,她说:"老妈,急啥呢!好女婿在等着您嘞!"

李君兰捋了捋头发,说:"我头上又多了几根白头发,这是你急出来的,我能不急嘛!"

"缘分到了,想推都推不掉的。"梅花雪白说。

"快喝汤都哦!"李君兰催促。

吴平安从卫生间出来,忐忑不安地来到梅花雪白的病房,恰巧遇见护士叫陪护家属去住院部二楼拿药。他抓住这个难得表现和解脱的机会,从护士手中接过处方单子就直奔二楼去了。

李君兰望着吴平安远去的背影说:"梅儿,你的这个同事还是热心肠哟。"

梅花雪白说:"他就是一个傻瓜似的热心肠。"

李君兰问:"你把他介绍给哪个同学?"

梅花雪白说:"这是秘密。我的同学要求保密。"

李君兰嘀咕了一句:"搞的啥名堂,神神秘秘的。"

吴平安从药房取了药，特意站到电梯口的一面镜子前反复自我审视一番，见头发没有凌乱，衣服瞧着也舒心顺眼。他到医院来探望梅花雪白前就特地理了头发，精心装扮后才出门的。当他第一眼见到李君兰时，觉得李君兰扫描在他身上的目光穿透了五脏六腑，他的心咚咚直跳，比公务员考试面试时还要紧张。

吴平安将口服药放在梅花雪白的床头柜上，抢着倒了一杯水，让梅花雪白服下。李君兰瞧着吴平安，觉得自己是客，吴平安成了主人。她不好意思地说："小吴啊，快坐下，这些事儿怎么能麻烦你动手呢！谢谢你哟！"

吴平安说："李姨，梅书记是我的同事，这些跑腿动手的事儿举手之劳，不要客气哈，还有什么事儿需要我帮忙的，尽管吩咐。"

吴平安的一席话让李君兰心头热烫烫的，笑问："小吴啊，家是哪里人啦？"

"东河乡人。"吴平安答。

梅花雪白向吴平安眨了眨眼睛，打断说："吴书记，感谢你来探望，现在脱贫攻坚任务重，就不打扰你的宝贵时间了。老妈，帮我送一下客哈！"

李君兰还想深入问一下吴平安的情况，听梅花雪白这样一说，不好意思再深问。

吴平安读懂了梅花雪白的眼神，遂起身告辞。李君兰慌忙抓起一个苹果塞给吴平安说："小吴，感谢喽，有空就来家里坐一坐哈！"

吴平安钻进了电梯，站在门口的李君兰才收回目光。

十天过去，梅花雪白办理出院手续，匆忙赶回春山。

唐家湾的聚居点交房后，摩天岭的攀岩项目也已完成。黄花家的十二只猪崽该出栏了。黄花把猪崽的图片发到红江县农产品交易平台网上，猪崽很快就被认购一空，短信提示订金已全部到账。黄花觉得真有点不可思议，以前卖一个猪崽，她要背着猪崽走十几公里山路才能到玉河乡猪市场，有时等到天黑猪崽还没有卖出去，只好摸黑背回去，喂到赶场的那天又背去卖。如今只要在手机上的农产品交易平台网上轻轻一点，啥事儿都会搞得伸伸展展的。她家的母猪自从实行人工授精后，产量和成活率比往年高多了。

黄花家的猪崽在网上全部卖出的那天，梅花雪白请假回了一趟家。李君兰见梅花雪白回来心情十分好，便转弯抹角地问梅花雪白："你为吴平安介绍的女同学，现在情况如何?"

梅花雪白叹了一口气说:"我没有说媒之命哟，我的同学没有瞧起人家哦!"

李君兰急问:"为啥呢?我认为你同学的眼光也太挑剔了。"

梅花雪白说:"我同学的妈老是门缝里瞧人，嫌弃吴平安家是农村的，而且还是单亲家庭长大的娃儿。"

李君兰说:"你同学的妈的眼光很挑哦，农村出身的娃儿有什么不好，我看实诚呢。单亲也没有啥子嘛!挑女婿，又不是挑亲家，何必这样挑肥拣瘦的。"

梅花雪白笑说:"老妈，您不是对我约法三章，找对象一不要农村的，二不要单亲家庭的，三要有房有车的。您为啥要替吴平安打抱不平呢?"

李君兰笑了，说:"你常说我爱用老眼光看新问题，我也要学会与时俱进，脑袋瓜儿也要学会转弯嘛!"

梅花雪白兴奋地搂着李君兰的脖子说:"老妈，您想不想吴平安做您的女婿?如果想的话，我就顺着您的心愿去猛追一下!"

李君兰挪开梅花雪白的手，说:"你这么大的人了，还像吃奶的娃儿。吴平安那小伙子不错的。你这个样子，别人能瞧得上你嘛?"

梅花雪白笑问:"老妈，我把他带到家里来，您不会板着脸把他轰出门吧!"

李君兰笑说:"哪有丈母娘冷脸对待女婿的嘛!"

梅花雪白深吸一口气说:"我现在特别郑重地向全家宣布一个重大消息，吴平安就是我的男朋友。"

李君兰指了指梅花雪白，笑说:"你这个女娃子，鬼精客，尽放烟幕弹，原来搞的是明修栈道，暗度陈仓的把戏，把我都迷惑这么久。"

梅发军赶紧补了一句:"想做我的女婿，首先要在酒桌上过了我这一关哈!"

李君兰抢白道:"你一辈子就想着喝那一口猫尿水，医生说了多少回，要你把酒戒了，你当成耳边风。我警告你啊，从现在起开始戒酒，如果你敢把女婿培养成酒罐子，去害梅儿，我要让你吃不了兜着走。"

梅发军小声笑了笑，不敢说话了。

李君兰说:"梅儿，吴平安的家庭情况究竟怎样?你今天要正儿八经的如实向家里人坦白交代，否则，我就不让吴平安进家门。"

梅花雪白说："好，好，我坦白交代。吴平安，男，1991年3月24日出生，东河乡尖沟村三组人，大学本科学历。身高180厘米，中共党员，县农业局办公室副主任，现任龙耳乡盘龙村驻村工作队长兼第一书记。1999年父母离婚，随父。父亲是搞建筑的小土包工头，去年为吴平安在县城白云居买了一套房……"

李君兰追问："吴平安的父母为啥离婚？"

梅花雪白说："老妈，我怎么知道呢？合不来就算了的嘛！"

李君兰的心里升腾起一丝遗憾和阴影，嘀咕了一句："唉，现在这些人啦，离婚比结婚还随便哟！"

梅花雪白说："老妈，您又想多了嘛！何必把那些不该想的事儿往心里装，搞得心里纠纠绊绊的，要开心过好每一天哈！"

梅发军趁机说："梅儿这话说得在理嘛！人就要想得开一点。"

李君兰瞅了梅发军，数落道："你当然想得开哟，你在家里啥事不管，雷打在头上都不见你动一下，这个家不是我跑前忙后，操心费神，早就不像一个家了。"

梅发军慌忙讨好："嘿嘿，家里谁也比不了你的。"

梅花雪白也笑着讨好："老妈是我们家的大功臣，劳苦功高，一言九鼎。"

李君兰站起来说："你们一唱一和的，我懒得理睬你们了，去做饭了。"

梅花雪白说："老妈，我来做饭，您休息嘛！"

李君兰笑了笑："算了吧！你那双手要好好保养一下哟。"

32

梅花雪白刚打开卧室的门，扭亮房灯，姚春萍就像神秘的风一样从夜幕中窜进屋，忐忑不安地说："梅书记，我想对你说一个私事儿。"

姚春萍突然来访吓了梅花雪白一跳，她不解地问："啥事儿。"

姚春萍小声说："生地坪灾后重建房马上要分房了，我想要B区三号房，这事麻烦关照一下。"

"哦，是这事儿啊！你也甭着急，村上正在制定分房方案，我们一碗水端平，保证大家都住上好房子。"梅花雪白说。

姚春萍"嗯"了一声，对着虚掩的房门大声咳嗽几声，秦发祥便提着一个袋皮口袋从门缝挤进来，轻轻关上门。

梅花雪白吃惊地盯着蛇皮口袋问："这是干啥哦？"

姚春萍慌忙解释："这是山上的野生天麻和菌子，想请梅书记尝一尝。"

梅花雪白拒绝说："请拿走吧！你们这是在给我挖陷坑，会让我在村民面前抬不起头的。"

秦发祥尴尬地说："嘿嘿！梅书记，这是摩天岭野生的，值不了多少钱，也算不上啥违纪的事儿，是我们的一点真诚心意，不成敬意，收下吧！"

姚春萍见机随手打开房门，拽着秦发祥就想溜，梅花雪白一把抓起蛇皮口袋塞到秦发祥手里说："老秦，如果你不把这些东西拿走，我就把你送的东西拍成视频发到春山的微信公众号上，让网民瞧一瞧。"

梅花雪白的话似暴雷在秦发祥的脑子里轰鸣，他僵在那儿不动了。梅花雪白松开手，秦发祥慌忙抓住滑落的蛇皮口袋，赶紧出了门。梅花雪白轻轻关上房门，摇头笑了起来。

姚春萍走过鲤鱼潭，便开始数落秦发祥脑子有毛病，梅书记说不收东西，你就傻戳戳的把东西拿回来。我亲耳听见梅书记说过春山的野生天麻和菌子的味道很好，所以才盘算着送这些东西的。

姚春萍的数落让秦发祥窝着火气不敢发泄出来，他越想越觉得姚春萍的话说得有点道理，自己当时真被梅花雪白说的话吓傻了，脑子也不灵光了，没有辨别梅花雪白是真推辞，还是嘴上说说而已的客套呢？这是他第一次给当官儿的送礼。当姚春萍进了梅花雪白的房间说事时，他站在门外腿脚发抖。他揣摩不透自己的心为啥那样紧张，像做贼似的，平常他和梅花雪白在一起，一点儿也没有紧张不安的感觉。他懊悔当时缺了一个心眼儿，如果再坚持推让一番，梅花雪白是要给他这个面子的。

秦发祥越想越觉得手中的蛇皮口袋如一块沉重的巨石，他把袋子重重地放在地上喘气。他望着手中的电筒光像利剑刺破黑幕，脑子灵光突现，追上姚春萍说："嘿嘿，你是知道的，工作队有纪律，不准拿群众一针一线，梅书记是不会收的。"

"制度是死的，人是活的嘛！"姚春萍说。

秦发祥又说："如果梅书记真把我们送的东西拍到网上去，我这个'摩天岭野猴'就无脸面向网友粉丝交代了。你不知道网络这玩意儿的威力有多大？我们刚才搞的把戏是怕见光的，在网上曝光就会死得没有毛了的。"

姚春萍接过话头说："你整天就像土蜂子一样在我的耳边闹嚷嚷，说B区三号房子是重建房中最好的。不然，我也不会想着给梅书记送东西。"

秦发祥说："谁不想好中求好嘛！"

姚春萍转念一想，秦发祥说的也没有多少过错，送礼的主意是她自己提出来的。她以前跟赵绍峰过日子时，想给他办一个残疾证，她拿着申请跑了三次，村主任都没有同意签字上报。后来，她就偷偷提着腊猪腿、腊瘦肉送给村主任老婆，村主任很快就打电话叫她去签字了。由此，她觉得空手求人不好办事。梅花雪白不收她的礼情，她是没有想到的。

严浩把生地坪灾后重建房分配方案送给梅花雪白，她反复看了几遍，认为实行村民评议、村干部审定分房的方案不成熟，需要再次修改完善。姚春萍送礼的情景又在她的脑子闪现。灾民都想瓜中选瓜，挑上满意的好房子，评议分房稍有差错就会把一池清水搅浑，引起村民不满，猜疑村干部优亲厚友，办事不公。如果发生这样的事情，反而就把一件好事变成了村民闹心的事儿。春山人爱认死理，眼里容不得沙子，啥事都讲究公平、公正，一碗水端平就没有啥意见，否则，拍桌子打板凳、吹胡子瞪眼，上访告状也要把事情扯清楚，心里的那股气儿才会顺畅。

梅花雪白盯着桌子上的《春山村史》初稿，她抓起稿子找到那一段县官平息春山唐、何两家官司的记载。在清朝中晚期，春山的何家、唐家为争苦水溪的一块飞地，官司打到县衙，县令想了一个抓阄的办法，巧妙平息纷争。

梅花雪白沉思片刻，便将方案中的"评议分房"改为"抓阄分房"。村"两委"、驻村工作队及村民代表对方案进行审议无异后实施。分房那天，生地坪人头攒动，灾民依次从红纸箱子里抓出一个写有房号的乒乓球，按号领到新房钥匙。秦发祥抓到B区四号房，姚春萍很满意，认为四号房并不比三号房差。马桑坡那个家毁了之后，生地坪这个新家更让人心满意足。房子的屋顶设计有一个呈"V"字形的家庭小农场，可以种瓜果蔬菜；新房的通风烤火房、杂物间、养殖房等生活配套用房一应俱全；集中安置点还建有社区活动中心、统一的污水处理池和净化废水的芦苇湿地。房子及室内的主要生活设施都是采取政府补贴、鼎盛集团援助、社会捐助而成的，灾民不拿钱就可以拎包入住。姚春萍和秦发祥盘算过，等拿到新房的钥匙，就开一个"春山火烧馍店"。

社火娃儿支着画架，坐在生地坪对面的山坡上，望着蜿蜒的水泥路像银蛇盘绕在春山的沟壑之间，生地坪错落有致的新房掩映在红、黄、绿混杂的秋色里，远处的红江犹如一条大青蛇游走在群山之间，无云的天空上，一只山鹰在秋阳下自由的飞翔。

眼前的景物像春草在社火娃儿的目光中鲜活起来，大山跳动的脉搏声，山风的私语声，秋虫的呢喃声，红江的奔腾声，就像天籁之音在社火娃儿心中激荡起来，画笔随着他心中的旋律挥动着，他把生地坪的秋色揉在画纸上了。

33

秋阳高照，苍穹似蓝色的帐篷撑在春山上。由鼎盛集团春山项目部、春山村"两委"联合举办的"春山摸鱼比赛"也在这个秋天的阳光下拉开帷幕。

唐老坎清早五点钟就被黄花从被窝里揪起来忙活，他家的客房前几天就预订满了。黄花刚才又接到几个客人的电话，叫中午安排五桌餐。黄花捏着电话想，如果再增加客人，她家就无法接待了。

比赛的大水田离唐老坎家不远，水田那边传来的声音抓住了唐老坎的心，他特想溜过去瞧一瞧热闹，而黄花的目光会转弯似的，在厨房都能发现他在院坝里磨磨蹭蹭地拿着凳子，眼望水田的方向偷听热闹。黄花在厨房不停吼他："你的魂叫鱼儿勾去了嘛，几把凳子半天都搭不伸展。搞快点儿，客人一会儿就要来吃午饭啦！"

唐老坎放下塑料凳子，一步三回头地进屋拿起抹布开始擦桌凳，他觉得手中的桌凳就像水田中挣扎的鱼。他从小就爱抓鱼，同小伙伴到苦水溪摸过鱼，用麻柳树叶捣碎毒过麻鱼，集体生产的时期在稻田里摸过乌鱼，还在红江撒网捕过鱼。这次比赛的水田是贫困户李东田家的那块大水田，水田里放了三吨多的鱼。按照协议，活动主办方要支付李东田的租金五千元。唐老坎和黄花昨天下午到大水田看过，水田已被围网围起来，离大水田不远处搭建了一个临时舞台，周围山坡及田埂上插了不少彩旗。

唐老坎刚擦完桌凳，黄花就叫他去地里掐点葱蒜苗和鱼香草。黄花的话音刚落，唐老坎就似猎狗冲向长田坎。他站在长田坎上，望着不远处的大水田，摸鱼的人群在浑浊的泥水中拼抢着，好像无数五颜六色的鱼在泥水中翻腾着。田埂和坡上全是密密麻麻看热闹的人，唐家湾康养休闲中心和聚居点的停车场、农家院子、村社道路上塞满大大小小的小汽车和摩托车，就像色彩斑斓的甲壳虫排队晒着秋阳。

唐老坎掐着葱蒜苗想，村里决定利用秋收后的水田办摸鱼比赛时，不少村民说村上干的不是正经事儿，有谁会跑到泥田里去耍？摸鱼节那天只有驻村工作队和村社干部自己下田滚泥巴喽。谁知今天来了这么多的人，真让人应酬不过来了。

黄花站在院坝里喊了几声唐老坎，唐老坎慌忙抓起葱蒜苗跑回去，一看搞忘记掐鱼香草了。黄花臭骂他几句。他又赶紧跑去掐回一把鱼香草，方才熄灭黄花心中的怒火。

唐老坎抱出一坛春山小灶苞谷酒和一罐蜂蜜，坐在火塘边小火熬蜂蜜酒。酒香越来越浓，他揭开盖子，舀起一小杯尝了一口，感觉甜味有点欠缺，又倒进三大勺蜂蜜小火慢熬，屋内酒香四溢。

刚刚走到唐老坎院坝的唐树斌忍不住说："哟喂，蜂蜜酒好香哟！"

黄花听见唐树斌说话，从厨房出来招呼："老侄呀！啥时回来的，快进屋坐嘛！"

唐树斌说："上星期回来的。"

黄花忙喊："唐老汉儿，快招呼客哟！"

唐老坎出门招呼唐树斌进屋落座之后，他倒了一杯蜂蜜酒说："老侄，尝一尝味道如何？"

唐树斌喝了一口，说："春山的蜂蜜酒味道巴适得很！"

唐老坎说："城里来的客人就喜欢喝这个酒。"

唐老坎一边将熬好的酒往土陶罐里装，一边和唐树斌摆龙门阵：

"老侄，回来搞啥名堂呢？"

"大叔，我一是回来看摸鱼比赛；二是回来治治病。"

"啥？你红光满面的，得了啥子怪病？"

"城市病！"

"这是啥怪毛病？"

"城市的废气让人吃不好，睡不好，心里好像灌满了恶心的废气。我失眠半年多了。"

"你得的是富贵病哟。城市的医疗发达，你这个小毛病随便找专家开点药吃就会好的嘛！"

"这个病城里是找不到药根治的，药方只有乡下才有。我回来这几天吃得香，睡得好，失眠症仿佛全消了。"

"呵呵，你说得悬吊吊的。听你这么说，从城里跑到春山的这些人都得了城市病，是来找药方的？"

"就是哦。这些人在城里待烦了，就跑到乡下来了，就像候鸟一样。"

"你在大城市发展得那么好，有房有车，过上城里人体面的生活，难道也想回春山？"

"大叔，我过的啥子体面人的生活哟。我好几个月都没有揽到活路，人耍得像害了一场大病。我想回来种天麻和羊肚菌，在城里的销路我都摸透了。"

"这是好事嘛！我估摸了一下，这两年从城里返回春山开农家乐、流转土地搞种养殖业的就有三十六户了。你搞种植有啥需要我跑腿的事儿，随时说一声。"

"大叔，您家柴山边的那几块荒地我想流转，价钱不会亏您的。"

"这事嘛，好商量的。"

一只蜜蜂在屋子里盘旋了几圈，稳稳落在唐老坎搁在桌子上的酒杯边沿，唐老坎没有驱赶，不一会儿，蜜蜂像喝醉了似的在杯子上晃来荡去。唐树斌指着蜜蜂笑说："这只蜂儿也被大叔家的美酒醉倒了。"

唐老坎说："你走时我送你几斤蜜蜂酒。"

唐树斌笑说："我也会被这酒醉倒的！"

摸鱼比赛还未结束，一位游客找不到停车位，就将车子开到村民王坤元的院坝里，王坤元以车子压坏一张石板为由，要游客赔一千块钱。两人因此发生吵闹和抓扯。梅花雪白得知情况安排严浩赶到现场调解，游客最后赔了一百元钱了事。第一赛段结束时，现场又发生拥挤致使两名游客受轻伤的情况。晚饭后，梅花雪白觉得有必要就今天发生的几起事情开一个碰头会，她便召集鼎盛集团春山项目部、村"两委"及驻村工作队全体成员在康养休闲中心的会议室开会。会议认为这次节会参加人员之多大大超出预期，仅开赛第一天，康养中心三期开发项目的康养房预订率达到三分之一。同时，也暴露出节会筹备不足、经验缺乏，比如，交通堵塞、停车位少、疏导力量不足；现场秩序维护力量薄弱；仅有的几家农家乐接待能力有限，出现游客拿钱找不着吃的；一些村民小农意识强、服务意识差、趁机涨价宰客等问题。与会者有人认为这些事儿都是捞不上筷子的小事，办这么大的节会，出点小毛病很正常，没必要小题大做。应当多看好的一面，不要紧盯小问题不放。梅花雪白对这种观点毫不客气地反驳：

"春山的乡村旅游刚刚热火起来，如果这些小问题不及时解决好，就会酿成大问题，毁掉这块牌子。竖起来的牌子就像脸面一样，应当精心呵护，来不得半点虚假，否则就会因为我们的懈怠而丢了脸面。树一个好名声很难，毁掉一个名声很容易。游客出门玩的是一种心情，心情好了啥都是美景。春山不能让城里来的游客心头添堵，要捧出一颗热情的真心为游客着想，游客才会在春山玩耍得舒心。出了问题并不可怕，可怕的是对问题视而不见。我建议要对这次节会存在的问题进行逐项梳理，落实措施和责任及时整改。"

梅花雪白的话平息了与会者的争论，与会者赞同她的说法，会议遂决定增加疏导交通的力量，统一停车收费标准，加派维护现场秩序的人员，连夜更改进出摸鱼现场的线路。

摸鱼节结束，唐老坎和黄花算了一笔账，他家的客房及餐饮总收入一万五千四百五十元，扣除临时请的人员劳务费、食材及酒水成本等，净收入差不多七千五百元。对于这个结果，黄花心里乐开了花，她笑呵呵地问唐老坎："村里以后还得举办摸鱼比赛吗？"

唐老坎说："愁啥呢？这就像五月的石榴花——越开越红火。我还盼着明年也去参加摸鱼比赛。如果能够抓到那条鱼王，也要挣两万元的大奖哟！"

黄花取笑："你睡觉把枕头垫高一点，就可能做到那样的美梦了。"

第六章 谷雨

34

　　唐老坎和黄花还未把碗里的面条吃完，就听见李子木在村广播上吼："喂，喂，各位村民注意了，我现在正儿八经的通知一个事情。谁家里有旧犁铧、风车、背水桶等旧玩意儿，不要当柴烧了，现在村史馆正在征集旧物件，请赠送给村史馆。"

　　架在山梁上的大喇叭把李子木的吼声传到村民的耳朵里，附近的挡马墙村、槐树村、巴岩村、猴王村的一些村民也听清他的粗嗓门是有点沙哑的。马桑坡发生滑坡后，上级拨款建了大喇叭，李子木觉得有了大喇叭方便多了，开会通知人啦，有事要对村民讲啦，只要对着大喇叭一吼，他的声音就立刻传遍春山。有一次，槐树村的村主任对他开玩笑："你这个春山村广播台的著名主持人名气可大啦，我们村的不少妇女都说你的声音很有威力，几天没有听到你在广播上吼，她们心里还有点发慌嘞！"

　　黄花放下碗筷说："唐老汉儿，等会儿去搜一搜，找一些无用的旧物件送到村史馆去。"

　　唐老坎吃完饭，钻进阁楼找出废弃的春帖雕版、木春牛、一件长衫红袍、一只背水用的旧木扁桶、一根扁担后，擦掉灰尘就往村史馆送。在路上，他遇见秦发祥满头大汗地抱着一个蛇皮口袋，不禁笑问："秦吹吹，你捐的啥子好东西？"

　　秦发祥说："石碗。"

　　唐老坎问："啥子石碗哟?"

　　秦发祥说："我的祖祖学石匠时见家里人多，小娃儿爱摔烂碗，就打了一对石碗，还雕刻了精细的花纹。后来石碗没人用了，就变成了狗碗。现在只剩下这一只碗了，我刚才到摩天岭老屋的荒草丛中才找到这个扔掉的石碗。"

　　"春山的旧物件差不多毁掉了。"

　　"文物贩子把值钱的物件都收光了。"

　　两人摆着龙门阵往村史馆走。村史馆离唐家祠堂两百米左右，是一座三合院式木结构穿斗型青色瓦房，面积约三百平方米，堂屋居中，两侧为正房和厢房。十二根木柱撑起房屋的三面房檐。堂屋大门上方挂着写有"春山村史馆"几个字的木匾。屋前的院坝用春山的青石板铺成，前面的"民间匠人"广场上雕了说春人、石匠、瓦匠、木匠、篾匠、杀猪匠、弹花匠、背二哥，吹唢呐的，扛神的，唱戏的，算命的等数十座民俗雕像。广场还设有一个乡村大舞台。离村史馆展厅不远处是民俗技艺体验场，游人可体验做泥瓦土陶、推石磨、拉大锯、打夯锤、舀火纸等民俗活动。

　　村史馆的人员忙着登记村民送来的旧物件，屋檐下堆着旧桌椅板凳、木架子床、木柜子、木箱子、风车、风箱、拌桶、背架子、石磨、打杵子、鼎罐、火搭勾等物件。秦发祥等工作人员登记完唐老坎捐的物件，他从袋子里拿出石碗不安地问："这是狗碗，你们收不收?"

　　"狗碗?"工作人员好奇地瞧着秦发祥拿出的石碗。

　　秦发祥解释说："原来是人用的石碗，后来变成了狗碗。"

　　唐老坎插话："以前春山人家都养狗，有的在木墩子或石块上挖一个凹槽就是狗碗。这么精致的狗碗还很少见的!"

　　工作人员笑着接过石碗，在标签上写下"石碗，秦发祥捐"几个字，秦发祥舒心地笑了。

　　唐老坎上前摇摇旧风车，摸摸木榀子，他觉得把这些被烟火熏染和汗水浸泡过的物件摆放在一起，就像一群老农聚在一起摆龙门阵。

　　村史馆正式落成开馆了，村民三三两两跑来看稀奇，这些平常瞧不上眼的旧物件摆在展厅里，一下子就让人有了看头，如同丑女突然变成了人见人爱的大美女。唐老坎在摆放《何氏家谱》的展柜前徘徊了很久，他感觉展柜里还缺了什么东西，慌忙跑回家从阁楼拿出《唐氏宗谱》送到村史馆，叫工作人员把宗谱放进展柜里之后，他才觉得圆满了。

唐老坎站在村史馆的广场上，凝视着眼前的春官雕像，好像魂儿被春官雕像吸去了。秦发祥用手机偷拍下唐老坎凝视的表情，便将拍摄的照片和视频传到微信群里，瞬间赢得众多粉丝的点赞。他用上智能手机后，就被这个神奇的东西迷住了，他为自己取了一个"摩天岭野猴"的网名，无事就喜欢把春山一草一木的变化发布到网上，由于他发布的照片或视频有着自然的野性，淳朴的情感，毫无故意摆拍、无病呻吟的虚伪之作，从而赢得网友的点赞，因此成为有名的网红。特别是他在猴王坡拍摄的春山野猴的趣图，竟吸引不少外地人前来赏猴、拍猴，猴王坡便成了春山有名的景点之一。网友的打赏也让他有了意外的收获。对于网友们的抬爱，秦发祥觉得祖坟冒青烟了，他这个春山人瞧不起的家伙，居然会有这么多粉丝对他所做的一切叫好。对网友的支持，他不敢有丝毫怠慢，觉得有新奇的发现就得让网友们第一时间分享。以前，他认为好事让别人分享是件挺纠结的事情，现在不让人分享却是很痛苦的事儿。有网友感叹秦发祥住在仙境里，这让秦发祥感慨万千，曾经穷山恶水的地方，现在竟会让这么多人赞叹，真是三十年河东，三十年河西，风水轮流转啊！

手机信息的提示音把唐老坎的魂儿叫回来了，他从裤腰带的仿真皮套中掏出手机，浏览了一下信息，只见自己站在春官雕像前的照片已在微信群中传开了，他笑着点了一个赞，抬头对秦发祥说："你这个秦吹吹，现在成了春山有名的大记者了。"

秦发祥不说话，故意将手机对准了唐老坎，慌得唐老坎边躲边说："赶快莫拍了，我这个样子有啥好拍的嘛！"

秦发祥收起手机，笑得合不拢嘴了。

太阳离摩天岭还有一竹竿高的时候，村主任李子木在广播上通知村民晚上七点半准时到村委会参加农民夜校培训，培训内容为新农具使用操作。他播报完通知，又接着强调，凡是不来参加培训的，村上在乡村道德银行考评时，要逗硬扣分，任何舅子老表来说情，村上都不得放水走私，考评结果要在村广播上广播，要让缺课的人脸面没地儿搁。

唐老坎望着光秃秃的老柳树，想了半天也没有猜出李子木刚才在广播上说的"新农具"是啥玩意儿，他催促黄花早点煮晚饭，晚上去见识一下还从未见过的新玩意儿。

晚上的培训课由梅花雪白主讲，当梅花雪白告诉"新农具"就是智能手机时，台下的村民忍不住大笑起来，不少人说夜校安排这样的课程有点搞笑。岳琼英嘀咕，早知是这样，还不如待在家里看电视连续剧过瘾。

梅花雪白笑了笑，问道："谁知道智能手机有啥子用处？"

李红英觉得梅花雪白问的是一个白痴都会答的问题，不由哈哈大笑，说："梅书记，手机除了接听电话、聊天、抢红包外，还能用他耕田耙地吗？"

李红英的话逗得众人开心地笑了很久。

梅花雪白等众人笑得差不多了，说："现代信息技术已经改变了我们传统的生产生活方式，现在一部智能手机能把我们过去想都不敢想的事情搞定。以前春山找人靠站在山上扯开嗓子大声呼喊，现在只要摁一下手机键就能找到人。以前外出务工人员想看一看父母或子女一眼，还得等过年时才赶回来看几眼，如今想看了点一下视频，就可以面对面摆谈。这些都是过去想都不敢想的事情。有了互联网信息平台，我们只要把农产品放到网上，轻松一点就可以把春山的产品卖到北京、上海那样的大城市，甚至可以卖到国外去。坐在家里就可以通过手机指挥耕作无人机去耕田耙地、播种施肥。手机如今已经成为我们除了衣、食、住、行之外的一种新的生活必须工具，谁缺了这个东西，吃饭睡觉都觉得不香，外出一点儿也不方便，人就像丢了魂儿一样。"

"长期以来，春山人脸朝黄土背朝天地在土地里刨食，把无数汗水种在这片土里，结果还是没有把富贵花种出来，这面大山依然一贫如洗。是我们不努力拼命干吗？不是的！我想，根本原因就是大山挡住了我们的双眼，封闭了我们的思想，让我们始终抱着靠一把锄头在石头缝里讨活路的想法，只晓得在自家一亩三分地上埋头忙活，有时忙得都顾不上抬头看看天究竟有多大，山究竟有多高，世界到底有多远。"

"时代在飞速发展，现代信息突飞猛进，如果春山人不抓紧赶上现代信息技术这条航船，我们又会被新时代的信息化浪潮所淘汰的，就不可能把贫困帽子扔下春山，也就更谈不上乡村振兴发展了。"

"手机、互联网信息平台就是春山人挖断穷根，从土里刨出'金娃娃'的那把神奇的新锄头，也是春山人在新时期生产生活必备的'新农具'。我们必须学会操作使用新农具，不当睁眼瞎，不当新时代的新文盲，只有这样才能不被时代所淘汰。大家也看到的，村里的黄花大婶，她以前不会用智能手机，现在她会玩微信聊天，会上网下载客人的网上订单，不出门就能把远方的客人请进家里。村里的春山土黑猪、南江黄羊养殖实现网上订单养殖模式后，大家养的猪儿不愁销路了，春山土猪的肉价也从原来的每斤十元的价格卖到如今的三十元钱，而且供不应求，这些都是现代信息科技给我们带来的实实在在的好处。下一次培训，我还要讲如何使用支付宝和微信。现在城里流行扫码支付，有人说笑话，说城里的乞丐都在玩扫码支付。培训结束后，春山所有的农家乐、经营小摊点都要推行微信扫码支付，我们要让游客在春山享受到快捷的支付便利。热情待客不仅是笑脸相迎，更重要的是为客人提供方便、舒适的游玩环境。"

梅花雪白盯了一眼桌子上的手机，见秦发祥把她讲课的图片放到了春山微信群里，她抓起手机说："大家看到了没有？春山有名的网红，'摩天岭野猴'已经把今晚培训的图片发到网上了。以前要把这些信息发出去，还得好吃好喝请记者来报道宣传，等新闻报道出来这些可能都成旧闻了。如今人人都可以当记者，成为网红。你们看看，这儿培训还没有结束，外面就晓得我们培训的情况了。传说中的千里眼，顺风耳也没有这样快哟！"

梅花雪白就智能手机操作、上网、微信、农产品交易平台等方面的知识进行深入浅出地讲解。龙翠香瞅了瞅岳琼英放在桌子上的一部智能手机，又摸了摸自己的老人手机，她尴尬地盘算着，等过年了就买一部稍微便宜一点的智能手机，也要洋盘一回，不能丢了活人的脸面。

一个半小时的夜校培训结束，村民散去之后，苦水溪安静下来，朦胧的月光洒在春山上。梅花雪白仰望着天上的月亮，月光把她的影子映在操场上。她想起刚才上课挂断了吴平安打来的电话，便拨打过去，一丝甜蜜气息瞬间在她的脸上荡漾开了。

35

阳光落在春山村史馆的院子里时，春山村民俗文化理事会成立大会也开始了。会议由李子木主持。会议通过了《春山村民俗文化理事会章程》《春山村民俗文化理事会选举办法》。会议选举唐老坎为会长，秦发祥为执行常务副会长。理事会下设红白喜事、说春及山歌、傩坛戏表演三个小分会，理事会主要负责村史馆的管理、民俗文化表演、传承、推广等工作。

唐老坎在当选时致辞："我没有想到祖坟冒了青烟，时来运转老来俏，戴上这顶不是官儿的乌纱帽。虽然这个官帽不好戴，但会尽心把春山的民俗文化发扬好。"

梅花雪白在祝贺村民俗文化理事会班子成员当选时说："春山有着深厚的民俗文化，这是春山人引以为豪的根脉，守住根脉就会承绪未来。从泥土里长出来的这些春山民俗文化，是春山人滋养出来的，只有根植在这面大山的厚土中才会更加长久。我们搞乡村旅游，就要有浓郁的乡土味道，没有这个味儿就吸引不了游客。村上成立民俗文化理事会，其目的是搭建一个本土民俗文化大舞台，理事会的成员都是春山上吹打扯唱的骨干成员，大家要努力让说春艺术火起来，春山的山歌重新唱起来，鼓乐队响起来，把春山的这台乡村大戏唱起来，把城里更多的游客吸引过来。"

唐老坎还未把理事会的事儿理出头绪，何高山邀请理事会帮忙筹备开业庆典的事儿，他既兴奋又不安。在青海从事餐饮的何高山眼见春山的乡村旅游热起来，他和妻子便回到春山，将荒废的老房子改建成"乡村十大碗"农家乐。在筹备开业仪式上，他不想玩城里人的洋套路，想搞一场别开生面的开张庆典，便找村民俗理事会帮忙筹划，酬金四千块钱包干。

对于这一笔让人心动的酬金，唐老坎心里底气不足，便召集秦发祥和另外几名副会长以及秘书长商量如何才能体面地挣到酬金，打响理事会成立以来的第一炮。几人在唐老坎家里商量了半天也没有理出具体方案，在饭桌上喝完一壶苞谷蜂蜜酒后，酒把那些深藏不露的好点子全撺出来了。

　　秦发祥建议以说春开财门的方式作为开业序幕。唐老坎认为老祖宗说春的规矩是小阳春后才能出门，这开张营业去说春还没有先例，会坏了师门的规矩。

　　秦发祥说唐老坎是一根筋，就像犟牛拉犁不晓得转弯一样。如果还抱着传统的路子走，大家摆弄的这些土玩意儿真的就没有活路了。只有不拘泥于形式，大胆改变，传统的东西才会活起来。何高山开业搞的把戏，不仅要让春山人看一看，还要发布到网上，让更多的人了解春山这些古老的把戏活儿。我建议，理事会要充分依托传统的土壤，对婚丧嫁娶、开店营业、大型活动庆典，不断注入现代元素，分门别类制定方案，编排适应现代的节目，以便今后遇上啥事儿，大家心中就不会乱了方寸，信手拈上一个节目就上得了场面，就像酒店菜单，客人点啥，厨师就做啥一样。

　　秘书长马安山见秦发祥说得唾沫直飞，笑道："秦吹吹，你说的说些，说起容易做起来难哟！"

　　秦发祥不满马安山的插话，说："伙计，我说的这些都是你这个秘书长应该考虑的事情，你不能跷起二郎腿喝盖碗儿茶，吃粮不管事哈！"

　　马安山笑了几声，不再招惹秦发祥，他知道嘴仗自己是打不过秦发祥。

　　唐老坎觉得秦发祥刚才说的话有道理，他同意以说春开财门为开张序幕。几人又敲定了演奏的曲目及演唱的山歌。唐老坎对商量开张的曲目拿不定主意，突然想起鼎盛集团邀请的《春山之歌》编剧鲁天赐正在村里采风，便提出请鲁天赐帮忙把脉问诊。众人也觉得这是个好主意。

　　唐老坎、秦发祥找到鲁天赐讨教开张曲目的编排问题，鲁天赐盯着曲目单子惊喜不已，自己苦思冥想的创作剧本在手中的单子上找到了突破口。他连说了几个"好"字，然后建议说春开财门的序幕配以唢呐伴奏，山歌应以拉歌或对歌的方式增强现场热闹气氛。

　　唐老坎根据鲁天赐的建议对开张曲目单子进行修改，召集鼓乐队、山歌队抓紧排练。他对自己负责的开财门环节反复推敲，总觉得有不尽如人意的地方，却又找不出是那个环节有问题。黄花见他捏着一张旧春帖发呆，一语道破天机："你手中的老帖是不能贴在开张营业的新门上的，就像新年门上还贴着旧春帖。"

　　唐老坎茅塞顿开，依据春帖的样式，重新设计了一张画有财神像，写有"天官赐福""开张大吉""财源广进"字样的大红财神喜帖。同时，又对开财门中的唱词进行了修改，力求贴近开张营业的味儿。

何高山的"乡村十大碗"农家乐在秦发祥的唢呐独奏声中开张了，唐老坎头戴新纱帽、身着大红袍、肩挂褡裢、一手执春棒、一手拿春牛，缓步走来。

马安山扯开嗓子吼："开财门喽！"

只见唐老坎迈着八字步，绕着店门唱：

一开东方甲乙木，又是天官赐福门；

二开南方丙丁火，招财童儿迎门坐；

三开西方庚辛金，斗大黄金滚滚来；

四开北方壬癸水，闪闪金银几大堆；

五开中央戊己土，日日旺财年年有；

我把财门来开过，风吹财门笑呵呵。

唐老坎在大门口站定，掏出大红喜帖贴在大门上，高声唱道：

请位春官贴喜帖，财门大开新气象。

喜帖贴在店门上，福禄财神在高上。

福禄财神到你店，金银财宝挖不完。

这个老板真大方，喜钱要用口袋装。

唐老坎唱毕，何高山笑呵呵地拿出红包喜钱交给唐老坎。唐老坎拿着红包喜钱吼："红包喜钱拿到手，主人发财说有就会有！"

在场的人也齐声跟了两句："说有就有，说来就来。"

这时，院子里鼓乐齐鸣，鞭炮礼花震天。

财门开过，秦发祥又和鼓乐队演奏了几首喜庆的曲子，领唱了依据春山山歌调子改成的《开店纳财》歌。姚春萍、鲁天赐举着手机抢着录制视频。此时，一个大胆的想法从鲁天赐的脑子里跳出来，他决定放弃原来策划的请明星助阵演出《春山之歌》的想法。他觉得春山这些原生态的唱腔才是这面大山本真的声音，让村民自己演自己才是最精彩的，创作的源泉如流水一样从他的脑子里流出来，他赶紧回到住处对原稿进行大幅度的删改。

秦发祥将姚春萍拍的视频和他拍的"十大碗"菜品发布到网上，很快就赢得网友一片称赞。红江县城一家准备开业的乡土饭馆还主动邀请秦发祥他们去开财门。

　　春山民俗文化理事会筹办的第一场活动一炮打响，唐老坎和秦发祥对红白喜事涉及的每个项目进行细化分类，逐项编排一套完整的程序，对相关曲目优化调整。谁家有什么事儿了，只要一个电话打到理事会，就会帮助料理得顺顺当当。比如谁家有人去世，丧事小分队很快就会把抬棺的、支客的、鼓乐队的、唱傩戏的、哭丧的、扎花圈的、主厨及帮忙等人员召集起来，省去了主人家四处央不到帮忙人员的尴尬和苦恼。春山民俗文化理事会因编排的曲目乡土味儿浓、服务态度好、信誉度高、收费合理而火了起来，生意做到了周边乡镇和红江县城，理事会和参与村民的收入也日渐见涨。

　　鲁天赐的《春山之歌》脚本在小阳春到来之前完成定稿，这台歌舞共分四个章节。第一章为板凳蛮歌。讲述巴人在春山悬崖凿洞而居，在蛮荒的山野开荒狩猎为生，这些先民带着撼天震地，吓破敌胆的歌舞随巴师助武王伐纣、辅刘邦灭三秦，留下了不朽的板凳蛮歌舞。第二章为山歌铸魂。反映从甘肃、陕西、湖广等地移居春山的先人在这片大山之中，用说春的唱词、喊山的歌声、劳动的号子谱写出了独具巴山特色的大山之歌。第三章为大山的呼喊。说的是无数山民在这片贫瘠的深山老林之中，在追求自由、平等、幸福生活道路上所经历的苦难、无助、绝望、抗争和牺牲，最终当家做了主人，拥有了属于自己的土地。第四章为春山放歌。说的是春山人在向贫困宣战的过程中，朝着对幸福美好生活的向往，咬定青山不放松，淌过汗水和血泪汇成的河流，越过了难以逾越的贫困高山。这台歌舞时长两个小时，由鼎盛集团全额出资打造，为康养休闲项目的配套产业之一。定位为乡村大舞台，演员全部为春山一带擅长歌舞的村民。有演出任务时，每演一场每人按角色给予八十元至一百元不等的劳务报酬。

　　《春山之歌》招聘村民演出节目的告示一出来，春山的男女老少就被这个消息吸引住了，报名处挤得水泄不通。岳琼英、龙翠香没有想到导演组会把她们挑中，还担任节目中哭嫁、哭丧、乡骂的一对主角儿。唐老坎演出的角色为春官，负责序幕——开山门，秦发祥承担了唱山歌、唢呐独奏和伴奏的主角。演员确定后，导演组利用晚上的休息时间在休闲中心的大舞台上排练节目。

　　岳琼英、龙翠香看到导演组拍的排练乡骂的视频，笑得合不拢嘴了。导演陈烯夸她们具有表演天赋，把诙谐乡骂这出戏演活了。岳琼英笑答："乡骂这活儿，我和龙翠香在春山这面山上已经操练几十年了，都快练成骂人精了。"

　　龙翠香接过话头："老伙计，我们这对老冤家真不简单，还叫骂到乡村大舞台上去了。"

　　陈烯被她俩的话逗乐了，笑说："春山这面山上的骂声听起来都很有味儿。"

36

　　春山起风了，唐老坎看见旋儿风在院坝里旋着圈儿，一片漂亮的公鸡羽毛在风的旋涡中像精灵跳着怪异的舞。这时，来自骨髓深处的震颤犹如洪流冲垮了堤坝，他不由浑身颤抖起来，傻傻地望着老柳树上的喜鹊窝快要被风吹散架了。

　　"这风又在催我出远门了。"唐老坎痴说了一句，他想起小阳春快到了。他钻进阁楼，抓起摞在窗台上的那张新雕的春帖版紧紧捂在胸口，就像抱着黄花一样。今年是出门说春，还是不出门说春？他纠结不已。理事会开张之后，生意活儿不断。村里又要举办第一届庖汤节，民俗理事会有演出任务，他又不好扔下这些事儿不管。家里的生意、圈里的猪牛、地里的庄稼都要人忙活，把这一摊子的事儿扔给黄花，自己一拍屁股就出门了，他觉得又于心不忍，况且，他出一趟远门挣的钱还不及家里农家乐一个星期的收入多。

　　唐老坎放下春帖雕版，透过窗子痴望着风中的老柳树。老柳树如同长袖善舞的舞者，在风中痴舞。风儿累得趴下了，老柳树才意犹未尽地停下舞步。唐老坎决定今年不出门说春了，可是，这个主意一定，他的身子就抖动得更加厉害了，好像打摆子似的，他赶紧扶着窗框坐在凳子上。阁楼旋转起来了，春山似乎也跳起了舞，唐老坎看见老柳树不停闪着七彩的光焰，那团光焰越旋越快，最后幻化成了头戴花环，身着绿色纱裙的美丽姑娘。自己也变回了十八九岁的模样，身上的衣服也变成春官服。只见姑娘轻挥玉手，他就像风一样搂起姑娘的腰，跳起了欢快的舞。天上的云朵看呆了，四围的群山也看傻了，只有阳光随着她们的舞步在伴舞。舞步慢下来了，姑娘的影子渐渐模糊了，那只温润的手变得粗糙了，一个沙哑的声音从风的喘息中传来："春天是从风的脚跟钻出来的。"

眼前的景物清晰起来，放在桌子上的粉红色春帖纸和印制春帖的模具，如同少女迷人的目光迷住了唐老坎，他伸出颤巍巍的手掌在模具上摩挲起来。他抓起油墨盒，开始慢慢调好油墨，然后均匀地涂抹到春帖版的模具上，待墨色浸润饱满之后，他才轻轻拈起一张春帖纸铺在上面，拿起一块棉布盖上，用小沙袋夯锤几遍，然后掀开棉布，小心揭起春帖纸，就像迎接新生的婴儿一样。春帖纸从雕版上剥离了，他举起春帖纸对着窗子上的亮光瞧了瞧，禁不住惊叹："这是一张难得的好春帖。"

这张春帖上的图案及文字墨色饱满，线条清晰，这是唐老坎多年都很少见到的。他举着春帖纸黯然神伤，这样好的一张春帖在他做出不出门说春的决定之后，便形同废纸了，好似自己刚出生的儿女就被他扔进粪池溺亡一样。他实在不忍心把春帖扔进垃圾堆，便找来一块透明胶布把春帖贴在窗子的玻窗上，犹如为春帖举行一场庄严的葬礼。

他望着窗子上的春帖轻声唱：

> 那边说了这边来，
>
> 霜打蜡梅斗雪开。
>
> 只有蜡梅开得早，
>
> 隔年打扮春来了。

一丝泪水从唐老坎的眼角流出来，瞬间模糊了他的双眼。一条从老柳树伸向远山的路在他的泪光中渐渐清晰起来，他看清自己头戴纱帽，身着红袍，手执春鞭，怀揣春牛行走在崎岖的路上，山的路径越来越清晰，他能看清路上硌脚的小石头子。他又听到一群放学的娃儿追着他的屁股吼："春官佬儿，赶春头；春天未到，他先到。哈！哈！哈！"

黄花在楼下叫喊唐老坎的声音似一盆冰水从他的头上淋下来，他赶紧抹掉眼泪下楼去了。黄花见唐老坎从阁楼钻出来，抱怨道："家里一大堆事儿等着的，你还有闲心躲在阁楼偷奸耍滑。"

"嘿嘿，我在阁楼找东西。"唐老坎低声解释。

黄花瞪着唐老坎说："你莫哄我，阁楼全是装的说春那些破玩意儿。我今天把丑话说到前头，你的老毛病刚在医院治好，你今年就不要打出门说春的主意了，家里现在也不稀罕你去挣那点钱了。远走不如近爬坡，你把近处开财门的活儿搞伸展就不错了。"

"嘿嘿，我也是你这么想的。"唐老坎说。

"猪也是这么想的。"黄花说完，忍不住"扑哧"地笑了。

黄花抬头望了望天空说："家里烧的柴不多了，你找几个人去柴山砍些柴回来，做柴火饭和烧烫猪水离不了，眼看庖汤节一天比一天近了，柴禾没有干透就不好烧了。"

"干活的工钱按天计算，每人一天一百五十块钱，不能亏待别人，也不要找只图磨洋工而不肯下力干活的人。"黄花又说。

"要得。"唐老坎答。

黄花接着吩咐："赶快叫社火娃儿起来吃早饭，太阳都晒屁股了，他还窝在床上。"

唐老坎敲开社火娃儿的房门，只见社火娃儿没有窝在床上，而是把窗外的景色往画纸上涂抹，那些远山、云海在他的笔下成了一道好看的风景。

"画画啦！吃了早饭再画吧！"唐老坎催促。

"嗯！"社火娃儿答应了一声，却没有动。

唐老坎催促好几遍，见社火娃儿没有停下画笔，便退出屋外，跑去对黄花说："社火娃儿正忙着画画呢！"

"老唐，你把饭给他送去吧！社火娃儿饱一顿饿一顿是不行的。"黄花说。

唐老坎抓起搪瓷大碗，将饭菜舀好端给社火娃儿说："快吃饭，吃了又画，饭菜凉了你大婆要重新热一遍。"

社火娃儿端起大碗，边吃边盯着画儿，好像画儿比饭还香。唐老坎看见桌子上摆放的一个水晶奖杯，是社火娃儿前不久在全省残疾人美术比赛中获得一等奖的奖杯。就在前天，他挂在门口的那幅《春山柿子红了》的画被一个游客以二千元的价格买走。昨天，社火娃儿对唐老坎说，他想在家里开一个画室。他的这个想法让黄花和唐老坎很高兴，夸社火娃儿进步了，晓得为自己的事儿考虑问题了。

这时，村广播响起来，村主任李子木在广播上吼："各位建卡贫困户都把耳屎掏干净了，听清楚啦！请今天下午三点钟准时到村委会议室开会。这是一个重要得不得了的会议，谁不参加会的，在这个季度道德银行考核评分时就打零包蛋。另外，通知一个事情，近段时间天干物燥，请各家各户注意防火，管好家里的细娃儿，严禁在坡里烧荒、玩火。谁不听招呼的，烧了山就得去坐监牢的。还有一个事情差点搞忘了，请各位村民注意啊，不要在村里的公众微信群发那些莫名堂、乱七八糟的东西，也不要乱说哈，凡不听招呼的，就要把他踢出群籍哦。"

唐老坎扭头问社火娃儿下午去不去开会？社火娃儿说要去。

不一会儿，村广播里突然冒出一阵手机铃声，继而传出李子木的声音：

"喂，是哪个？"

"你是啥子公司？"

"啥医疗保健品推销公司？"

"去你妈的骗子公司。"

"搞的啥子哟，刚才话筒都忘记关了。"

"喂，喂，请大家注意听，我再讲一个事情，刚才有一个推销医疗保健品的骗子公司又打电话了，这些骗子公司专骗村里老家伙的钱，请大家不要上当受骗哈。现在这些骗子在城里骗不了钱，就跑到乡下来了，推销歪货来坑我们这些老弱病残的。我们村里就有人被这些骗子灌了迷魂汤，把自己辛辛苦苦挣的钱拿去买了一大堆吃不死人也治不了病的保健品和保健器械。前不久，就有骗子跑到春山来推销净水器，村里就有人傻戳戳地上过当。还有，现在手机上的骗子也是他妈的无孔不入，多如牛毛，什么冒充公安局电话骗钱的啦，手机号码中大奖的啦，美女勾引你聊天的啦，等等。大家不要脑壳短路去上洋当哈，不然就会被骗得惨兮兮的。在春山这面山上，有人上过这些洋当的，我就不点名了哈。我说这些，就是提个醒，千万不要贪小便宜，上大洋当。如果谁上洋当了，不要怪村上没有提前打招呼！好啦！今天就广播到这里。"

唐老坎望着架在山梁上的高音喇叭笑了起来。

下午三点，主持会议的村主任李子木看了看会议签到表，见贫困户都到齐了，便说："请大家不要摆龙门阵了，把手机关成静音，接电话到外面去，要维持会场秩序。现在正儿八经地开会了。今天主要研究今年达标贫困户退出的问题。根据脱贫攻坚计划，春山一部分达到脱贫标准的贫困户要有计划地退出去。通过驻村工作队初步调查摸底，今年全村有三十五户建卡贫困户达到'两不愁、三保障'的脱贫标准，按政策规定，达到脱贫标准的农户要自行申报，村乡审核后，上报县政府审批。"

李子木的话还没有说完，万山红就站起来打断他的话："凭啥子要退出，贫困帽子还没有戴热，就要求不戴了，你们乱搞嘛！我就是不申请，不退出，谁又能把我怎么样？"

"就是嘛！说退就退。把国家政策当儿戏吗？"

"把我们当小孩子哄吗？国家的脱贫攻坚要2020年才会结束的。"

"我不在退出表上签字，你敢把我怎样？"

"我家把吃喝拉撒除开，收入就达不到脱贫的标准。"

……

众人围着万山红的话题吵嚷开了，会场如同喧闹的菜市场。

李子木吼了几声也没有让会场冷静下来。梅花雪白抓起话筒大声说道："乡亲们，吵闹是解决不了问题的。依法、依规、依理才是解决问题的关键，我就这事讲几句。"

"一部分达到脱贫标准的乡亲不想退出'摘帽'，主要担心脱贫之后就享受不到政策红利了。我在这里给大家吃一个定心丸。脱贫退出之后，还有一个脱贫成果巩固、提升、发展的过程。这轮脱贫攻坚一结束，紧接着要实施的乡村振兴战略是党中央、国务院送出的又一个政策大礼包，还有许多意想不到的政策红利会落到大家头上的。党的十九大报告提出实施乡村振兴战略，总的战略要求是'产业兴旺、生态宜居、乡风文明、治理有效、生活富裕'。脱贫是振兴的基础，只有把脱贫的基础夯实了，才能在振兴的大道上走得更快、更远。红江县委、县政府最近又出台了专门文件，在产业发展方面的扶持力度将会比以前更大，在改善农民生产生活条件方面的政策投入也会更多……"

"脱贫政策不是终身的福利政策，也不是养懒人的，主要是对奔小康掉队的贫困乡亲扶上马，送一程，使其增强内生动力，努力跟上同步奔小康的步伐……"

"等、靠、要的思想如同顽症仍然在春山的土壤里不同程度存在着，脱贫的关键还要除掉我们头脑中的'穷根'。乡村振兴发展的动力要靠我们不胜不休的坚定意志和勤快的双手，才能把蓝图变为现实的……"

"请李主任把今年全村达到脱贫标准的建卡贫困户的情况公布一下，也请大家心平气和地评一评理儿，看是否符合脱贫的标准，李主任公布完了以后，大家有什么意见再发表哈。"

台下寂静无声，李子木抓起调查材料念道：

"万山红，全家建档立卡贫困人口四人，享受易地扶贫搬迁政策，住房和饮水达到安全标准，其子万敬职高毕业，现在县城从事装修工，月收入三千元，其女重残，享受低保及残疾补助金每月共计三百九拾元，万山红和妻子在鼎盛集团春山康养休闲中心务短工，每月人均收入二千元；土地流转每年收入二千元，享受公益林、耕地地力补助等政策性补助一千一百元。除去日常生活支出外，全家收入已远超脱贫标准。

"唐坤元，全家两口人，享受危旧房改造政策，住房和饮水达到安全标准。'春山幺店子'农家乐月均收入五千元；养猪年收入五千元；民俗理事会分红每月四百元；说春非遗传承人每月补助三百元；土地流转每年收入一千二百元；享受公益林、耕地地力补助等政策性补助九百八十元，全家收入远超过脱贫标准线。

"秦发祥，三人，吃穿不愁，有安全住房。秦发祥和姚春萍在鼎盛集团春山康养休闲中心务短工，每月人均收入一千五百元；卖火烧馍月收入九百元，民俗理事会分红每月四百元，山歌非遗传承人每月补助三百元；土地流转每年收入九百元，享受公益林、耕地地力补助等政策性补助四百五十元，全家收入远超过脱贫标准线。"

……

李子木公布完三十五户建卡贫困户脱贫调查情况，会场静得都能听见绣花针掉地上的声音了。

梅花雪白说："这些调查资料都是大家签字按了指印的。如果有什么意见，请讲出来。"

唐老坎站起来说："我对退出没有啥意见，达到脱贫标准该退就得退。我想借这个机会说几句心里话。脱贫攻坚不仅是干部的事，也是我们自己的事儿。大家吃饱饭了要晓得放碗筷。春山总有一些人爱打小算盘，贪图占小便宜，总是认为钱是国家的，戴着穷帽子就舍不得取下来。话又说回来，谁不想兜里的钱越多越好，但总得要摸着良心说话办事哟。这几年春山发生的翻天覆地的变化，我不说大家心知肚明……"

秦发祥紧接着说："我做梦都没有想到会有打翻身仗的好日子。我赞成达到脱贫标准就退出。要论扯经蛮缠的那些把戏，我以前是不虚火任何人的。当然，那是以前的那个秦吹吹。常言说，人挪活，树挪死，做人不要死脑筋。大家要把眼光看远一点，翻过贫困这道铁门坎，前面就是振兴发展的大事儿等着的，如果我们还想着把穷帽子永远戴在头上，拖着春山的发展后腿，那么，春山的振兴发展又会掉队的……"

唐老坎、秦发祥发言结束，接着又有几户贫困户表态，同意达标退出之后，会场陷入沉寂状态，李子木连问几遍还有谁要有话说的，会场仍旧无人发言。梅花雪白笑着点名万山红说几句。万山红嘿嘿地笑了笑，挠了挠头发说："刚才听了梅书记和大家的话，我心里亮堂了，脑壳开窍了。我在脱贫调查表上签了字的，按了手印的，这个账是要认的。"

秦发祥顺势开玩笑："万山红，难得见到你这只春山有名的'铁公鸡'做一回耿直人哟！"

秦发祥的话把众人逗得哈哈大笑。

会后，全村三十五户达到贫困退出标准线的贫困户递交了退出申请书，梅花雪白召集村"两委"班子和驻村工作队对申请退出的贫困户又逐户核实，确定无误后，便在村微信公众平台和公示栏公示。李子木又在村广播上接连播报七天之后，村民均无异议，便上报审批通过。

37

春山迎来入冬第一场雪后的大晴天，何家辉走出秦巴监狱大门，他望着白雪覆盖的远山，顿感自由就像阳光让人无比温暖。梅花雪白和李子木下车来到他的面前，一种温暖如同红江的奔流在他胸腔涌动，他的嘴巴动了动，却一个字也没有说出来。

"走吧！"李子木笑说。

"是直接回春山，还是在市里转一圈？"梅花雪白问。

"回春山。"何家辉从嘴里吐出这几个字。

何家辉望着窗外掠过的景色，那些陌生而亲切的景物渐渐模糊了，过去的事儿在他眼里不断清晰起来。他第一次偷盗坐了五年半的牢，第二次进入秦巴监狱之后，绝望和破罐子破摔的心情把心堵塞满了。那天，梅花雪白和李子木在监狱探望他时，梅花雪白说的那句"你虽然走错了路，但春山是不会抛弃你的"的话就像这寒冬的阳光穿透冰层，他狂暴的心慢慢沉寂下来了，开始了反省，对自由也就更加渴望，对春山也就更加眷恋，渴望新生也就成了他改造的动力，狱中减刑让他提前获释。

"老何，回春山准备干点啥呢？"梅花雪白问。

"报告梅书记，我以后一定老老实实做人。"何家辉说。

"鼎盛集团春山康养休闲中心保安部缺人，你愿意干不干？包吃住每月一千八百元。"梅花雪白问。

"别人能要我吗？"何家辉问。

"梅书记已经提前联系好了，康养休闲中心专门把一个名额为你留着的。你要干好哦，不能丢脸哈。"李子木说。

何家辉"嗯"了一声就哽咽了，李子木忙掏出纸巾递去，车内寂静无声，车窗外的景物一闪而过。

何家辉到春山康养休闲中心保安部报到的第二天，红江物流春山网点也正式开通了。龙学峰的一百斤干天麻、姚春萍的三百个"春山火烧馍"和其他农户发放的一批山货也在这天随物流公司的配送车运往成都和重庆等地的网订客户。同天，黄花也收到了在网上购买的两套保暖内衣和一条电热毯。

春山物流网点是红江县第一家村级网点。红江物流公司老总何江红开设这个村级物流站点还纠结了一段时间。他想不设吧，又不好向老同学梅花雪白交代，设吧，又没有把握。在村级建物流网点这个点子是梅花雪白提出的，她三番五次动员说，农村物流网点大有可为，物流业不应只盯着城市这盘大棋拼杀，要把目光延伸到村这一级，要敢当第一个吃螃蟹的人，才能在农村这片市场抢得先机。他最终被梅花雪白说动了，便开设了这个网点。

令何江红没有想到，在媒体报道春山物流网点的新闻之后，红江县城的几家物流企业也闻到了商机，何江红感到了竞争的危机，赶紧行动起来。就在何江红马不停蹄地在县内农村设点布局之时，几场霜雪过后，春山的红萝卜红透了，春山人"吃庖汤"的时节便到了，春山首届"美味春山——庖汤·酥肉节"就要开幕了。

"庖汤·酥肉节"的重头戏是春山的大酥肉申报吉尼斯世界纪录，不少新闻媒体报名前来采访。对于"庖汤·酥肉节"的筹备工作，梅花雪白丝毫不敢马虎，压力山大。她和李子木分头对大酥肉制作现场、民俗文化表演、特色土特产品展示、特色美食摊点、农家乐的食品卫生安全、环境卫生整治等相关筹备工作反复检查，不放过任何纰漏。

然而，就在开幕式的前一天，摆放在村民俗广场的几排盆花不翼而飞。李子木带人以检查环境卫生的名义在广场周边的苟俊秀、龙玉琳、石彩莲等农户家中找到丢失的盆花，一问才得知是苟俊秀见广场摆放的花木实在太好看，就偷偷抱回家里，龙玉琳她们见了，也跟着抱了几盆。对偷抱花木的农妇，李子木要求报警严处这种行为，借以杀一儆百，不然村里的公共财产就会像蚂蚁搬家似的被这些不良行为侵蚀掉。梅花雪白坚持不报案，决定采取批评教育的方式处理。李子木不满梅花雪白的意见，说事儿虽小，但不能纵容，要用打铁匠的铁手腕才能治住春山人这些不良行为。梅花雪白解释说，这个问题虽小，却折射出一个大问题。农民钱袋子鼓了起来，如何提升文明素养是乡村振兴不容忽视的大问题。这件事的发生充分暴露出提升村民文明素养还存在很大的短板，前面的路还很长，需要用滴水穿石的精神不断强化教育引导，慢慢让他们的脑袋富起来。

李子木不想与梅花雪白在这个节骨眼上再争论，他活了五十多岁，春山啥样的风雨他都见过。梅花雪白说的话虽然无懈可击，但在春山这片大山里，想象与现实还是有差距的。他想了想，说："要改掉春山这些爱贪小便宜的人的臭毛病，真的很难。"

梅花雪白召集李子木、社长何大生在苟俊秀家里对抱走花木的几名农户进行教育处理。还未等梅花雪白开口，李子木抢先说道："羞死春山的祖先人哟！你们几户的小洋房建得比城里人的别墅还好，家里不缺买几盆花的钱，这点小便宜也蹭着占。梅书记不让报案处理，坚持说服教育，是给足了你们的面子。凭我的牛脾气，早就报了案，让你们在派出所待着了。"

李子木的话惹着了苟俊秀，她从凳子上弹起来，冲着李子木吼道："李子木，你当了官儿，尾巴就翘到天上去啦！你指手画脚地训谁呢？我不就是抱了几盆花木嘛！又犯了多大的王法呢？你去报案呀！让公安局的把我们都抓了关进大牢……"

"我们又把谁的祖先人羞死了，抱这几盆花木难道还比偷人找汉丢人吗？"

"不要拿大话来吓唬人。"

"呵呵，我好害怕你报案哟！"

李子木的话捅了马窝蜂，几名妇女七嘴八舌的吵闹起来。梅花雪白和社长何大生赶紧劝说，等苟俊秀她们的火气降下来的时候，梅花雪白笑说："各位大婶，广场的花木很美，它们很想让更多的人看看，却不想躲在私人屋里孤孤单单的枯萎。"

苟俊秀不好意思地笑了笑说："梅书记，我当时觉得广场上摆的花木的确好看，手痒就抱了几盆回来。"

梅花雪白笑问："苟大婶，您觉得同样的花木摆在广场和家里，有什么相同和不同之处呢？"

苟俊秀支支唔唔的，一脸窘态。龙玉琳、石彩莲等几名妇女也面面相觑，答不上来。

梅花雪白笑着解释："相同的地方是，花木无论摆在哪儿，其本身没有改变，都是一样的美。不同之处有两点，一是摆在广场上的花木让人学会把美丽分享。二是摆在家里的花木却无法把美丽让更多的人欣赏。"

苟俊秀不安地说："梅书记，我一时犯了糊涂，我等会儿就把花木送到广场去。"

梅花雪白笑说："这就对了，学会与别人共同分享好果子，吃在嘴里的果子就会更加甜哟。"

龙玉琳小心问："梅书记，我们把花木送回广场去了，你们会怎样处理哟！"

梅花雪白说："这事儿村里的老百姓全知道了，如果不处理，村里制定的《乡村道德银行管理办法》就会成为一纸空文，广场的花木等不了几天就会被搬光的。这事请您们理解！我建议按《乡村道德银行管理办法》处理，您们有没有什么意见？"

苟俊秀等人想了想，对梅花雪白的处理建议无异议。为此，梅花雪白综合在场人员的意见，扣减苟俊秀等户四季度文明道德评分，摘掉挂在苟俊秀家门上的"文明道德进步之星"门牌。

上午九点，冬阳高照，晴空万里，难得的天气为这个节会增添不少喜色。梅花雪白主持简短的开幕式，逐一介绍站在主席台上的县财政局、县文旅局、农业局、玉河乡党委、政府、鼎盛集团等特邀嘉宾，李子木代表春山村"两委"致欢迎辞，县财政局、文旅局来宾致贺词，鼎盛集团作为赞助商代表讲话之后，县文旅局局长郑天海宣布"美味春山——庖汤·酥肉节"正式开幕！

锣鼓喧天，礼花齐鸣，舞台上腾起团团彩色烟雾，只见唐老坎头戴纱帽，身着红袍、肩挂褡裢，一手执春鞭，一手捧春牛，如同腾云驾雾的天官缓缓飘向舞台。他边唱边绕台一圈，从褡裢中取出一张粉红的喜帖贴在身后的一面红色大门上。他手挥春鞭，大门徐徐打开，一群淘气的娃娃嘻嘻哈哈地从大门里跳出来，围着他吼："春官佬儿，赶春头；春天未到，他先到。哈！哈！哈！"

这时，鼎盛集团邀请的《春山之歌》主持人走上舞台，开幕式的民俗文化表演拉开帷幕，唢呐演奏、爨坛戏、板凳蛮舞、薅草舞、童谣联唱、哭嫁、诙谐乡骂、山歌对唱等表演，似春山原汁原味的美食，让游客大饱眼福。

为期一个月的"美味春山——庖汤·酥肉节"开幕了，前来参加的人将春山康养休闲中心广场、民俗文化广场、特色美食及土特产品展示区挤得水泄不通。

在大酥肉制作现场，只见八名乡村厨师将一头春山黑土猪开肠破肚后去除头尾、四肢及骨头，像削苹果一样将一头猪削成长条细肉，把鸡蛋、芡粉及一些调料调匀放入猪肉中搅拌好之后，缓缓放入一口长十八米的长方形特制大铁锅中烹炸。在场的吉尼斯认证官员全程验证。历经两个小时，一条重二百一十斤的金黄色大酥肉制作完成，经计量和评估，吉尼斯认证官员宣布世界上最大的大酥肉在春山诞生了，现场顿时响起欢呼声、礼炮声。唐老坎身着春官装，手挥春鞭在前开路，八名厨师抬着大酥肉绕场致谢，大酥肉像一条金黄色长龙在人海中游走，记者的摄像机，游客的照相机和手机，空中盘旋的无人机追着大酥肉不停拍摄着。

黄花无暇顾及广场上的热闹场面，她摊位上的大铁锅里的菜油翻腾着，长约二十公分的酥肉像一条条金色的鱼儿在油锅里畅游，围观的游客挤在"春山幺店子"二维码前扫码支付，等着炸好的酥肉一出锅便抢光了。两名厨师和服务人员且忙着客人订的三十桌"十大碗"坝坝宴上的坨子肉、粉蒸肉、品碗、虾米汤等特色美食。姚春萍的"春山火烧馍"摊位上的游客也排起了长队扫二维码。她注册了"春山火烧馍"商标开店后，便辞掉了在"春山幺店子"的活儿。

唐老坎演出刚结束，黄花便把他召去帮忙。还未等他换装，围观的游客就围着他照相。他站在自家摊位的招牌下，手举黄花炸的酥肉笑呵呵的，任由游客照相合影。中午时分，他家的酥肉就被抢卖光了。

住店的客人吃过晚饭之后，黄花和服务员忙着打扫卫生。唐老坎开始盘点收支账，他算了算，开幕式全天卖出一千个大酥肉收入一万元，三十五桌客饭收入一万五千元，加上住店客房收入，全天共计收入二万七千五百三十元，除去临时请的三名厨师、二十名服务人员的工资及食材料成本一万六千元，净收入一万一千五百三十元。他将收支记在账本上后，躺在沙发上睡着了，他梦见春山大酥肉变成了金色的长龙来到身边，他轻轻一跃，身子像风一样飘到长龙的背上。他轻挥春鞭，长龙便腾云驾雾起来，春牛不知何时从他手中飞奔出去，变成了一只金牛伴随左右，他冲着在空中奔跑的金牛哈哈大笑起来。

唐老坎梦中的笑声差点惹笑黄花，她看见唐老坎抱着账本在沙发上睡着了，便抓起一床被子轻轻盖在他的身上。这时，她打了几个呵欠，困意如山一样压在身上，她好想躺下来打个盹儿，但想着明天的食材还没有准备好，又强忍着忙活了。

月光落在院子里很明亮，黄花抬头看了看天空的圆月，嘀咕了一句："十五的月亮好圆哟！"

38

梅花雪白站在苦水溪的鲤鱼潭边，吴平安手捧九十九朵玫瑰花，在他的一帮同学的簇拥下，单膝跪地，对梅花雪白说："梅花，嫁给我吧！"

"声音太小了，大家没有听见，重说一遍！"鲁敏和几个女同学叫嚷着。

"梅花，嫁给我吧！"吴平安大喊，他的喊声和在场见证人的笑声在溪谷回旋。

梅花雪白接过玫瑰花，脸色灿若朝霞。吴平安轻轻抓起梅花雪的手，将一枚订婚戒指戴在她的手指上。

有人吼道："亲一个，大家说要不要？"

"亲一个！"众人附和。

吴平安抱住梅花雪白，在她的脸上亲吻了一下，清澈的潭水倒映出她俩幸福的影像。

李君兰看见梅花雪白手指上的订婚戒指，眼中泛着泪花，她牵挂心中多年的事儿终于尘埃落定了，而此时，另外一种期盼又像雨后的竹笋从土里不断冒出来，她想，应该操心梅花雪白婚礼的事儿了。梅花雪白还在她肚子里的时候，她就开始操心了，直到现在还没有把心操完，她觉得这一辈子像欠着梅花雪白似的，总为她操不完的心，这事刚刚放下了，另外的事儿又把人拴着了。

梅开贤似乎没有为现场的热闹气氛所动，而是沉浸在久违的往事里。他不停地对身边的梅发军说："这鲤鱼潭的水夏天很冷，我当知青时，常来这里钓鱼，也用麻柳树叶捣碎毒过鱼。有一次，我喝了不少苞谷酒后就到潭里来游泳，刚跳进水里，顿觉浑身如同烧红的铁块落在冰水里，身体急速收缩，腿脚抽筋，幸好路过的老农看见才将我救起来，从此，我再也不敢到这潭里游泳了。"

梅发军听着梅开贤的讲述，心思却放在梅花雪白的订婚仪式上。他和李君兰打算带着父母在"庖汤·酥肉节"开幕那天到春山来看热闹，想来想去，又觉得开幕这天梅花雪白的事儿多，他们来了会让她分心，况且那天人多拥挤，父母行动不便，就放弃了。"庖汤·酥肉节"开幕后的第五天，梅花雪白告诉他们，吴平安准备向她求婚的事，他们一合计，就把来春山的日子定在今天。

订婚仪式结束，梅花雪白和吴平安陪着亲友团在春山游玩。梅开贤坐在轮椅上兴奋地向梅发军和身边的人讲述他在春山当知青的日子。在唐家湾，他见到老支书唐贵田，两人紧握双手，边说边热泪横流。梅开贤说，几十年不见，春山变得让人不相识了。唐贵田捋着胡须告诉他，这几年春山的巨大变化是他无法想象的，几天不见就会有新的变化。两人不断感叹，岁月把人都催老了，却把春山变得像十八岁的年轻人了。

唐贵田陪梅开贤看了当年开过的荒地、开凿的水渠、修筑的堰塘、住过的吊脚楼、守玉米时住的山洞。在女知青柳叶青的坟前，梅开贤向梅发军缓缓讲述了一段尘封多年的往事。他被柳叶青银铃般的笑声迷住了，感觉那声音是世界上最好听的，在他主动向柳叶青表白爱意后的第三天，柳叶青施工时意外坠亡，从此，他把痛埋在了心里。在瞎眼婆婆龙春芳的墓前，梅开贤却像婴儿一样哭起来，他哭诉，有一次，饥饿折腾得他在屋内坐卧不安，浑身虚汗如雨时，住在隔壁的瞎眼婆婆拄着木棍摸到他的房子，掏出两个生红苕塞给他说："娃娃，快吃吧！身子骨不能饿坏了。"他没有想到，瞎眼婆婆当天夜里就不幸死了……

梅花雪白拍着视频，望着爷爷悲伤地想，这些影像资料也许是爷爷留在春山的最后记忆了，爷爷的癌细胞已经扩散全身，医生都通知家人要准备后事了。

梅开贤在唐老坎的店里品尝了春山的"十大碗"，平常不吃肥肉的梅开贤接连吃了三个坨子肉，还住了一个晚上，第二天就因身体不适回到县城。

在梅开贤住进县医院不久，老支书唐贵田无疾寿终。梅花雪白帮助料理完老支书的丧事后，来到医院看望梅开贤。梅开贤告诉梅花雪白，昨晚他梦见和老支书唐贵田坐在唐老坎房屋旁的那棵老柳树下，抽着旱烟，望着远山开心地摆龙门阵，突然，摩天岭上刮起一阵旋儿风，老支书唐贵田就像一片树叶被卷进旋涡里，他醒来时心里很悲凉。他问梅花雪白，老支书唐贵田这段时间身体怎么样了？梅花雪白不敢告诉老支书去世的消息，只好说："爷爷，老支书的身体很好，还盼着你回春山和他摆龙门阵呢！"

　　为期一个月的"庖汤·酥肉节"结束。此次节会春山共接待游客二十三万余人，没有发生一起安全事故。中央和省市新闻媒体对春山"庖汤·酥肉节"的报道，似火上浇油，烧旺了春山的乡村旅游，节会之后的客人仍然络绎不绝。对于这份收获账单，梅花雪白在总结会上说："春山的乡村旅游迎来了重要的黄金转折期。在这个节骨眼上，村'两委'及驻村工作队要头脑清醒，要认识到春山乡村旅游还存在着接待能力不足，服务意识差，有村民争客发生纠纷和趁机宰客现象等。如果这些问题处理不好，就可能造成刚刚烧起来的火被一场想不到的冷水浇熄的事情。"

　　村"两委"还未把朝阳农家乐宰客被投诉的事情处理好，春山乡村旅游又暴露出了新问题。何大山和唐光坤发给网上客户订的天麻、青杠木耳出现以次充好、缺斤少两的事情，客户要求退货，反而遭到无理拒绝，客户将此事举报有关部门，并在网上广泛发帖痛斥。负面帖子迅速在网上疯传，刚刚火起来的春山乡村旅游被推上风口浪尖。梅花雪白浏览着网上有关的帖子，强烈地感受到网友的评论似无数冰弹砸在春山人的身上。她召集村"两委"班子和驻村工作队员研究应对处理的方法。梅花雪白建议先以村委会的名义及时回帖阐明对涉事人的处理态度，防止此事越炒越大。同时，督促何大山、唐光坤及时对存在问题的旅游产品召回，重新按客户的要求提供货源，并诚恳向客户和网友道歉。按照村"两委"与红江物流签订的协议，对两人的行为亮出黄牌警告；在年度道德银行考核评分中实行一票否决。其次以村"两委"的名义将处理结果向网友公布。最后要以此为戒，加大对村民的教育力度，防止此类事件再次发生。李子木认为这事说大也大，说小也小，只要他们退回了货、赔了损失、道了歉也就算了。何大山、唐光坤都是爱面子的人，网上炒作这事已经让他们够承受得了。村上没有必要再对人家伤口上撒盐了。梅花雪白不赞同李子木的意见，她说："这件事看似是何大山、唐光坤的个人面子，实际上是春山乡村旅游这个大招牌的面子，是一荣俱荣，一损俱损的事情。网友或许并不关注是谁做出的这件事的个案，而是把个案放大为春山这面大山。一只老鼠坏一锅汤的破坏力是无穷的，所造成的影响是难以低估的。网友既能把春山捧得火热，也可以把春山打入冰冷的海底，如果我们忽视网络这个新生力量，就会栽跟头，吃大亏的。因此，勿以恶小而为之，莫让小事件影响大形象。春山的乡村旅游要想持续健康发展，就得不放过任何细微之处，从严处理不是小题大做，而是防患未然的必然之举，也是赢得网友谅解的务实之策。"

梅花雪白的话解开了李子木心中的疙瘩，他同意以这次事件为契机，对当事人严加处理，加大对村民的诚实守信教育，坚决抵制投机取巧、贪图眼前小利，搞坏春山乡村旅游大市场的不良风气。村"两委"对何大山、唐光坤的处理结果在网上公布之后，网友对春山的关注也就淡化了。

米仓山上的雪又开始下了起来，秦巴市评选"十大民俗文化旅游重点村"评选活动也在落雪的那天启动了，经过乡镇、县级、市级初评后，对入围的二十个重点村实行网上投票决定。春山成功入围二十强，对于能否迈过网络这个关口，冲到前十强，梅花雪白和村"两委"班子及驻村工作队员心里都没有底，不少村民也断定何大山、唐光坤做出的傻事儿得罪不少网民，春山的希望会很小的。梅花雪白在主持研究如何提高网上投票率时，李子木说，只有托关系采取技术手段刷票。去年他的侄女参加全县"好声音"比赛，在网上投票环节就暗中耍了手段，结果投票率就上去了。李子木的话让与会者心动了，大家七嘴八舌地建议村"两委"要广泛动员全村村民，发动亲朋好友为春山投票之外，还要拿出一大笔钱，由李子木找人暗中操作，争取春山冲进前十强。

李子木见梅花雪白半天没有拍板，说："网络投票的水很深的。不要计较这些手段是否见得了阳光，只要春山能冲进前十强就是胜利。"

梅花雪白不赞同李子木的说法，她说："靠刷票去争一个空头衔，那是自娱自乐，终究是要栽跟头的。这次网络投票就是一次大考，春山乡村旅游究竟怎样？网友心中有数，结果就是最好的答案。我们不要在这方面去踩'假水'，要借助这次机会，实实在在评出春山在全市乡村旅游中的真实排位。"

"我们搞乡村旅游，不需要打肿脸充胖子，也不要自己往脸上贴金添彩，而需要用优美的生态环境、原汁原味的乡土文化和热情诚恳的优质服务把游客吸引过来；需要脚踏实地让老百姓的腰包鼓起来；需要持续用功让乡村发展振兴起来。"梅花雪白又说。

李子木听梅花雪白这样说，他没有再坚持自己的意见，心里觉得梅花雪白有点迂腐过头了，试问谁不想往自己的脸上贴金呢，而谁又愿意往自己脸上抹黑呢？按照梅花雪白说的那样老老实实坐等花开，春山想要冲进前十强，那是芦苇墙上钉钉子——不牢靠的。

网上投票如火如荼，春山的排位时而徘徊在前九位，时而又落在十一位。梅花雪白的心情也随着排位起起落落。离投票结束的时间还有十天，春山的排位好长一段时间就停在十二位，而且第十三位的田垭村与春山村相差不到五票。李子木看着网上的投票统计数字，越看心情越糟糕。他对严浩抱怨："梅书记如果听了我的建议，春山的票数就不会让人心头堵得发慌了。"

然而，离投票结束倒计时还有五天的时候，评选组委会意外查出有五个村存在暗中刷票的行为，遂取消这五个村的评选资格。春山村的排位实现大逆转，跃升第七位。李子木听到这个消息后，倒吸了一口冷气，庆幸没有去搞暗中刷票的事儿。

网络投票结束，春山村最终排位第五名，被秦巴市评为"十大民俗文化旅游重点村"。而此时，年关将近，梅花雪白组织召开年度工作总结大会，对道德银行年度综合评分前十名的村民、十名脱贫致富之星、十户文明道德模范家庭、十名返村创业之星进行了表彰奖励。

米仓山接连下了几天的大雪，春山银装素裹。在雪后初晴的那天早晨，梅开贤走完了人生的最后一程。遵照他的最后遗愿，梅花雪白和家人把他的骨灰撒在了春山上。

39

摩天岭的雪融化了，风把大地抚摸过后，春山便从冬窝里睡醒了。老柳树对着阳光伸了一个长长的懒腰，毛茸茸的柳芽儿就探出好奇的脑袋。喜鹊从窝里钻出来，在阳光下梳理着凌乱的羽毛。

唐老坎背着手，独自在田坎边转悠，像一只悠闲的猫在自己的领地里巡视着。他看见地里有一块薄膜被风掀开了，便蹲下身子抓起薄膜，准备用泥块压实。突然，他惊奇地发现，一棵洋芋苗从土里钻出来，他将一大块薄膜掀开，查看种的洋芋都长出嫩苗，不由惊喜地嘀咕："今年的洋芋没有缺窝哟！"他的这一声嘀咕，犹如电流从骨髓中穿过，顿感尿水憋得发慌，赶紧松开腰带，顺着一行洋芋苗撒起尿来。尿毕，他扯起薄膜轻轻盖上，像轻轻为黄花盖上被子一样。他用泥块把薄膜压实，他知道那些细苗还经受不住山风的袭扰。

唐老坎站在田坎边，目光从山梁上的一排排地膜上滑过，一种说不出滋味的惬意感流遍全身。每当有这种感觉的时候，他觉得春天就真正来到了。

他一抬头，看见住在何家榜的何水从田埂那边向他走来，忙打招呼："是何水呀！你上哪里去？"

"唐叔叔，我想到您家里坐一会儿。"何水笑说。

"走吧！快到屋里去坐，山梁上的风很大。"唐老坎邀请何水，脑子却不停地冒出问号，揣摩不透何水提着一箱牛奶和一瓶秦巴大曲酒，找自己会有啥事儿？

黄花见何水来到院坝里，笑着说："老侄，快进屋里坐！"

"黄婶，我也不晓得您们喜欢啥子，就随便带了一点东西，请收下哈！"何水说。

"老侄，你空手来耍我们都是欢迎的，拿啥东西呢！你这样做，显得就疏远了。"黄花接过何水手中的东西笑说。

唐老坎招呼何水到堂屋喝茶摆龙门阵。他问何水今年为啥还不出门打工挣钱？

何水说："今年不打算出门，准备在家里养跑山猪。春山土黑猪圈养肥肉多，如果实行放养可增加黑猪的肉质，销路一定很不错的。我算了一笔账，在村里养跑山猪的收入和在外务工的收入差不多，而且我还能照顾多病的父母、爷爷和婆婆。"

"你要养四个老的，还有两个小的也在上学，负担不轻哟！"唐老坎说。

"爹妈都日渐老了，儿女不在身边，她们特别孤独。钱宁可少挣点，日子过苦的，也不能欠下孝敬父母的账哦！"何水说。

"真难得你娃儿的一片孝心。春山有句古话，远走不如近爬坡。只要把路子选对了，春山这儿也是能挣到票子的。前几年，我家还穷得叮当响，这路子找对头了，很快就打了翻身仗。"唐老坎喝了一口茶说。

何水见说事的火候到了，话锋一转："唐叔叔，我想请您抽空时间教我说春的活儿。"

何水的话如一块石子打破唐老坎心底的冰层，惊喜和纠结如同两股洪流在他的心里掀起狂澜。他抓起茶杯猛地灌了几口茶水，说："老侄，这玩意儿现在是挣不到大钱的哟。"

何水忙说："唐叔叔，我参观村史馆时，觉得春山的这些珍贵的历史记忆不应只是摆在村史馆里让人看的，那些绝活儿应该活起来。我学说春这活儿并不是想着要挣多少钱的事，而是想把这些东西传承下去。"

何水说的话令唐老坎感动得从椅子上站起，忙给何水的茶杯续满水说："只要你愿意学，我拼了老命也要把所学的东西全部教给你。按照师门传授的规矩，你要学这活儿，就得拜师入门。"

"师父，我愿意学。"何水说。

唐老坎叹了一口气说："你也许不知道，春山唐氏说春的有一个秘而不宣的老规矩，传艺带徒是不传给春山何家之人的，这么多年来，春山说春的只有姓唐的，而无何姓之人。其缘由就是老祖宗为争苦水溪的地盘搞僵了关系，唐氏师门就发誓此艺不传何家人。当然喽，规矩都是人定的，我们也不能让老规矩把人憋死了，也要讲究与时俱进嘛！"

"你说的那些都是老得长黄斑的旧黄历了，不要去翻那些无用的旧账。老侄想学，你就要认真教哦！"黄花进屋对唐老坎说。

"师父，多久能拜师？"何水问。

"你随我来吧！"唐老坎说着就把何水领到阁楼里。阁楼的板壁上挂着陈旧的春官雕版画像，画像前的桌子上摆着春官服饰、一个木春牛、春帖版、春鞭和褡裢。唐老坎点燃三炷香、一对红蜡之后，领着何水向祖师爷行叩拜礼。礼毕，唐老坎说："祖师爷大人在上，为让祖艺发扬光大，后继有传人，请祖师爷宽恕和恩准，第二十四代弟子唐老坎特破祖规，今天喜收春山何家塝何氏徒弟，名叫何水。望祖师福佑新徒技艺精进，光耀师门。"

拜师礼结束后，黄花备好酒菜，师徒二人在饭桌上你来我往地喝酒。唐老坎喝了一口酒说："徒儿，等我和你师娘出趟远门回来之后，我就正儿八经地教你说春的活儿。"

何水问："师父，您和师娘要到哪里去？"

唐老坎笑说："我和你师娘这辈子就像抱鸡母老死在窝里，还没有出门旅游过，我们想趁着身体还好的时候出去走走看看，享受一下坐飞机和高铁的滋味。你师娘想到北京去看一看天安门，我们就在旅行社报了名，后天就要起身了。"

何水端起酒杯说："这是好事儿，祝师父师娘旅游开心。"

唐老坎喝光杯中酒，觉得脑子犯晕，有点儿醉了。

黄花和唐老坎外出旅游回到春山时，老柳树已经披上了新妆。就在春山桃花、李子花、杏花、梨花、油菜花开的时候，春山村顺利通过省级脱贫摘帽检查验收。此后不久，玉河乡撤乡并镇，组织部门拟在玉河乡驻村干部中提拔几名优秀干部进入镇党委、政府领导班子。梅花雪白在民意考察中获得全票。闻知梅花雪白要提拔调走，秦发祥和一些村民着急了，认为春山刚摘掉穷帽子，在这节骨眼上调走梅花雪白对春山的发展是不利的，遂联合村民给红江县委致信，要求梅花雪白继续留在春山村任支部书记。红江县委派出工作组对村民反映的情况进行调查，调查人员询问黄花时，要她如实反映梅花雪白工作中存在的问题和不足，有没有不廉洁行为。黄花说："梅书记的缺点是把春山当成自己的家了，她就是我的亲闺女。"调查人员笑了。调查组通过深入调查走访，一致认为春山村是全市挂上号的重点旅游村，刚脱贫就换将是不合时宜的，春山村的振兴发展还需要梅花雪白这样的干部继续扶上马送一程。红江县委考虑到梅花雪白的个人成长，遂决定她任玉河镇党委副书记，同时兼任春山村党支部书记、驻村工作队队长。

梅花雪白不走的消息传到春山，秦发祥兴奋地在摩天岭的不老松下点燃了一挂鞭炮。他在下山途中，却意外遇见何定宝挽着一名妇女的手说说笑笑，他便笑问："春山公猴，你耍了女朋友也不介绍一下嘛。"何定宝便介绍女朋友是桂溪乡的，是在相约春山的微信中聊上的。秦发祥笑说："吃喜糖不要忘了谢我这个媒人哟！"何定宝告诉秦发祥，他的婚期订在五一劳动节，谢媒鞋是少不了秦发祥的。临走时他还请秦发祥在婚礼上帮忙吹几首喜曲儿，秦发祥满口答应了。

　　黄花旅游回来之后，迷上了广场舞。每天早上七点钟和晚上七点钟，她就抱着一台平板显示器来到民俗文化广场，对着视频画面扭脖子，甩屁股。刚开始时村民笑看她一个人跳，后来就有几个妇女跟着她跳，最后是一大群老少围着她一起跳。黄花劝唐老坎跟着她去跳广场舞，唐老坎借口教何水说春便推脱了，他却爱上手机摄影和写打油诗。他经常举着手机拍个不停，不时把自己拍的图片配上打油诗发到微信群中与亲朋好友分享，还获得了不少点赞。秦发祥笑称唐老坎从外面旅游回来，转眼之间就变成了网红，成了春山有名的诗人和摄影家了。对于秦发祥的吹捧，唐老坎是特别乐意接受的。

　　布谷鸟的叫声催黄了地里的油菜籽，也催忙了大山深处的农人。社火娃儿背着画夹在山谷间写生，层层梯田上忙碌的耕牛、戴着草帽的村民、空中盘旋的鹰都被他收录在画纸上。春山小学操场上那一群围着江山月老师做游戏的学生让社火娃儿异常兴奋，他支起画架蹲在黄葛树下画起来。春山小学现在有二十四名学生，一部分是返乡创业的村民家的小孩，一部分是大龄村民二婚家庭带来的小孩。江老师是师范院校的本科生，毕业分配到红江县后，自愿到春山来支教的。

　　梅花雪白悄悄站在社火娃儿身后看了很久，她觉得社火娃儿的画越看越有味道了。她见社火娃儿画入了神，便止住想和他说话的念头。一个月前，她借助红江县寻亲志愿者平台，请求帮助寻找社火娃儿的母亲杨碧琼的下落。这事她没有告诉社火娃儿，她想等有了眉目之后再告诉他。

　　梅花雪白望了望操场的孩子，转身沿着苦水溪的康养步行道缓步向前，孩子们的笑声、溪流声、鸟的叫声在山谷交汇在一起。

　　鲤鱼潭的水如同明亮的镜子镶嵌在山谷之间，蓝色的天空、耸立的山峰、古树的老藤、鱼叉塔的影子、操场上活蹦乱跳的孩子都清晰地映在潭水里。梅花雪白坐在鲤鱼潭边的石头上，她看到自己的影子，脑子里却闪现出吴平安的身影。她想起订婚那天，当吴平安把戒指戴在她的手指上时，一种幸福来袭的感觉让她心跳耳热，她认为自己的一生就被这枚戒指套牢靠了。

　　梅花雪白坐了一会儿，起身往村委会办公室走去。她想把近期的工作好好梳理一下就向李子木和严浩交代清楚。后天就是她和吴平安启程旅游结婚的日子，她觉得结婚是两个人的事情，不想因为婚礼把家人和亲朋折腾一番，就和吴平安商量外出旅游结婚。她和吴平安都是以申请公休假为名批的假，单位和同事都不知道他们此次旅游的真正目的。

当梅花雪白在青岛的海滩上散步的时候，她接到秦发祥的报喜电话。秦发祥告诉她，姚春萍在镇中心卫生院顺利产下双胞胎儿子。他把儿子的名字都想好了，老大叫秦发展，老二叫秦振兴。

"什么？"

"发展！"

"振兴！"

"你这名字取得有点水平哟！恭喜你哈！"

梅花雪白惊喜地恭贺秦发祥，摆谈了一会儿就挂断电话。

吴平安问是谁的大喜事？梅花雪白告诉他，姚春萍生了双胞胎儿子。吴平安笑说："老婆，你也给我生一对双胞胎儿子嘛！"

梅花雪白对准吴平安肩头轻轻擂了一拳，笑说："这事要靠你努力哟！"

吴平安抓住梅花雪白的手，兴奋地将她揽进怀里，亲吻着她早已发烫的唇，此时，一群海鸥围着她们随风而舞。

40

又是一年秋叶红，社火娃儿从红江县特殊学校毕业，回到春山开了一间"社火画室"。他成功加入省美术家协会，成为秦巴市小有名气的画家。他创作的有关春山山水画和民俗风情画深受游客喜爱，特别是春山猴趣很有名气，购画者络绎不绝。在省美术家协会的支持下，春山成为全省画家创作采风基地。社火娃儿趁机把家里多余的房子改成多个独立的画室，租给外地来春山创作的画家。有村民说，谁能想到社火娃儿竟然成了一个让人刮目相看的人物了。

而让春山人更为惊喜的是，社火娃儿的母亲杨碧琼在这个秋天回到了春山。杨碧琼扔下社火娃儿跑到山西打工，找了一个窑工过日子。没过几年窑工在一次矿难中死了，她又嫁到河南的一个穷山村，与一个光棍汉生活在一起，生了一个儿子又夭折了，她也因此失去生育能力。前年，那个光棍汉又死了，杨碧琼身体又不好，独自在那里过得孤苦伶仃。梅花雪白从志愿者那里了解到相关情况后，与杨碧琼通电话长谈，介绍了社火娃儿的近况和春山的发展情况，劝她回到春山。杨碧琼哭说："我这一辈子无脸面对社火娃儿，羞见春山人啊！"梅花雪白就带着社火娃儿去了一趟河南，把她接回来了。

春山的红叶铺满小路的时候，红江县顺利通过国家脱贫"摘帽"验收。春山村也被评为全省"十大乡村旅游名村"。随后，红江县召开脱贫摘帽工作总结表彰暨实施乡村振兴战略动员大会。会议对脱贫"摘帽"先进集体和个人给予表彰，春山村驻村工作队被评为全县脱贫攻坚工作先进集体，梅花雪白被荣记三等功，李子木、严浩被评为先进个人。会议强调，脱贫摘帽工作不是终点，而是新起点。红江县的工作重心随即由脱贫攻坚的主战场转向巩固脱贫攻坚成果、全面推进乡村振兴战略的新战场。

在一个秋阳高照的上午，秦发祥、四社社长唐心勇光荣加入党组织。梅花雪白组织全村党员、村社干部、驻村队员来到摩天岭下的红军烈士陵园，面对鲜红党旗，重温入党誓词，并对实施乡村振兴战略进行了誓师动员。

为有力推进全县乡村振兴战略，红江县委、县政府研究决定，将原驻村工作队更名为驻村振兴办，县级部门原来挂联的村继续保持不变，对驻村工作队员进行有序轮换锻炼。春山村"两委"及驻村工作队员随即发生变化：梅花雪白调任县团委书记，不再担任玉河镇党委副书记、春山村党支部书记、驻村工作队队长的职务；严浩回财政局升任办公室主任，投资股副股长袁平调回任股长；李子木接任村党支部书记、秦发祥代任村主任；县财政局选派农业股副股长马东任春山驻村振兴办主任、驻村第一书记。在县委组织部的任免文件上，梅花雪白还惊喜地看到吴平安任龙耳镇党委副书记职务一事。

玉河镇党委书记孟春安主持春山村"两委"班子交接及村振兴办组成仪式。梅花雪白在发言中说："我就要离开春山这面山了，离别时才深切地感受到什么是难舍难分的滋味。几年来，我与春山的父老乡亲一起爬坡上坎、滚石上山，这面大山上有我流过的伤心泪水，也有我成长中的笑声。离别时，我才发现自己对这面大山爱得如此深沉，感谢春山，感谢父老乡亲，让我的青春时光没有在这里虚度，把根扎在这里，把心留在这里。如今，春山刚刚跨过贫困的这道'铁门

坎'，正整装待发奔向振兴的大道。春山怎样才能振兴，对这个问题我思考了很
久，私下也与村干部和村民进行了交流。在这个特殊的时刻，我就把想法说出
来。大家心里清楚，春山虽然脱了贫，但底子还很薄弱的，需要进一步夯实基
础，才能走得更远。因此，我们追赶跨越的步子慢不得，干事的劲头松不得。我
想，春山的下一步发展，要抓住三个根本不丢，一不丢文化的根脉，要让民俗文
化活起来，这是春山人脉的魂儿。二不丢青山绿水，要让生态旅游的这块招牌强
起来，这是从春山土里长出的一棵摇钱树。三不丢干事的拼劲儿，要让不胜不休
的拼劲强起来，这是春山持续发展的内生动力之源。当然，乡村振兴不是靠坐而
论道就能实现的，在这条路上，或许还有比脱贫攻坚更多的艰难险阻在前方等着
的，只要我们始终如一地朝着目标努力行走，就一定能够实现春山的振兴大
梦……"

梅花雪白数度哽咽，还未把即席告白的话讲完，与会者眼里便是一片雾水。

李子木说："梅书记，请你放心，我和村'两委'班子一定会把接力棒接
好。春山也是您的家，欢迎您常回家看看。"

泪水模糊了梅花雪白的双眼。

交接仪式结束，梅花雪白驱车独自来到生地坪的灾后重建安置点的幸福广
场。她望着一面以春山脱贫攻坚为背景的浮雕墙，想起苏琪尔曾经说过，等退休
以后，她就在春山找一间房子居住下来，好好看一看远山雾海中的日出，听一听
山风吹过林海的涛声，闻一闻这里的清新空气。梅花雪白凝望着浮雕，山风吹乱
她的头发，也吹干了她的眼泪，只留下淡淡的泪痕。

姚春萍、秦发祥看见了梅花雪白，抱着孩子走过来，姚春萍轻声叫："梅
书记。"

梅花雪白扭头见到姚春萍、秦发祥手中可爱的孩子，她兴奋地叫起来："发展，
振兴，好可爱的小宝贝哟！来，让梅阿姨抱一抱哈！"

梅花雪白伸手抱起发展，朝他的小脸蛋亲了一口，发展"啊啊"地笑起来。
振兴见了，也大声叫着张开双手，梅花雪白又亲了一下振兴的脸蛋。

"振兴、发展快亲一下梅姨哈。"姚春萍说。

振兴和发展便噘着小嘴朝梅花雪白的脸亲去，秦发祥举起手机抢拍下这个精

彩的瞬间。

梅花雪白和姚春萍、秦发祥摆谈了一会儿便告辞，发展和振兴朝她不停地挥舞着小手。

阎王扁的公路像巨大的弹簧盘旋到摩天岭，梅花雪白将车子停在山顶的停车场，她靠在不老松悬崖边上的防栏杆上。山下错落有致的川北民居、淡淡的炊烟、蜿蜒的公路，远处的红江河水定格在她的手机里。这时，一阵恶心的孕吐袭来，梅花雪白靠在栏杆上掏心掏肺似地呕吐。她干呕了很久，只呕出几口泛酸的口水。过了很久，妊娠反应减弱了，她抬头看见秦发祥旧宅复耕的那片田坎边，一棵掉光叶子的柿子树上挂满了红彤彤的果子，几只不知名的鸟儿在枝头尽情地分享着美食。

惆怅和眷恋如同春山的苞谷酒让梅花雪白醉意浓浓，在春山的一切就像流动的画卷在她的脑子里闪现，她驾着车缓缓行驶在春山的公路上，不时停车驻足或不停地拍摄，她想把春山的一草一木都装进手机里，想起这儿了就翻出来看一看。

社火娃儿站在窗子上看见梅花雪白的车子绕过山梁，他抓起画好的一幅山水画跑出了门，沿着山梁边跑边喊："姐——画——画——"

梅花雪白驾驶的汽车像一只红色的甲壳虫从苦水溪下的春门穿过，社火娃儿靠在山梁的一棵枫树下伤心地哭了，火红的枫叶在山风的捣鼓下，似一团团燃烧的火焰从树上纷纷飘落下来。

小阳春那天，阳光洒满春山。社火娃儿以春山为背景创作的水墨画《春山如画》获得全国乡村振兴文艺作品征文比赛一等奖，也就在这一天，聋哑女画友郑婷婷给社火娃儿送来一幅戏水鸳鸯的水墨画。社火娃儿盯着画卷，笑得脸色发烫了。唐老坎闻知社火娃儿获奖的喜讯，站在院坝里吩咐黄花晚饭准备好下酒菜，他要和社火娃儿痛快地喝一顿酒。

突然，一个小小的旋儿风在唐老坎脚前旋转起来，旋儿风越旋越快，也越旋越大，他被旋儿风包裹住了，来自骨髓深处的震颤此时似洪流冲垮堤坝，眼前的景物在他的眼前晃荡起来，不远处的老柳树在风中狂舞，他不由随老柳树舞起来，边舞边唱：

说春山
道春山
这面大山山重山
翻过一山又一山
……

后 记

　　米仓山位于大巴山脉东段，是四川与陕西接壤的界山，汉江与嘉陵江的分水岭，米仓古道贯穿其境，以"峰奇、石怪、谷幽、水秀、山绿"闻名遐迩，是川、陕、渝旅游金三角的中心地带。然而，这片让人无限向往的美丽山水却在历史的长河中被冠以"穷山恶水"的蛮荒之地，直到当下，这里仍是秦巴山区连片扶贫开发区域。贫困就像群山压得这里的人们喘不过气来，在与贫困的较量中人们喊出"宁愿苦干，也不苦熬"冲锋号，贫穷落后的面貌虽然有所改变，但贫困的现实仍然像冰冷的山风游荡在这片大山之中。

　　党的十八大以来，习近平总书记对脱贫工作做出了一系列重要论述，创造性地提出精准扶贫精准脱贫基本方略，为打赢我国这场有史以来力度最大、规模最大、影响最大的脱贫攻坚战役指明了方向。

　　在这场举世瞩目的脱贫攻坚战中，要战胜那些挡在征途上的"拦路虎"和"险滩"，需要敢于面对，勇于克难。比如农村劳务大军的转移、城镇化进程的不断加快，贫困地区农村人口向发达地区及城镇转移后导致的农村"空壳"现象日益突出的问题。这些贫困村留守下来的基本是老弱病残户，大多数处于深度贫困状态。面对这些现实难题，如何才能让这部分人跨过贫困"铁门坎"，步入小康大道；如何重振贫困村人气，让流失的人才回流创业；这样的贫困村又怎样才能够实现振兴发展；这些难题值得认真思考和高度重视，需要万众合力攻坚破难，需要持续滚石爬坡才能够逐步实现。

　　我所在的单位共挂联帮扶六个村的脱贫攻坚工作，我有幸成为驻村工作队的成员。在我驻的贫困村，村小学校就只有贫困户家中的一个智障学生和一个老师，学校因智障学生就读而幸运保留。有一天，我碰见智障学生背着书包去上学，我跟他打招呼，他就朝我笑起来，他的笑纯净得像明媚的阳光，让我心头为之一震，萦绕我心头的那一座春山便云开雾散了。

　　小说中的春山贫瘠而美丽。春山人在贫困现实中挣扎的疼痛与希望、城镇化浪潮的强力吸附与山村人气的不断萎缩、传统民俗文化的坚守与现代潮流的碰撞、村民趋利纠葛与道德风尚的坚守、信息化浪潮与封闭思想的"开窍"、驻村工作队青年人的火热激情与山民"贫困病"的顽疾都在春山这面大山上拉锯式地激烈交锋。冰冷的现实就像巨大的石磨，碾碎了驻村工作队这群"90后"年轻人的激情和幻想，也磨掉了泪水和柔弱，磨出了坚韧和责任担当，他们在脱贫攻坚的战场淬火成钢。曾在春山待过的老知青也被年轻人创业的活力点燃了激情，老知青和新时代的年轻人共同携手把心中的梦想种在泥土里，在春山的这面山上终于浇开了艳丽之花。

　　春山的脱贫攻坚及乡村振兴之路充满艰难曲折，可谓筚路蓝缕，但最终翻过了那道冰冷的"铁门坎"，走上振兴发展之途。春山古老的说春唱腔在乡村舞台上响起来了，民俗文化的魂儿找到了，现代信息技术的浪潮涌进来了，流失的人气又重新回来了，春山就像社火娃儿画的画一样，是美丽而鲜活的。

　　这是一场没有硝烟的战斗，脱贫攻坚战场上的故事是值得书写的，也是值得回味的。我终于忙里偷闲完成这部长篇小说。谨此向奋战在脱贫战线、乡村振兴征途的同志们表示崇高的敬意！向奋力脱贫奔康的农民朋友致以真诚的美好祝福！

惠芝涌
2019 年 6 月于南江镇渔坝村